# BEANSPRUCHT VOM SCHEICH

## WÜSTENKÖNIGE
### BUCH FÜNF

## DIANA FRASER

Beansprucht vom Scheich

von Diana Fraser

*Ein fesselnder Liebesroman über den pflichtbewussten Prinz Sahmir al-Fulan, der kurz vor seiner arrangierten Hochzeit in Paris auf die rebellische französische Aristokratin Aurora de Chambéry trifft – eine Frau, die vor einem mächtigen russischen Mafiaboss auf der Flucht ist. Was als waghalsige Rettungsaktion in einer verschneiten Pariser Nacht beginnt, entfaltet sich zu einer leidenschaftlichen Geschichte über zwei Menschen, die ihre Zweifel an der Liebe überwinden und die Kluft zwischen ihren unterschiedlichen Welten überbrücken. Doch ihre Liebe bringt unerwartete Konsequenzen mit sich, die das Leben beider für immer verändern.*

**-Wüstenkönige-**
**Gesucht: Eine Ehefrau für den Scheich**
**Die Schnäppchenbraut des Scheichs**
**Des Scheichs Verlorene Geliebte**
**Vom Scheich geweckt**
**Beansprucht vom Scheich**
**Gesucht: Ein Baby vom Scheich**

∽

© 2024 Diana Fraser
https://dianafraser.com

# KAPITEL 1

Es war nach Mitternacht, und das einzige Geräusch auf der Place des Vosges waren die einsamen Klänge von Debussy, die durch die offene Tür zu den Stufen drangen, auf denen Prinz Sahmir ibn Saleh al-Fulan stand, Rotwein trank und dem Schneetreiben zusah.

Er konnte sich nicht erinnern, wann er das letzte Mal innegehalten hatte, um Schnee fallen zu sehen. In Klosters vielleicht? Definitiv vor der Pubertät. Wie komplizierte Stücke gefrorener Korallen schwebten die Schneeflocken in einer trägen Bahn vom Nachthimmel herab, vorbei am grauen Schieferdach und der gestreiften Ziegel- und Steinfassade seines Pariser Hauses, bevor sie sich auf dem glänzenden Kopfsteinpflaster niederließen. So unbeständig sie auch waren, sie begannen sich zu sammeln und verwandelten den Platz in eine weiße Welt.

Sahmir kniff die Augen gegen die Helligkeit zusammen. Er hatte zu viel Zeit in schwer verhangenen Hotelzimmern verbracht, nachts beim Glücksspiel und tagsüber in den Armen von Frauen, um seine Vergangenheit vergessen zu können. Zu viel Finsternis, zu wenig Licht.

Er ließ eine Flocke auf seine Hand fallen und erinnerte sich daran, wie fasziniert er als Kind vom Schnee gewesen war, wenn er mit seiner Mutter aus der Hitze Ma'ins in die Schweiz in die Ferien gefahren war. Jetzt spürte er einen Hauch dieser Erinnerung, als er die weiße Schneeflocke betrachtete, die für einen Moment perfekt auf seiner dunklen Haut lag. Früher hatte er an Zauberei geglaubt, an Märchen. Wo war diese Unschuld geblieben?

Die Flocke schmolz. Er seufzte, trank noch einen Schluck Rotwein und blickte hinüber in den Park, wo sich der Schnee in den dunklen Bäumen zu formen begann. Er würde lange keinen Schnee mehr sehen. Er hatte getan, wofür er nach Paris gekommen war. Jetzt war es Zeit, nach Ma'in zurückzukehren, zurück zu der Verantwortung, die er seiner toten Schwester versprochen hatte.

Plötzlich drang das scharfe, drängende Geräusch von Stöckelschuhen, die unregelmäßig auf das Pflaster schlugen, durch die gedämpfte, stille Luft zu ihm. Er sah sich um und erblickte eine Frau, die die Straße entlang auf ihn zulief. Im Licht einer Straßenlaterne konnte er erkennen, dass sie groß und schlank war, ihr langes dunkles Haar wehte hinter ihr her, und sie trug ein leuchtend rotes Ballkleid mit einem schwarzen Mieder. Trotz des Wetters keinen Mantel.

An der Art, wie sie immer wieder einen Blick über die Schulter warf, konnte er erkennen, dass sie vor etwas oder jemandem davonlief. Und wer auch immer es war, er hatte sie offensichtlich zu Tode erschreckt.

*Misch dich nicht ein,* flüsterte die leise Stimme seiner Schwester in seinem Kopf.

Er runzelte die Stirn, im Widerspruch zu der sanften Stimme, die das Einzige war, was zwischen ihm und dem Zorn stand.

*Misch dich nicht ein,* wiederholte sie. *Denk daran, was beim letzten Mal passiert ist.*

Als sie auf seiner Höhe war und sich umdrehte, wusste er, dass er einfach eingreifen musste. Ihre Augen waren vor Angst weit aufgerissen, aber es war die Verletzlichkeit, die er darin sah, die ihn bis ins Mark traf.

Kaum spürte er, wie das halb volle Glas aus seinen Fingern glitt, als er sich von der Wand abstieß und die Stufen hinunter auf den Platz sprang, um ihr zu folgen. Wer sie auch war, woher sie auch kam, sie brauchte Hilfe.

Aurora, Comtesse de Chambéry, war es egal, in welche Richtung sie rannte. Alles, was zählte, war, dem Mann zu entkommen, der ihre Rettung sein sollte, sich aber als das genaue Gegenteil entpuppte.

Ohne auf die Blicke des Fremden zu achten und die eisige Kälte auf ihren nackten Armen zu spüren, versuchte sie, der Erinnerung an seinen Blick zu entfliehen - kalt und grausam -, als er ihr in abscheulichen Details beschrieben hatte, was er mit ihr vorhatte. Nicht nur, dass sie keine Hoffnung hatte, ihr geliebtes Gut zurückzubekommen, er hatte auch nicht die Absicht, sie gehen zu lassen, bevor er nicht hatte, was er von ihr wollte. Sie spürte noch die Druckstellen an ihrem Arm, wo seine Finger sie gepackt hatten, um sie zu zwingen, ihm zuzuhören.

Sie sah sich um. Sie konnte niemanden sehen. Noch nicht. Aber es war nur eine Frage der Zeit, bis ihre Abwesenheit bemerkt wurde und er seine Männer losschicken würde, um ihr zu folgen.

Sie lief weiter, aber ihre nackten Schultern begannen in der eisigen Luft zu schmerzen, und ihre nassen Schuhe schnitten in ihre gefrorenen Füße, die stolperten. Wohin sollte sie gehen? In Paris kannte sie niemanden.

Sie hielt inne, als sie plötzlich bemerkte, dass die Straße einem Garten gewichen war, dicht bewachsen mit dem kargen Geflecht gestutzter Linden, deren Kronen mit Schnee bedeckt waren. Ihre Hand suchte instinktiv nach dem schmiedeeisernen Tor, während sie zu den dunklen Ästen der Bäume hinaufblickte und sich mit lebhafter Klarheit an ihren Besitz erinnerte, der ihr nicht mehr gehörte.

Ein Ruf ertönte hinter ihr, und mit einem panischen Schluchzen tastete sie nach dem eisernen Riegel und rannte in den Garten. Sie lief den Weg zur zentralen Lindengruppe hinauf, bis ihr ein gefrorener Brunnen den Weg versperrte, dessen glattes Rinnsal aus der Mitte in eine eisige, gekräuselte Oberfläche floss.

Mit klopfendem Herzen klammerte sie sich an den Rand des Brunnens und blickte in seine undurchsichtige Tiefe, während sie versuchte, wieder zu Atem zu kommen. Sie merkte, dass auch die Schritte hinter ihr verstummt waren. Es gab keinen Ort mehr, an den sie fliehen konnte. Sie musste sich dem Mann stellen, der behauptete, ihr Familienbesitz zu sein, und alles ertragen, was er mit ihr vorhatte. Diesmal gab es kein Entkommen.

Zitternd holte sie tief Luft und zwang sich zur Ruhe. Doch als sich eine große Männerhand ausstreckte und ihren Arm berührte, schrie sie auf, drehte sich um, knickte mit dem Fuß um und fiel schwer auf den eisigen

Boden. Im Fallen sah sie das Gesicht des Mannes - nicht das des Russen - und dunkle Augen, so besorgt, so freundlich - definitiv nicht die des Russen.

*„Mademoiselle, s'il vous plait! Qu'est-ce qu'il y a?"*

Er beugte sich zu ihr hinunter - drückte seinen Arm nach unten, um die sich um sie bauschenden Röcke zu glätten - und streckte seine Hand aus, um ihr aufzuhelfen.

Aber sie rührte sich nicht. Sie wusste nicht, ob es die Angst war, dass ihr Knöchel ihr Gewicht nicht tragen würde, oder die Erleichterung, dass dieser Mann nicht der Russe war. Es konnte nichts mit der ausgestreckten, aber nicht greifenden Hand zu tun haben oder mit diesen Augen voller Wärme und Sorge.

*„Qu'est-ce qu'il y a?"* wiederholte er.

„Was los ist?" Sie blickte über seine Schulter und geriet in Panik, als ihr wieder einfiel, was genau los war. „Alles." Sie nahm seine Hand an und verzog das Gesicht, als ihr Knöchel schmerzte, während er sie hochzog. „Ich brauche Hilfe."

Das Lächeln verschwand. „Erzähl es mir."

Es war ein Befehl von jemandem, der es gewohnt war, Befehle zu erteilen. Aber es war ein Befehl, dem sie gehorchen wollte. „Ein Mann." Sie brachte es nicht über sich, seinen Namen zu sagen. Sie zitterte und schaute aus dem Platz hinaus zur Straße. Sie war leer. Sie spürte, wie sich sein Griff um ihre Hand verstärkte.

„Ein Mann verfolgt dich?" Der Ausdruck schockierter Empörung bestätigte ihr erstes Gefühl, dass sie diesem Fremden vertrauen konnte.

*„Oui.* Ich muss von ihm wegkommen."

Er runzelte die Stirn. „Du musst mit zu mir nach

Hause kommen, und ich rufe ein Taxi, das dich bringt, wohin du auch willst."

„Nein!" Die Vorstellung, in einem fremden Haus gefangen zu sein, so nah beim Russen, versetzte sie in Panik. „Nein", sagte sie bestimmter. „Ich muss weg, zu..." Sie verstummte, da sie nicht wusste, wohin sie musste. Ein weiterer Schauer durchfuhr ihren Körper, gefolgt von einem weiteren, und sie stolperte leicht, während ihre Kraft durch die Kälte aus ihr wich.

„Soll ich dich zur Polizeistation bringen?"

Sie schüttelte den Kopf. *„Non!"* Die Erinnerung an den Polizeichef, der die Gastfreundschaft ihres Entführers genoss, war Beweis genug, dass die Polizei ihr nicht helfen würde.

„Hör zu, bis du entscheidest, wohin du willst, komm für einen Moment mit in mein Haus, um dich zu erholen. Mit diesem Knöchel kommst du nicht weit, und du wirst erfrieren, wenn wir noch länger hier bleiben. Was du brauchst, ist ein kräftiger Cognac und warme Kleidung, bevor du irgendetwas unternimmst. Das kann ich dir geben." Er zog seinen Dinner-Jackett aus und legte es ihr um die Schultern. „Wir verschwenden Zeit. Falls wirklich jemand hinter dir her ist, bist du von der Straße weg sicherer."

„Aber..."

Er wischte Schnee aus ihrem Haar. „Hast du einen besseren Plan?"

Plan? Sie hatte nur einen Plan gehabt – auf dem Familienanwesen zu bleiben, das ihr Vater beim Kartenspiel verloren hatte. *„Non.* Keine Pläne."

Sie versuchte einen Schritt nach vorne zu machen, aber ob nun durch die erstarrende Kälte oder eine

Verstauchung, ihr Bein gab unter ihr nach, und sie stolperte. Doch bevor sie fallen konnte, hob er sie hoch, zog sie fest an seine Brust und ging zurück zur Straße.

„*Non!*" Ihr Aufschrei kam instinktiv, und doch, seltsamerweise, spürte sie keine Angst. Nur Wärme, als die Hitze seines Körpers langsam die Schauer beruhigte, die ihren Körper durchfuhren.

„Keine Sorge", dröhnte seine tiefe Stimme an ihrem Ohr, das an seine Brust gepresst war. „Ich werde dir nicht wehtun."

„Nein! Ich muss, ich muss..."

„Was musst du?" Seine Stimme war tief und beruhigend.

„Weglaufen." Sie versuchte über seine Schulter zu schauen, aber seine Arme hielten sie zu sicher fest. Alles, was sie tun konnte, war aufzublicken in Augen, die diese Art von Lächeln enthielten, von dem man sich nicht abwenden konnte, die Art von Lächeln, die einen innerlich ein wenig schmelzen ließ. Vielleicht war es darauf angelegt zu bezaubern, Aurora hätte es mit ihrer Unerfahrenheit nicht gewusst – sie wusste nur, dass es wirkte.

„Ich denke, das hast du bereits getan."

„Aber wohin bin ich gelaufen?"

„Zu mir." Er öffnete das Parktor und sie waren wieder auf der ruhigen Straße. Vielleicht spürte er, wie sie sich bei seinen Worten versteifte, vielleicht wollte er sie auch nur fester halten – was auch immer der Grund war, er umfasste ihren Körper noch enger. „*Vorübergehend* zu mir. Keine Sorge. Ich bringe dich zu meinem Haus und dann werden wir ausarbeiten, wie wir deinen Fluchtplan weiter umsetzen können. Wenn du warm und in Sicherheit bist."

„Sicher..." Sie hatte sich lange nicht mehr sicher

gefühlt. Sie sollte sich jetzt nicht sicher fühlen, in den Armen eines Fremden, aber irgendwie tat sie es.

Sie schaute sich auf der Straße um und betete, dass es kein Anzeichen vom Russen geben würde. Aber da war niemand, der den Schnee störte, der wie Zuckerguss auf der Straße, den altmodischen Straßenlaternen und den Säulen lag, die die gewölbte Arkade trugen, welche die Herrenhäuser säumte. Es war wie eine Szene aus einem viktorianischen Bilderbuch, wäre da nicht die Angst gewesen, dass hinter jedem schneebedeckten Ast, jeder Ecke des Platzes, der Russe plötzlich auftauchen würde – groß und wütend.

Glücklicherweise musste der Fremde etwas von ihrer Panik verstanden haben, und er lief die breiten, tiefen Stufen eines der Häuser zu einer offenen Tür hinauf, aus der Licht strömte.

Sie blickte nach unten und bemerkte rote Tropfen im Schnee. Sie versteifte sich und sah dann, dass es Wein war, nur roter Wein. Ein leeres Glas lag daneben. Aber trotzdem zitterte sie.

Als sie in der Halle waren, schloss er die Tür mit dem Fuß, und für einen langen Moment sahen sie sich unter dem hellen Hallenlicht an.

Eine gelöste Fliege hing von seinem offenen Hemd herab, und Stoppeln an seinem Kinn verdunkelten seine ohnehin schon dunkle Haut. Sie fühlte sich gezwungen, höher in sein Gesicht zu schauen, und wünschte, sie hätte es nicht getan, als dunkle Augen über hohen Wangenknochen auf sie herabblickten. Er war der schönste Mann, den sie je gesehen hatte.

Sie bewegte sich in seinen Armen. „Danke, ich…"

„Natürlich." Er ließ sie los, und sie stand auf, nun fast unkontrollierbar zitternd.

Er zog sie eng an seine Seite, stützte sie und wärmte sie gleichzeitig, während sie über die Halle zu einer offenen Tür gingen, aus der Musik drang. Er war so nah, dass sie seinen Duft nicht anders konnte als einzuatmen – eine Mischung aus Rotwein, Zimt und dem wässrigen Geruch von frischer Schneeluft. Er roch nach Weihnachten. Sie schloss ihre Augen fester und versuchte, eine Hysterie zu unterdrücken, die tief aus ihrem Inneren aufstieg. Sie wusste nicht, ob sie weinen oder lachen sollte.

Sie betraten den vorderen Empfangsraum, wo eine Chaiselongue vor einem niedrig brennenden Kamin stand. Überall war die Möblierung mit weißen Staubhüllen bedeckt, wie Schneeverwehungen. Dankbar sank sie auf die Chaiselongue.

„Bleib sitzen. Ich hole eine warme Decke und ein heißes Getränk."

Sitzen bleiben? Sie würde vorerst nirgendwo hingehen. Nicht nur, weil sie sich bei diesem Mann sicherer fühlte als beim Rennen durch die leeren Straßen von Paris, sondern auch, weil sie ernsthaft bezweifelte, dass ihre von der Kälte betäubten Beine sie tragen würden. Schauer durchfuhren weiterhin ihren Körper, und sie streckte ihre Hände – die so totenbleich wie der Schnee aussahen – den glühenden Kohlen im Kamin entgegen.

Kurz darauf kehrte er mit einer Daunendecke zurück, die er über sie warf. Sofort spürte sie, wie willkommene Wärme in ihren Körper zurückkehrte und das Zittern nachließ. Er nickte, als hätte er die Wirkung der Decke bemerkt, und ging zum Getränkeschrank, wo er zwei große Gläser Cognac einschenkte. Er reichte ihr einen Cognacballon. „Trink das."

Sie hielt es sich vors Gesicht und kniff die Augen vor den beißenden Cognac-Dämpfen zusammen.

„Das wird dir guttun", sagte er ermutigend. Er war offensichtlich unter dem falschen Eindruck, dass sie noch nie Cognac gekostet hatte. Sie nahm einen kleinen Schluck – er *war* gut, der beste – und dann einen viel größeren. Er hob amüsiert eine Augenbraue. „Du magst Cognac?"

Sie nickte. „Mein Großvater hatte immer den besten. Er war der Meinung, dass die Kindheit so kurz wie möglich sein sollte."

„Eine ungewöhnliche Einstellung. Besonders bei einer Enkelin."

„Er war ein ungewöhnlicher Mann."

„Wo ist deine Familie jetzt? Kannst du zu ihnen gehen? Ich kann dich hinbringen, wenn du möchtest?"

Sie zögerte, als sie sich an ihren Großvater erinnerte – jetzt verstorben – und ihre übrige Familie, die in ihrem Ferienhaus am Vierwaldstättersee weilte. Wartend. Darauf angewiesen, dass *sie* alles mit dem Anwesen in Ordnung brachte. Nicht wissend, dass sie alles nur noch schlimmer gemacht hatte. Sie schüttelte den Kopf. „Es gibt niemanden, der helfen kann."

Er setzte sich ihr gegenüber und griff nach ihren Händen. „Du bist schon wärmer." Er sah ihr in die Augen. „Wer bist du, und vor wem läufst du weg? Vielleicht kann ich helfen."

Allein der Gedanke, dass dieser umwerfende Mann in ihre Probleme verwickelt werden könnte, sich durch eine Verbindung zum Russen beschmutzen könnte, machte ihr

Angst. Sie musste weg. Sie konnte ihn nicht hineinziehen.

„Hör zu, es tut mir wirklich leid. Aber ich sollte nicht hier sein. Ich sollte dich nicht hineinziehen."

„Hineinziehen? Ich glaube, dafür ist es zu spät. Ich bin involviert, ob es dir gefällt oder nicht." Er rieb ihre Hände zwischen seinen. „Du *kannst* mir vertrauen, weißt du."

Sie wusste es. Sie konnte es in seinen Augen sehen. Sie schenkte ihm ein schwaches, wehmütiges Lächeln. „Vertrauen ist nicht mein Problem. Ich vertraue immer zu sehr."

„Und ich zu wenig, also sind wir perfekt ausbalanciert. Erzähl mir von dir. Ich kenne nicht einmal deinen Namen."

Sie zögerte. Sie würde nicht den Namen nennen, unter dem man sie kannte. Es war zu riskant. „Aurora." Sie konnte sich gerade noch davon abhalten, ihren Nachnamen hinzuzufügen.

„Aurora", wiederholte er sanft, als würde er ihren Namen auskosten.

„Ja, leider."

„Ein wunderschöner Name. Der Name von Dornröschen."

„Allerdings. Ein komischer Fluch für jemanden, der wenig schläft und kein Interesse daran hat, schön aussehen zu wollen."

Er runzelte die Stirn und starrte sie ungläubig an. Sie brauchte wirklich keine Kommentare darüber zu hören, wie sie sich schminken oder ihre Haare stylen sollte. „Aber-"

„Und du bist?"

Er nickte lächelnd, verstand ihre Unterbrechung und respektierte sie. „Sahmir."

Sie streckte ihm ihre Hand entgegen. „Freut mich, dich kennenzulernen, Sahmir."

„Und mich freut es auch sehr, dich kennenzulernen. Also" – er lehnte sich zurück und nahm einen Schluck von seinem Getränk – „warum erzählst du mir nicht, was passiert ist, und ich schaue, wie ich helfen kann?"

Sie nahm noch einen Schluck von ihrem schwindenden Cognac. „Ich bin... *verwickelt* mit einigen mächtigen Männern. *Einem* mächtigen Mann. Eigentlich nur einem. Er hatte mich unter falschen Vorwänden nach Paris gebracht... Ich dachte, er würde mir etwas anbieten, das ich unbedingt will. Aber" – sie verzog das Gesicht – „das tat er nicht. Stattdessen wollte er Dinge von mir... Dinge, die ich nicht bereit war zu geben." Sie biss sich auf die Lippe, wollte nicht beschreiben, was genau der Russe gewollt hatte, was er versucht hatte, mit Gewalt zu nehmen.

„Ist schon gut."

Sie blickte plötzlich auf, überrascht von seinem grimmigen Ton, der bisher nur sanfte Rücksichtnahme gezeigt hatte.

„Du musst es nicht näher ausführen", fuhr Sahmir fort. „Ich kann es mir denken."

Ohne nachzudenken, rieb sie über ihren Arm, wo fingergroße blaue Flecken ihre Haut verunstalteten. Er lehnte sich vor und nahm ihre Hand in seine, zog sie unter der Decke hervor. „Und diese blauen Flecken? Hat dieser Mann sie verursacht?"

Sie nickte, und er stand auf und ging zum Fenster, sein Mund grimmig verzogen, Wut in seinen Bewegungen. Er stand da und schaute aus dem Fenster. Sie rutschte in ihrem Sessel und folgte seinem Blick zum Platz.

Schnee lag schwer auf jeder verfügbaren horizontalen Fläche: von den Kronen der quadratisch geschnittenen Linden bis zu den Verzierungen der Dachgauben, die aus den grauen Schieferdächern der gegenüberliegenden Herrenhäuser lugten. Es war wie ein perfekt symmetrischer Kuchen, speziell für Weihnachten zart mit Zuckerguss verziert. Weihnachten – die Zeit des Friedens und der Menschen ein Wohlgefallen. Das war ein Witz.

„Es tut mir leid", sagte er, ohne sich zu ihr umzudrehen. „Ich hasse Gewalt – in jeder Form – besonders gegen Schutzlose."

Sie war überrascht, wie stark er auf ihre Worte reagiert hatte, und wartete darauf, dass er mehr sagte. Aber er tat es nicht. Stattdessen dehnte sich die Stille, während er weiter aus dem Fenster schaute.

„Es hat aufgehört zu schneien", sagte er schließlich.

Sie blickte zu den vereinzelten Sternen hinauf. „Es wird heute Nacht frieren." Sie schauderte bei dem Gedanken an sich selbst, draußen. Ohne Unterkunft, ohne Geld. Sie wäre im Park erfroren.

Er wandte sich ihr zu. „Ist dir immer noch kalt?"

Sie schüttelte den Kopf und schluckte die Angst hinunter. „Nein. Es ist nur... ich kann nicht wieder da raus. Ich kann nicht riskieren, dass er mich wieder sieht. Er wird sicherstellen, dass ich beim nächsten Mal nicht entkommen kann."

„Es wird kein nächstes Mal geben. Bleib hier. Ich kann dich beschützen."

Sie schüttelte den Kopf. Was konnte dieser Mann tun, um sie vor Menschen zu beschützen, die so böse waren wie der Russe und seine Entourage? „Nein. Ich kann nicht hier bleiben. Es ist zu nah bei ihm."

Er runzelte die Stirn und ging auf sie zu. „Wer ist er? Wo wohnt er?"

„Das kann ich dir nicht sagen. Es ist zu gefährlich."

Er zog ein Handy aus seiner Tasche und wählte.

„Wen rufst du an?"

„Die Polizei. Wir überlassen ihnen die Sache."

Sie riss ihm das Telefon aus der Hand und drückte auf das Display. „Nein! Tut mir leid, aber nein. Er hat überall seine Freunde. Sogar bei der Polizei."

„Wer ist dieser Mann?"

Sie schüttelte den Kopf. „Es ist besser, wenn du es nicht weißt." Wieder sah sie sich panisch um. Was zum Teufel tat sie hier? Nicht nur, dass sie diesen Mann in Gefahr brachte, die ganze Zeit, die sie hier saß, eingelullt von der Behaglichkeit des Cognacs und des Feuers, brachte sie keine Distanz zwischen sich und den Russen. „Ich muss gehen. Jetzt!" Sie warf die Decke weg und sprang auf.

„Wohin? Du willst nicht zur Polizei gehen."

„In ein Hotel. Wo mich niemand kennt. Es wird besser für mich sein, irgendwo in der Öffentlichkeit."

„Und dann was?"

„Ich werde zu meiner Familie nach Luzern zurückkehren, hole mir, was ich brauche, und verstecke mich dann auf dem Land. Ich kenne einen Ort, wo er mich nicht finden wird." Sie nickte, erleichtert, einen halbwegs brauchbaren Plan gefunden zu haben. „Das werde ich tun."

„Wenn dieser Mann weiß, wo deine Familie ist, schlage ich vor, dass ihr euch alle sofort versteckt."

„Ich habe kein Geld, keine Kleidung, gar nichts."

„Du *kannst* hier bleiben, weißt du."

Sie schüttelte den Kopf. „Nein. Nein, das kann ich nicht."

„Okay, aber lass mich dir helfen." Er ging zu seinem Schreibtisch, nahm seine Geldbörse und zog einen Stapel Scheine heraus. „Hier." Er reichte sie ihr. „Das wird dich erst mal über Wasser halten." Er nahm sein Handy. „Sag mir deine Kontonummer und ich lasse sofort mehr Geld auf dein Konto überweisen. Sobald du aus Paris raus bist, kannst du auf diese Mittel zugreifen, um dir alles Nötige zu besorgen."

„Aber ich kann es dir nicht zurückzahlen. Jedenfalls noch nicht."

„Das ist nicht nötig. Ich helfe gerne."

„Warum?", flüsterte sie halb, überwältigt von der Großzügigkeit dieses Fremden.

„Weil..." Er schaute weg und zuckte mit den Schultern. „Brauche ich einen Grund?"

„Nein, vermutlich nicht. Es ist nur, dass es so großzügig von dir ist."

Ein einzelner Glockenschlag einer Kirche durchbrach die eisige Stille.

Er nickte vor sich hin, als hätte er eine Entscheidung getroffen. „Ich bringe dich zum Ritz."

„Nicht das Ritz. Etwas Kleineres, etwas weniger Auffälliges, Diskreteres..."

„Irgendwo, wo dieser Mann nicht suchen wird."

Sie nickte. „Ja."

Er nahm ihre Hand und zögerte, während er in ihrem Gesicht nach etwas suchte, sie hatte keine Ahnung wonach. Und für einen langen Moment hatte sie das Gefühl, als er seinen Kopf zu ihrem neigte, dass er sie küssen würde. Sie schwankte ein wenig zu ihm hin, aus reinem Instinkt. Aber er trat zurück.

„Ich hoffe, Aurora, dass du diesem Mann entkommst und nicht mehr weglaufen musst. Weglaufen ist nie die Antwort."

„Manchmal ist es das doch. Wenn es keinen anderen Ausweg gibt, ist es das. Hast du das nie getan? Bist du nie weggelaufen, anstatt dem gegenüberzustehen, was du nicht ändern kannst, dem du auf keine andere Weise entkommen kannst?"

Er schien bei ihren Worten fast zurückzuschrecken. Er schüttelte den Kopf in einer ruckartigen Bewegung, die sie als verneinende Antwort deutete.

„Dann hast du Glück." Sie schaute sich in dem Raum um, der für seine bevorstehende Abreise vorbereitet war. „Was treibt dich also an Weihnachten aus diesem wunderschönen Haus? Familie?"

„Gewissermaßen. Ich habe viele Jahre in Paris gelebt. Aber es ist Zeit, nach Hause zurückzukehren, zurück zur Sonne, zum Licht."

Sie deutete auf das unverhangene Fenster. „Das ist ironisch. Sieh nur, wie hell es da draußen ist." Er folgte ihrem Blick und schaute hinaus in eine Welt, die in einen überirdischen weißen Schein gehüllt war.

Sie wusste um Herzschmerz, wusste, wie man seine eigenen Gefühle auf die Welt projiziert. Sie drehte sich um und schaute, schaute wirklich, diesen charmanten, freundlichen Mann mit dem umwerfenden Lächeln an. Er lächelte jetzt nicht und sie konnte eine Geschichte von Schmerz in seinen Augen sehen. „Vielleicht ist es nicht draußen, wo es dunkel ist." Wut blitzte in seinen Augen auf, als er sich zu ihr umdrehte. Und sie trat zurück. Was zum Teufel dachte sie sich dabei? „Ich muss gehen. Könntest du mir ein Taxi rufen?"

Die Wut war so schnell verschwunden, wie sie gekommen war. Aber das Lächeln kehrte nicht zurück. „Ich fahre dich. Ich kenne einen Ort."

Es war eine kurze Fahrt durch die Pariser Straßen zu dem kleinen, aber exklusiven Hotel, das Sahmir gelegentlich nutzte, wenn er diskret mit seinen Geliebten sein musste.

Er lenkte den Wagen vor die geschlossenen Türen und schaltete den Motor aus. „Der Concierge wird in wenigen Momenten hier sein."

Sie antwortete nicht, saß nur da und schaute besorgt die elegante Fassade hinauf. „Bist du sicher, dass ich dort sicher bin?"

Nein, das war er nicht. Aber es war der einzige Ort, den er kannte, wo eine Frau frische Kleidung kaufen, sich ausruhen und einen Mietwagen für den nächsten Morgen bestellen konnte.

„Es ist der beste Ort, der mir einfällt. Sie waren in der Vergangenheit diskret, wenn es darum ging, welcher Scheich aus dem Nahen Osten mit welcher verheirateten Tochter eines Premierministers schlief."

Sie schaute ihn mit diesen blauen Augen an, deren Farbe im schwachen Licht des Wageninneren nicht mehr zu erkennen war. Aber er kannte ihren Farbton, nicht saphirblau wie er zuerst gedacht hatte, sondern etwas Zarteres - wie ein regengespülter Himmel. „Bist du dieser Scheich?"

Das Geräusch einer sich öffnenden Tür ersparte ihm die Antwort. Er wollte sich von seinem Sitz erheben, aber sie hielt ihn mit ihrer Hand zurück. „Komm nicht mit raus. Mir geht's gut. Du hast mehr als genug getan. Du musst keine weiteren Gerüchte über Scheichs mit Erbinnen riskieren."

„Und ist das das, was *du* bist?"

„War." Sie lächelte kurz. „Vielen Dank. Für alles."

Sie beugte sich vor und küsste seine Wange. In diesem Moment drehte er sich zu ihr und ihre Lippen berührten sich. Es war kurz, aber die Wirkung war alles andere als das. Er spürte ihr kleines überraschtes Keuchen auf seinen Lippen, bevor sie sich zurückzog, und er fühlte denselben Schock in sich selbst. Es war wie das Zusammentreffen der entgegengesetzten Pole eines Magneten. Es fühlte sich einfach richtig an.

„Gern geschehen. Vielleicht treffen wir uns eines Tages unter anderen Umständen. Und du trägst dieses schöne Kleid im Sonnenschein, wenn du glücklich bist."

„Das wird nie passieren."

Er runzelte die Stirn. „Warum?"

„Ich trage immer Jeans. Ich kleide mich so, wie es mir gefällt, nicht für andere."

„Du willst nie jemandem gefallen?"

„Jetzt nicht. Nie wieder."

Sie zog sich plötzlich zurück und war aus dem Auto, bevor er es bemerkte. Instinktiv griff er nach ihr. Sie drehte sich um, und stattdessen sagte er *„Bonne chance"* und schloss die Tür hinter ihr.

Er wartete nur, bis er sah, wie sie die Lobby betrat. Dann fuhr er in die Nacht hinaus, zurück zu seinem Zuhause. Aber nur für heute Nacht. Er hatte bekommen, wofür er nach Paris gekommen war - Finanzen, die die Zukunft seines Landes sicherten. Jetzt war es Zeit zu gehen.

Sobald Aurora die Hotellobby betrat, wusste sie, dass sie einen schrecklichen Fehler gemacht hatte. Es waren die schnell wandernden Augen des Concierge, trotz seines ansonsten neutralen Gesichtsausdrucks, die sie zuerst alarmierten. Aber erst nachdem sie in einen kleinen Raum neben der Rezeption geführt wurde, wusste sie es mit Sicherheit.

Die Tür schloss sich mit einem zu sicheren Klicken und sie drehte sich um, nur um festzustellen, dass der Concierge ihr nicht in den Raum gefolgt war. Dann starrte sie entsetzt, als sich die gegenüberliegende Tür öffnete und der Russe den Raum betrat.

Er lächelte ein Lächeln, das ihr Schauer über den Körper jagte. Ihr wurde fast schlecht, und nur die Weigerung, sich vor diesem Mann zu demütigen, hielt sie davon ab. Sahmir hatte sie verraten. Sie hatte wieder jemandem vertraut, der sie verraten hatte. Er musste erraten haben, woher sie kam, und hatte den Russen kontaktiert, als er die Bettdecke holen ging.

„Rory."

„Vadim!", sagte sie mit erhobenem Kinn. „Ich bleibe heute Nacht hier und dann verlasse ich Paris."

Er lachte und trat dicht an sie heran, versuchte sie mit seiner Größe und Schwere einzuschüchtern. „Nein, meine Süße, du wirst Paris morgen nicht verlassen. Du kommst mit mir zurück."

# KAPITEL 2

„Stand", sagte Sahmir und bestätigte seine Entscheidung, keine weiteren Karten zu nehmen, indem er seine Karten unter den Geldhaufen schob. Vadim – oder der Russe, wie er allgemein bekannt war – hatte sich keinen Millimeter bewegt. Sahmir machte ihm Sorgen, genau das wollte er erreichen.

Sahmir ließ seinen Blick durch den Raum schweifen. Es war nicht sein erster Besuch in dem kleinen Casino-Hotel, das der Russe als Stützpunkt in Paris nutzte, aber er war noch nie in diesem privaten Raum gewesen. Wo war sie? Hinter einer dieser Türen? Das Spiel lief seit Stunden und noch immer war sie nicht aufgetaucht. Der Russe zeigte normalerweise gerne seine Trophäenfrauen vor.

Zu denken, dass er das Hotel heute Morgen fast nicht kontaktiert hätte. Wenn er es nicht getan hätte, hätte er nicht herausgefunden, was passiert war – dass der Russe das Hotel offensichtlich auch regelmäßig nutzte und den

Portier des Hotels mehr bestochen hatte als Sahmir. Noch hätte er dieses kurzfristige Spiel mit dem Russen arrangieren können.

Von allen Menschen, mit denen Aurora verstrickt sein konnte, musste es ausgerechnet *dieser* Mann sein – ein Mann, mit dem er zum ersten Mal an der Universität in Paris Karten gespielt hatte, ein Mann, der zu einem der rücksichtslosesten Verbrecher Europas geworden war.

„Hit." Schweiß glänzte auf der Stirn des Russen, als er eine Karte vom Dealer annahm. Er sah sie an und schluckte. Sahmir wusste, dass der Russe sich überkauft hatte, bevor er es sagte. Er konnte es an dem Zucken in den Augenwinkeln des Russen erkennen. Er wusste es mit Sicherheit, als der Russe ihn mit Augen ansah, die so kalt wie zornig waren. Sahmir nahm genüsslich einen Schluck Whiskey, während sie beide darauf warteten, dass der Dealer seine restlichen Karten austeilte.

Eine nach der anderen teilte der Dealer sich selbst zu. „Überkauft", verkündete der Dealer und sah nervös zum Russen. Zweifellos war das kleine Casino stark von der Schirmherrschaft des Russen abhängig, und zweifellos lebten sie deswegen in ständiger Angst. Sahmir zog den Gewinn zu sich heran. Der Dealer verließ schnell den Raum, seine Erleichterung war spürbar.

Die Augen des Russen glitzerten unter dem Deckenlicht. „Du hast heute Abend einen Lauf, mein Freund."

Sahmir verbarg seinen Widerwillen, von dem Mann als Freund bezeichnet zu werden. Er musste etwas tun, um sie hervorzulocken. Er kannte die Schwächen des Russen, von denen es viele gab, und er wusste, wie er den Russen subtil dazu bringen konnte, beim Kartenspiel den falschen Zug zu machen. Er würde jetzt die gleiche Taktik versuchen. „Nur eine Glückssträhne, Vadim, das ist alles. Wie auch immer, das war mein letztes." Er schob sein leeres Glas weg. „Ich höre für heute auf."

„Es ist noch früh."

„Du nennst drei Uhr morgens früh?"

„Das tue ich, wenn mein Spielpartner im Begriff ist zu gehen und den ganzen Gewinn mitnimmt, ohne mir eine faire Chance zu geben, etwas zurückzugewinnen."

Sahmir spürte die knisternde Spannung in der Luft. Er spielte schon zu lange mit dem Feuer, um es nicht zu bemerken. Vadim war kein Mann, den man sich zum Feind machen sollte, aber er hatte keine Wahl, wenn er Aurora finden wollte. Er zwang sich zu einem Lächeln. „Ich kehre heute nach Ma'in zurück."

„Natürlich. Du heiratest, wie ich höre. Irgendeine Erbin aus einem Nachbarland. Hässlich wie die Nacht zweifellos, aber mit Geld. Und Geld spricht ja bekanntlich Bände, nicht wahr? Tariq hat alles eingefädelt, oder? Sag mir, Sahmir, wie ist es, dem älteren Bruder hörig zu sein?" Der Russe erhob sich und ließ sich von einem seiner Männer Feuer für seine Zigarette geben, wobei er den Rauch lässig in Sahmirs Gesicht blies.

Sahmir widerstand dem Drang, sich abzuwenden.

„Wie ist es, eine Frau heiraten zu müssen, die du kaum kennst?", fuhr der Russe fort.

Sahmir biss die Zähne zusammen und lächelte ein freudloses Lächeln. „Alles bestens", sagte er schließlich, als er sich wieder unter Kontrolle hatte. Er stand auf und stopfte das Bargeld und die Bankschecks in seine Taschen.

„Alles bestens, in der Tat." Der Russe zog tief an der Zigarette, seine Augen verengten sich, während er Sahmir weiter anstarrte. „Deine Erbin wird dir einen lukrativen Seehafen sowie mehr Mineralien bringen, als du in einer Generation abbauen kannst. Du bist wirklich ein Glückspilz, dass es dir nichts ausmacht, mit wem du schläfst, um reich zu werden."

„Ich höre, du hast auch eine Vorliebe für Erbinnen."

„In der Tat, aber ich habe höhere Standards als du. Reichtum, Klasse *und* Schönheit sind nicht verhandelbar. Eine Jungfrau ist vorzuziehen, aber die sind heutzutage so schwer zu finden."

Sahmir schnaubte, bis ins Mark angewidert. „Natürlich, Vadim. Hast dir das französische Anwesen geholt, das du schon immer wolltest, wie ich höre."

„Fast. Ein Anwesen im Fürstentum Roche, nahe Monaco, um genau zu sein. Hab mir auch eine Erbin geholt. Sie ist eine echte Aristokratin. Aber eine Aristokratin mit Temperament" – er berührte einen Schnitt an seiner Lippe – „aber daran arbeite ich noch." Er nickte einem seiner Leibwächter zu, der prompt verschwand.

Sahmir wurde schlecht.

„Ja", fuhr der Russe fort, während er an seiner Gauloises zog. „Das Anwesen ist wunderschön. Du musst mich dort mal besuchen kommen."

„Natürlich." Die Worte erstarben in Sahmirs Mund, als sich die Tür öffnete und einer von Vadims Männern eine Frau halb hereinzerrte, die ein Abendkleid trug, das er sofort wiedererkannte – dunkelrot mit einem bauschigen Rock und einem schwarzen Mieder. Sie warf ihr langes dunkles Haar aus dem Gesicht, ihr Kinn trotzig erhoben und die Augen funkelnd. Augen, die er in der Nacht zuvor gesehen hatte – Augen in der Farbe eines regengewaschenen Himmels – mit einem geschwollenen Bluterguss von der Größe einer Faust auf dem Wangenknochen, den er in der Nacht zuvor nicht gesehen hatte.

Er schluckte die aufsteigende Galle hinunter und tat so, als würde er einen imaginären Fleck von seiner Jacke wischen, während er den Blick von ihr abwandte. Jahre des Verbergens seiner Gefühle vor seinen Kartenspielgegnern kamen ihm jetzt zugute. Nur dass es diesmal kein gewinnbringendes Blatt war, das er verbergen musste. Er betete, dass sie nicht verraten würde, dass sie sich bereits begegnet waren, sonst würde er sie nie hier herausholen können. Und er würde sie hier herausholen, das stand fest.

Was zum Teufel machte Sahmir hier? Dieser Bastard! Rory schaute wütend durch den Raum und forderte jeden heraus zu sprechen, sie noch einmal anzufassen. Aber sie schauten nicht sie an, sondern Sahmir. Sie richtete ihren Blick wieder auf Sahmir und öffnete den Mund, um etwas zu sagen, aber bevor sie konnte, war der Russe bei ihr, seine Hände in ihren Haaren, als er sie zu sich zog und ihr einen Kuss aufzwang – einen widerlichen Kuss mit offenem Mund. Sie zog sich zurück und spuckte ihn an. Es landete auf seiner Wange, hing dort für einen Moment, bevor er es angewidert wegwischte und ihr ins Gesicht schlug. Es brannte, aber nicht mehr als die Demütigung.

Sie warf Sahmir einen weiteren flammenden Blick zu. Aber der Schock in seinem Gesicht wirkte echt und zum ersten Mal fragte sie sich, ob er sie wirklich an den Russen verraten hatte. Sein Verrat hatte sie die ganze Nacht und den langen Tag gequält. Sie hatte ihm instinktiv vertraut und er hatte sie diesem Monster ausgeliefert. Aber jetzt, konfrontiert mit seiner Reaktion, die er schnell vor den anderen verborgen hatte, schlichen sich Zweifel in ihre Gedanken. Sie schluckte die Beleidigungen hinunter. Was wahrscheinlich auch gut so war, denn ihre Stimme war heiser vom Schreien auf den Russen.

„Siehst du", sagte der Russe zu Sahmir. „Ich habe dir gesagt, sie ist ein Wildfang."

Sahmir streifte seine Jacke ab und hängte sie mit bedächtiger Präzision über die Stuhllehne, bevor er zum Russen aufblickte. „Noch ein Spiel also?"

Der Russe lachte. „Ha! Also gefällt sie dir?" Er wandte sich Aurora zu. „Dies ist Prinz Sahmir ibn Saleh al-Fulan von Ma'in. Ein echter Scheich, meine Liebe. Und das ist Aurora Lucienne de Chambéry."

Sie verengte ihre Augen. Warum stellte der Russe Sahmir ihr vor? Wusste er etwa nicht von ihrer Begegnung in der vergangenen Nacht? Hatte Sahmir sie irgendwie verraten und dabei seinen Namen herausgehalten? Oder vielleicht hatte Sahmir sie *nicht* verraten. Möglicherweise war es ein Hotelangestellter gewesen? Wer auch immer es war, sie war sich sicher, dass der Russe nichts von ihrer Begegnung mit Sahmir wusste, und bis sie verstand, was vor sich ging, würde sie ihn nicht aufklären.

Aber was war mit Sahmir? Wenn er nur ihren Blick erwidern würde, dann wüsste sie, ob er des Verrats schuldig war. Es gab nur einen Weg, das herauszufinden. Sie würde ihn testen.

Sie schüttelte die Hand des Leibwächters ab und ging zu Sahmir hinüber. Sahmir schien damit beschäftigt zu sein, einen obszönen Haufen Geld vor sich auszubreiten. Sie streckte ihm ihre Hand entgegen. Jetzt müsste er aufschauen und sie würde an seinem Gesichtsausdruck ein für alle Mal erkennen, ob er des Verrats schuldig war.

Seine Nasenflügel bebten, als sie noch einen Schritt näher kam, als würde er ihren Duft einatmen. Dann blickte er abrupt auf und in diesem Moment wusste sie es. Er hatte keine Ahnung gehabt. Irgendwie war er mit dem Russen verstrickt und es hatte nichts mit ihr zu tun. Seine Augen waren zornig, angewidert und verletzt zugleich. Aber nur sie konnte das sehen. Niemand sonst. Er nahm ihre Hand und drückte sie sanft. „Aurora, freut mich, Sie kennenzulernen."

Hoffnung keimte in ihr auf. Er würde sie hier rausholen. Genau wie er es letzte Nacht versucht hatte, würde er es heute Nacht tun – sie vom Russen retten.

Sie trat zurück, als Sahmir den anderen ein anderes Gesicht zeigte – ein undurchdringliches Gesicht, das nichts als gute Laune und Charme verriet. Wie konnte er nur von dem, was sie in ihm sah, zu diesem werden?

„Vadim, ich glaube, du hast Recht. Ein letztes Spiel. Der Gewinner bekommt alles."

Der Russe gab ein Zeichen, den Dealer wieder in den Raum zu rufen. Sein selbstgefälliger, zufriedener Blick ließ sie zu Sahmir zurückschauen. Was war *sein* Spiel?

„Mit einer kleinen Variation. Was hältst du davon, wenn wir es etwas würzen?"

„Ich höre", antwortete Sahmir leise, seine Augen aufmerksam und fokussiert, seine Hände klopften den Stapel Geldscheine auf den Tisch, der einzige Hinweis auf seine Unruhe.

„Ein weiteres Spiel. Statt Bankschecks werde ich

diesmal die reizende Aurora als meinen Einsatz verwenden. Eine Hand. Ein Mal. Nimmst du an?"

„Nein!", schrie Aurora.

Der Russe sah sie nicht einmal an, nickte nur in ihre allgemeine Richtung, als wäre sie ein Möbelstück – eine Ware, mit der man spielen konnte, etwas zum Handeln.

Sahmir klopfte weiter, drehte den Stapel Scheine auf den Kopf und klopfte sie wieder. Er zuckte mit den Schultern. „Wirklich?"

„Ja, wirklich. Es würde mir Freude bereiten zu wissen, dass sie dir Freude bereitet." Er wandte sich ihr zu. „Und sie muss eine kleine Lektion lernen, wer hier die Kontrolle hat."

„Bastard!" Diesmal drehte sich der Russe um und nickte einem seiner Männer zu, der ihr eine Hand auf den Mund presste.

Sahmir schien es nicht zu bemerken. „Wie du willst."

„Wie *du* willst", grinste der Russe lüstern. „Tust du? Sie mögen, meine ich?"

Bevor sie sich bewegen konnte, hatte er seine Hand unverschämt über ihre Brüste gleiten lassen. Sie zuckte zusammen und versuchte sich wegzubewegen, aber der Leibwächter hielt sie fest. Der Russe lachte. Sahmir hatte nicht hingesehen, sondern seinen Blick fest auf den Russen gerichtet.

„Ja, ich mag sie. Wer würde das nicht?"

„Ich, momentan. Ich würde sie gerne ein bisschen bestraft sehen." Der Russe beugte sich vor und strich mit seinem Daumen schwer über den kleinen Schnitt auf seiner Lippe. „Das hat sie getan. Eine kleine Bestrafung ist angebracht. Lass sie wissen, was sie wirklich wert ist." Er hielt einen Spielchip hoch. „Nicht mehr als einen von diesen. Du kannst gerne eine Nacht mit ihr verbringen." Er hob listige Augen zu Sahmir. „Wenn du gewinnst, versteht sich."

Ihr Gesicht brannte, aber sie weigerte sich, etwas zu sagen. Selbst als Sahmir ihr einen Blick zuwarf, der sie fast tötete. Sie spürte einen großen Kloß in ihrem Hals. Sie wollte weinen – nicht vor Wut weinen, nicht vor Hass weinen – sondern vor Mitleid weinen. Plötzlich sah sie sich, wie er sie sah.

„Gut." Das Wort war kaum hörbar. Irgendwie wusste Aurora, dass er es lauter hatte sagen wollen. Sahmir räusperte sich. „Die Bedingungen sind zufriedenstellend. Lass uns beginnen." Er nickte dem Dealer zu, der die Karten mischte.

Der Russe saß Sahmir gegenüber. Es waren nur sie beide, zusammen mit dem verängstigten Dealer, die am großen Tisch saßen. Die Männer des Russen waren im Raum verteilt, lehnten an der Wand, und Sahmirs eigener Leibwächter stand hinter ihm. Er sah aus, als könnte er es mit allen alleine aufnehmen.

Aurora versuchte, sich aus dem festen Griff des Leibwächters zu befreien. Der Mann grunzte, als Aurora gegen seine Schienbeine trat, und der Russe drehte sich um und nickte dem Leibwächter zu. „Lass sie. Sie geht nirgendwo hin." Dann warf er einen Blick zu Sahmir. „Noch nicht jedenfalls."

Aurora saß ruhig zur Seite und wünschte Sahmir den Sieg. Er war ihr *einziger* Ausweg. Das wusste sie jetzt. Sie hatte gedacht, sie könnte es mit diesem Russen aufnehmen, der sich in das Leben ihres Vaters eingeschlichen hatte. Sie hatte gedacht, ‚die Vereinbarung', die ihr versprochen worden war und sie nach Paris gelockt hatte, würde ihr das Recht geben, auf ihrem Anwesen zu bleiben. Aber die einzige Vereinbarung, die der Russe im Sinn hatte, war ihre Unterschrift zur vollständigen rechtlichen Übertragung des Anwesens an ihn. Und Sex mit ihr. Beides hatte sie ihm nicht gegeben.

Sie war eine Närrin gewesen, nach Paris zu kommen, aber sie hatte noch nie von der *Solntsevskaya Bratva*, der russischen Mafia, gehört, und in den letzten drei Tagen hatte sie Dinge gesehen und gehört, von denen sie immer gedacht hatte, sie seien Erfindungen der Boulevardpresse.

Erst jetzt wurde ihr klar, wie unschuldig sie und ihr Vater gewesen waren und wie vollkommen überfordert sie mit diesen Verbrechern war. Aber aus irgendeinem Grund kannte Sahmir sie und konnte mit ihnen umgehen.

Beide Männer schauten sich an, mit verengten Augen, jetzt ohne jede Höflichkeit. Die Spielregeln waren festgelegt und ihre Konzentration war vollkommen. Im Raum war nichts zu hören außer dem dumpfen Surren der Klimaanlage und dem Mischen der Karten durch den Dealer, das Geräusch des neuen Kartenspiels knisterte, als sie zusammengefächert und dann getrennt, gemischt und wieder zusammengebracht wurden. Niemand sprach. Alle Augen waren auf die Karten gerichtet, die ausgeteilt wurden.

Aurora zitterte und rieb unbewusst ihren blau geschlagenen Arm. Ihr ganzer Körper schmerzte von den Schlägen des Russen und einer schlaflosen Nacht voller Angst.

Sahmir schob sein ganzes Geld vor sich, zog die Karten zu sich und hob sie leicht an, um sie zu prüfen. Er ließ sie wieder verdeckt auf den Tisch zurückfallen und schob sie unter sein Geld. „Stand."

„Selbstsicher, was?", höhnte der Russe.

„Natürlich. Die Höhe meines Einsatzes spricht für sich."

Der Russe schnaubte. „Ich hätte auch nichts Geringeres akzeptiert. Sieh sie dir an. Sie ist es wert."

Aber Sahmir antwortete nicht, er sah den Russen nicht einmal an.

Der Russe nickte einem Leibwächter zu, der zu Aurora ging, ihr eines ihrer Armbänder abstreifte und es dem Russen gab. Der Russe schob es zu Sahmir. „Ich könnte sie auch über den Tisch legen lassen, wenn du das vorziehst?" Er sah sie an und ihr Blut gefror in den Adern. Wie hatte sie diesen Mann nur unterschätzen können? Er war durch und durch böse.

Sahmir blickte auf, sein Gesicht grimmig. Er sah sie nicht an. „Das Armband wird genügen." Er hielt seinen Blick fest auf den Russen gerichtet und zum ersten Mal konnte Aurora die stählernen Tiefen in Sahmir erkennen. Er schien ein völlig anderer Charakter als der Russe zu sein, aber sie erkannte, dass Sahmir in einem Kampf der Geister ebenso furchteinflößend sein würde. Sie hoffte nur zu Gott, dass jede Ähnlichkeit dort endete. Hoffte einfach, dass er gewinnen würde und dass sie dann frei wäre zu verschwinden.

Der Russe schaute auf seine Karten und kratzte sie über den Tisch. „Hit", murmelte er. Er bewegte sich einen Moment nicht, sondern hielt weiterhin Sahmirs Blick fest. Dann sah er langsam auf die Karte, die ihm der schwitzende Dealer zugeschoben hatte.

Aurora konnte an der fehlenden Bewegung des Russen erkennen, dass er eine gute Karte bekommen hatte – gut für ihn, aber schlecht für sie und Sahmir. Als er aufblickte, glänzten seine Augen vor Aufregung. Ohne seinen Blick von Sahmir zu lösen, kratzte er seine Karten erneut über den Tisch, das Zeichen für eine weitere Karte. „Hit."

Eine weitere Karte wurde ihm zugeschoben. Ein weiterer Blick selbstgefälliger Zufriedenheit. Aurora wurde übel. Sie schaute zu Sahmir. Aber sein Ausdruck hatte sich nicht verändert. Er verriet nichts. Sie hatte keine Ahnung, was er dachte; keine Ahnung, ob sein Blatt gut oder schlecht war.

Wieder kratzte der Russe seine Karten über den Tisch. „Hit", formte er lautlos mit den Lippen, die Augen auf Sahmir fixiert. Eine weitere Karte wurde über den Tisch geschoben. Die Schultern des Russen entspannten sich und er lehnte sich in seinem Stuhl zurück, die Erleichterung war sichtbar.

„Nein!", rief Aurora.

Der Russe drehte sich scharf zu ihr um. „Bring sie zum Schweigen!", schrie er seinen Leibwächter an, der seine Hand über ihren Mund legte. Sie bemerkte, dass Sahmirs Konzentration nicht nachgelassen hatte. Der Russe wandte sich wieder dem Spiel zu, offensichtlich verärgert über die Ablenkung.

War es wirklich ihr Schicksal, beim Russen zu bleiben? Sahmir mochte ihren Aufenthaltsort an den Russen verraten haben. Aber irgendwie glaubte sie das nicht. Dass Sahmir mit Leuten wie dem Russen verkehrte, deutete darauf hin, dass er kein guter Mensch war. Aber letzte Nacht hatte er sich gut *angefühlt*, und unendlich besser als der Russe. Er hatte ihr zugehört, er war freundlich gewesen – beides Dinge, die der Russe nicht gewesen war. Sie *musste* diesen Raum mit Sahmir verlassen. Sie würde lieber sterben, als sich dem Russen zu unterwerfen.

Sahmir und der Russe tauschten einen langen Blick aus, keiner verriet etwas. Würde der Russe noch eine Karte riskieren? Wenn es ihn über die magische Zahl einundzwanzig brachte, würde er sowohl ein Vermögen als auch sie verlieren. Sie machte sich nichts vor, dass er sich um sie sorgte, nur um seinen Stolz. Aber er sorgte sich ganz bestimmt um das Geld, das sich vor Sahmir türmte. Die Anzahl der Nullen auf dem Bankscheck des Russen, der nachlässig obenauf lag, ließ sie würgen, als ihr Magen auf die Angst reagierte. Der Russe wollte dieses Geld verzweifelt und das bedeutete, er würde auch sie bekommen.

Der Russe schaute auf die Rückseite seiner Karten. Er hatte nichts aus Sahmirs Anblick herauslesen können, das konnte sie erkennen. Seine Nerven zeigten sich jetzt in dem nervösen Zucken seines Kiefers und dem grauen Schweißfilm, der sich auf seiner Stirn und seiner Oberlippe bildete. Seine Augen wanderten zurück zu Sahmir.

Auroras Herz schlug so laut, dass sie dachte, jeder müsste es hören. Der Russe würde gewinnen. Es gab keine Möglichkeit, dass der Dealer oder das Casino es wagen würden, sich in den Ausgang des Spiels einzumischen. Es war zwischen dem Russen und Sahmir, und Sahmir würde verlieren.

Der Russe lehnte sich in seinem Stuhl zurück. Würde der Russe annehmen, dass Sahmir aufgehört hatte, weil seine zwei Karten die magische Zahl erreichten, in welchem Fall der Russe vorpreschen und um eine weitere Karte bitten musste? Oder würde er denken, dass Sahmir bluffte, in welchem Fall er besser bei dem bleiben sollte, was er bereits hatte, und nicht dieses zusätzliche Risiko eingehen?

Sahmir verriet nichts. Er bewegte sich nicht. Er saß da, nicht in seinem Stuhl lümmelnd, aber auch nicht unwohl. Er wirkte vollkommen gefasst. Er musste Nerven aus Stahl haben, ganz zu schweigen von einem Herz aus Eis, um sich mit dem Russen auf diese Art Spiel einzulassen. Wenn er gewann, würde sie dann vom Regen in die Traufe kommen?

Die Hand des Russen zuckte über die Karten und zog sich dann zurück. Er schnippte mit den Fingern und eine angezündete Zigarette wurde ihm sofort gereicht. Er lehnte sich zurück.

„Was meinst du, Sergei?", fragte er seinen Leibwächter hinter ihm und brach damit alle Regeln des Spiels, indem er mit seinen Männern sprach. Es schien, als sollte alles nach seinen Bedingungen laufen. „Blufft der Scheich?"

Der Leibwächter wusste es besser, als zu antworten. Er blieb stumm und hielt Auroras Arme fest.

„Huh?" Der Russe lehnte sich vor und verengte seine Augen, blies Sahmir Rauch ins Gesicht. Sahmirs Leib- wächter ballte seine Fäuste, bewegte sich aber nicht. Sahmir wartete einen Moment und lehnte sich dann langsam vor, die Arme vor sich auf dem Tisch verschränkt.

„Willst du, dass ich es dir sage?", fragte Sahmir.

„Es würde das Leben sicherlich einfacher machen."

„Es würde das Leben nur für dich einfacher machen, wenn du wüsstest, ob ich lüge oder nicht."

Der Russe zog stark an seiner Zigarette. Eine Rauch- wolke lag über dem Tisch, das elektrische Licht fing ihre Bewegung ein. „Sag es mir."

„Ich bluffe", sagte Sahmir und lehnte sich zurück. Kein Lächeln, keine Grimasse, nichts als stahlharte Intensität.

Sein Gesicht lag unheimlich im Schatten der Deckenbeleuchtung. Er sah überhaupt nicht mehr aus wie der Mann, den sie am Vorabend kennengelernt hatte.

„Ein doppelter Bluff", der Russe blies Rauch aus, aber es war nur Prahlerei. Er verlor die Nerven. Sie konnte es an seinen schnellen Augenbewegungen erkennen.

Sahmir sagte nichts.

Der Russe versuchte nicht einmal, den Schweiß wegzuwischen, der von seiner Stirn tropfte. Er kratzte noch einmal mit seinen Karten über den Tisch. „Hit."

Der Dealer schob ihm die Karte verdeckt zu. Ihr Leben hing von einem Glücksspiel ab. Sahmir würde sie doch sicher nicht hier lassen? Vielleicht würde er die Polizei rufen und sie würden kommen. Aber in ihrem Herzen wusste sie, dass das nicht passieren würde. Sie wären längst fort, hätten diesen Ort verlassen, bevor Hilfe eintreffen würde.

Plötzlich schnellte die Hand des Russen vor und hob die Karte halb an. Er starrte sie an, als könne er es nicht glauben. Er drehte die Karten um und zeigte eine überreizte Hand. Jetzt hing alles von Sahmirs Karten ab.

Sahmir drehte seine Karten mit überlegter Präzision um. Ein Ass und eine Drei. Hätte der Russe mit seiner vierten Karte aufgehört, hätte er gewonnen. Sahmir hatte tatsächlich geblufft.

Alle Augen waren auf den Dealer gerichtet, als er die Karten aufdeckte, die zum unvermeidlichen Bust führten.

„Mein Spiel, glaube ich." Sahmir streckte sich vor, nahm das Armband aus der Mitte des Tisches und warf Aurora einen kurzen Blick zu. Zum ersten Mal sah sie seine Erleichterung. War es wegen des Geldes oder wegen ihr?

Aber bevor Sahmir seine Hand wegziehen konnte, klemmte sich die große, behaarte Hand des Russen über Sahmirs. „Warum die Eile, mein Freund? Du würdest mir doch nicht die Chance verwehren, sie zurückzugewinnen, oder?"

„Du hattest deine Chance und hast verloren. Hat dir deine Mutter nie beigebracht, dass die Party vorbei ist, wenn sie vorbei ist?"

Der Russe blickte gefährlich finster. „Noch einmal." Er schielte zum Geld.

Sahmir umklammerte das Armband und lehnte sich zurück, während er den goldenen Reif gegen seine andere Hand klopfte. „Ich sage dir, was ich tun werde. Als Zeichen meines guten Willens." Er schob die Scheine zum Russen und raffte den Rest des Geldes zusammen, das er vor ihnen allen auf dem Tisch durchmischte. „Behalt die Schuldscheine der Bank. Die sind immer so lästig einzulösen."

Sahmir stand auf und steckte das Bargeld in seine Tasche. „Und ich behalte meine Nacht mit Aurora." Er wandte sich ihr zu und bot ihr das Armband an. „Deins, glaube ich?"

Aurora versuchte, sich von den Bodyguards loszureißen, aber ihr Griff war noch immer fest. „Lasst mich los!"

„Ich würde tun, was sie sagt, wenn ich du wäre", sagte Sahmir so leise und doch so bestimmt, dass der Bodyguard sie losließ. Sahmir streckte ihr seine Hand entgegen und sie zögerte. Er lächelte, das warme, verführerische Lächeln vom Vorabend, und sie trat auf ihn zu. Sie hatte keine Wahl. Er war ihr einziger Ausweg.

Der Russe blickte wieder finster, diesmal aber Aurora an. „Gebt sie dem Scheich."

Aurora wurde plötzlich auf Sahmir zugestoßen und er fing sie auf, stabilisierte sie, aber verriet nichts in seinen Augen, die stetig auf den Russen gerichtet waren. Sahmir hatte noch immer die absolute Kontrolle. „Wir werden jetzt gehen."

„Nein, werdet ihr nicht. Wenn du sie willst, kannst du sie *hier* haben" - der Russe nickte zu einem angrenzenden Raum - „oder gar nicht."

Sahmirs Bodyguard trat vor und füllte den kleinen Raum mit seiner massiven Erscheinung. Sahmir hob seine Hand, um ihn zu stoppen.

„Du würdest doch sicher nicht die Wette brechen?"

„Natürlich nicht. Ich bin ein Mann von Ehre." Der Russe lächelte hinterhältig. „Wenn du sie willst, kannst du sie haben. Hinten durch. Jetzt. Und dann gehst du."

„Und was, wenn ich sie mitnehmen will?"

„Wenn du gehst, gehst du allein. Wenn du sie willst, nimmst du sie hier."

„Dann will ich die ganze Nacht. Nicht nur eine halbe Stunde."

Der Russe zuckte mit den Schultern. „Das ist in Ordnung. Solange sie nicht weggeht. Ich lasse sie nicht wieder entkommen. Nicht bis ich von ihr bekommen habe, was ich will. Ich werde meine Männer draußen postieren."

Sahmir zuckte mit den Schultern. „Das ist nicht nötig. Ich werde sie zu beschäftigt halten, um ans Fliehen zu denken."

Der Russe grinste. „Gut. Geht jetzt, ihr könnt diesen Raum benutzen."

Sahmir ergriff ihre Hand fest, beruhigend, und ließ sie nicht los.

„Du scheinst den Scheich sehr attraktiv zu finden, Aurora", sagte der Russe misstrauisch. „Ich habe nicht um deinetwillen gewettet." Er blickte von einem zum anderen, als Sahmir ihr einen raschen Blick zuwarf. Widerwillig versuchte sie, ihre Hand zurückzuziehen. Dann wieder fester, aber Sahmir hielt sie noch fester.

„So ist es besser", sagte der Russe, beruhigt, dass er ihr keine Freude bereitete. „Jetzt geh. Amüsier dich."

Sahmir, der Auroras Handgelenk noch immer fest umklammert hielt, ging zu seinem Bodyguard und sagte ein paar beiläufige Worte. Der Mann ging sofort.

Er führte sie in den angewiesenen Raum und zog sie hinein. Das wunderschön eingerichtete Zimmer war ein Chaos aus zerbrochenem Glas, verschüttetem Wein und Essen. In der Mitte stand ein ungemachtes Bett mit Seilen, die vom Gestell hingen.

Er ließ sie los und ging schnell von Fenster zu Fenster, gab jemandem draußen Zeichen. „Aurora? Hol deine Tasche."

Sie nickte und lief zum offenen Kleiderschrank und nahm ihren Rucksack, ließ ihren sperrigen Koffer zurück. „Wie zum Teufel kommen wir hier raus?"

Er legte seinen Finger auf die Lippen und deutete mit dem Kopf zum Fenster. „Das ist der einzige Weg." Er ging zu ihr und flüsterte in ihr Ohr. „Bist du gut darin, so zu klingen, als hättest du unfreiwillig Sex, wenn du gar keinen Sex hast?"

Sie schluchzte fast vor Erleichterung, jetzt, da sich ihre Vermutungen bestätigt hatten - Sahmir würde sie nicht vergewaltigen. Sie nickte und stieß einen zaghaften Schrei aus.

„Lauter", flüsterte er.

Sie stieß einen weiteren herzzerreißenden Schrei aus und ließ dabei all ihre Angst und ihren Abscheu der vergangenen Woche einfließen. Jeder draußen konnte sich gut vorstellen, dass ihr Dinge angetan wurden, die sie nicht wollte.

Sahmir nickte und ging noch einmal zum Fenster und spähte hinaus. Sie waren ein paar Stockwerke über dem Erdgeschoss und der hintere Raum blickte auf eine Servicestraße. Das einst prächtige Haus war in ein Geschäftsgebäude umgewandelt worden, und weitere Gebäude waren im hinteren Garten errichtet worden.

Aurora stieß einen weiteren Schrei aus, gefolgt von einem überzeugenden Schluchzen, als sie sah, dass Sahmirs Bodyguard Verstärkung in die Gasse gebracht hatte. Sie erkannte, was Sahmir vorhatte, und ließ ein langes Jammern hören, während dessen Sahmir das Schiebefenster hochzog und ihr bedeutete hinauszuklettern. Der Boden schien weit weg zu sein, aber es gab ein stabiles Fallrohr, das an der Seite des Fensters herunterlief. Sie konnte auf einen Blick erkennen, dass dessen schlechter Zustand ihr zugutekommen würde. Es gab reichlich Fußstützen.

„Kannst du da runterklettern?", flüsterte er in ihr Ohr.

Sie nickte und dankte Gott für die Sommer, in denen sie auf dem Anwesen auf Bäume geklettert war. Sie setzte sich auf die Fensterbank, schwang ihre Beine hinüber und griff nach dem Fallrohr. Sie klammerte sich fest daran, als sie sprang, sodass ihre Füße auf der Rohrverbindung landeten. Es war eiskalt, aber dafür hatte sie keine Zeit. Stattdessen konzentrierte sie sich darauf, ihre Hände und Füße vorsichtig am Fallrohr hinunter zu bewegen.

Nach einigen Minuten schaute sie nach oben und

Sahmir zischte ihr ein Wort zu. „Spring." Sie keuchte und blickte nach unten. Es war immer noch ein Stück, aber Sahmirs Leibwächter stand unten bereit, die Arme ausgestreckt. Ihnen lief die Zeit davon. Sie hatte keine Wahl. Sie holte tief Luft, ließ sich in die Dunkelheit fallen und wurde von starken Armen aufgefangen. Ihr Rucksack folgte Sekunden später. Dann sprang Sahmir zu Boden.

Die Lichter eines Autos auf der anderen Straßenseite blinkten und sie gingen schnell hinüber. Sahmir schob Aurora auf den Rücksitz, folgte ihr, während die beiden Leibwächter sich auf Fahrer- und Beifahrersitz setzten.

Aurora kauerte sich auf dem Sitz zusammen, der Instinkt ließ sie sich ducken.

Der Wagen startete sofort und schlich ohne Scheinwerfer davon, bis er das Ende der Straße erreichte und dann den Boulevard hinunterraste.

Sie zitterte vor Schock. Wieder nahm Sahmir seine Jacke ab und legte sie über sie. „Wo fahren wir hin?"

„Zum Flughafen."

„Ich will nach Hause. Bitte. Lass mich zu meiner Mutter und Schwester nach Hause."

„Warum? Willst du wirklich, dass der Russe dich findet?"

„Nein, ich will-"

Er nahm ihr Kinn in seine Hand und drehte ihr Gesicht ruckartig zu sich. Wenn er am Spieltisch undurchschaubar gewesen war, zeigte er jetzt genug Emotionen. Er war fassungslos. „Es gibt *keine* Möglichkeit, dass du, deine Mutter oder deine Schwester jemals wieder nach Hause können. Nicht wenn du nicht wieder beim Russen landen willst."

„Aber ich habe sonst nirgendwo hin." Sie schaute aus

dem Fenster auf die vorbeirasenden Straßen. Sie mussten mit doppelter Geschwindigkeit unterwegs sein. „Wo fahren wir hin?"

„Zum Flughafen. Um ein Flugzeug in mein Land zu nehmen. Hast du deinen Pass in deiner Tasche?"

Sie nickte stumm.

„Gut, das macht die Sache einfacher. Ohne ihn hätte ich einige Gefallen einfordern müssen. Mit ihm können wir schneller in der Luft sein, auf dem Weg nach Ma'in."

„Wir verlassen Frankreich, verlassen Roche." Sie konnte ihr Elend nicht verbergen, ihr Land, ihr Anwesen, den einzigen Ort, den sie je Heimat genannt hatte, zu verlassen.

„Verstehst du denn nicht, Aurora?", sagte er ungeduldig. „Du hast gewettet, als du nach Paris gekommen bist, um den Russen zu sehen. Du hast gewettet und verloren." Er sah sie mitleidig an. „Du hast verloren", wiederholte er, „mehr als du dir vorgestellt hast."

Sie erkannte, dass er dachte, der Russe hätte sie vergewaltigt.

„Er hat nicht, weißt du, diese Dinge getan-"

„Ich will es nicht wissen", unterbrach er sie. „Du musst mir nichts erzählen." Sahmir lehnte sich schwer zurück und schaute durch die Frontscheibe, seine Züge farblos und angespannt unter dem vorbeiflackernden orangefarbenen Licht. Sie fühlte sich beschmutzt, fühlte sich wie das Opfer, als das er sie sehen musste.

„Er hat nichts getan, sexuell..." Sie schaute aus dem schwarzen Fenster... ins Nichts. „Er konnte nicht. Anscheinend konnte er nur reden." Sie konnte den Schluchzer nicht unterdrücken, der durch ihren Körper hochstieg. Er wurde nur von seiner Hand gestoppt, die er sanft auf ihre legte. Er sah sie immer noch nicht an, fokussierte sich nur auf die Straße vor ihnen.

„Versuch zu vergessen. Es ist vorbei."

Sie schaute nach vorne auf die Überkopfschilder, die zeigten, dass sie nahe am Flughafen waren.

Vorbei? Es hatte gerade erst begonnen.

# KAPITEL 3

Auf dem ganzen Weg zum Flughafen telefonierte Sahmir in einer Sprache, die sie nicht verstehen konnte, aber die Dringlichkeit darin war ihr klar.

Sie hörte mit halbem Ohr zu und versuchte, seine Anweisungen zu erraten und herauszufinden, wohin sie überhaupt fuhr. Im Grunde war es ihr fast egal. Sie war dem Russen entkommen. Sie war ihm entkommen, wiederholte sie sich, während sie ihre Augen vor dem verschwommenen Lichtermeer schloss, als sie über die Autobahn rasten. Plötzlich fühlte sie sich erschöpft und lehnte sich in die Jacke zurück, die Sahmir ihr um die Schultern gelegt hatte, atmete sein Aftershave ein und schloss die Augen.

„Aurora, wir sind da." Sahmirs Stimme war eine willkommene Unterbrechung ihrer Träume.

Sie blinzelte. „Wo?"

„Flughafen Charles de Gaulle."

„Ach." Sie rieb sich die Augen in der Hoffnung, dass es ihr helfen würde, den Kopf klar zu bekommen. Es half nicht. Sie fühlte sich immer noch wie in einem Traum. Erst als sie auf das Rollfeld hinaustrat, klärte die Kälte ihre Verwirrung.

„Es wird bald Morgen." Sie stand neben dem Auto und schaute sich auf dem langsam erwachenden Flughafen um - hell erleuchtet und voller Menschen, selbst zu dieser frühen Stunde. Sie atmete tief die eisige, frische Luft ein. Es fühlte sich an, als hätte sie jahrelang starken Zigarettenrauch und abgestandenen Whiskey eingeatmet. Dabei waren es nur wenige Tage, seit sie in Paris angekommen war.

„Komm. Nicht mehr weit, bis du dich richtig ausruhen kannst."

Nur das Versprechen von Schlaf brachte sie dazu, einen schweren Fuß vor den anderen zu setzen, unterstützt von ihrem Leibwächter auf der einen und Sahmir auf der anderen Seite. Irgendwie schaffte sie es durch die Passkontrolle, wo sich die Beamten vor Sahmir verbeugten und ihn bedienten, wie sie es noch nie erlebt hatte. Doch Sahmir nutzte das nicht aus, sondern blieb höflich und charmant. Erst als sie die Formalitäten erledigt hatten und über das Rollfeld zu den Stufen eines kleinen Jets gingen, sah sie die Anspannung in seinem Gesicht. Unter den hellen Flughafenlichtern, die die Startbahn erhellten, wirkte er angespannt.

Am Fuß der Treppe wurden sie vom Co-Piloten begrüßt. Sobald sie die Stufen hinaufgeeilt waren, wurden die Türen geschlossen und das Flugzeug setzte sich in Bewegung.

Aurora ging durch einen seltsam leeren Raum, der nur mit bequemen Sofas und einem Couchtisch ausgestattet war, und nahm den ihr zugewiesenen Platz ein, während

Sahmir mit dem Piloten und dem anderen Personal sprach. Er verschwand kurz und kehrte erst zu seinem Sitz zurück, als das Flugzeug auf dem Rollfeld wendete und die hell funkelnden Lichter der Startbahn sich vor ihnen erstreckten.

„Geht es dir gut?" Er brachte einen Stoffballen an ihr Gesicht und sie wich zurück, nestelte an ihrem Sicherheitsgurt.

„Nein!" Hatte sie sich in ihm getäuscht? Wollte er sie jetzt betäuben?

Er trat einen Schritt zurück und hob die Hände, um ihr zu zeigen, was er in der Hand hielt. „Das ist ein Kühlpack, Aurora. Ein Kühlpack. Ich werde es dir nicht auf den Kopf hauen oder auf den Mund drücken."

Sie öffnete den Mund, um zu sprechen, aber stattdessen spürte sie Tränen in den Augen, und sie schloss ihn wieder, blinzelte wie verrückt.

„Das ist für deine Wange." Er reichte es ihr, sie nahm es und hielt es fest, dankbar für die Kühle auf ihrem erhitzten Gesicht.

„Danke", flüsterte sie und versuchte, die aufsteigende Anspannung zu kontrollieren.

Er seufzte. „Es tut mir so leid. Ich hätte dich letzte Nacht nicht gehen lassen sollen. Wenn ich gewusst hätte, dass du vor Vadim wegläufst. Gewusst hätte, dass *er* der Mann ist, mit dem du zu tun hattest-"

„Zu tun hatte?" Wut bewahrte sie davor zusammenzubrechen. „Ich habe nur damit zu tun, weil er und seine Anwälte mich mit einem Trick nach Paris gelockt haben, um ihn zu treffen! Anscheinend gehört ihm das Anwesen rechtlich erst, wenn ich einige Papiere unterschreibe. Deshalb haben sie mich nach Paris gebracht. Nicht um mir mein Anwesen zurückzugeben - sondern um es mir ein für alle Mal wegzunehmen."

„Aurora, bitte, reg dich nicht auf. Es ist vorbei."

„Nicht für mich." Sie spürte wieder Tränen in ihren Augen brennen. Sie kniff sie fest zu. „Nicht für mich. Ohne meine Unterschrift wird er mich nie in Ruhe lassen."

Das Flugzeug stieg dann steil auf und ihr wurde klar, dass sie den Boden verlassen hatten, Europa verlassen hatten - das einzige Land, in dem sie je gelebt hatte, das einzige Zuhause, das sie je gekannt hatte. „Wie heißt dein Land?"

„Ma'in."

„Ma'in?" Sie durchforstete ihr Gehirn, versuchte sich zu erinnern, was sie darüber gehört hatte. „Ich glaube, ich habe davon gehört. Ein kleines Land im Nahen Osten?"

„Genau das. Mein Bruder ist König von Ma'in. Dort wirst du sicher sein."

Später wurde ihr klar, dass es die Erleichterung war, die es auslöste. Die Tränen, die sich angedroht hatten, kamen nicht, als sie schikaniert wurde, kamen nicht, als sie beleidigt wurde oder als sie kämpfte, sie kamen erst, als sie wirklich glaubte, in Sicherheit zu sein.

Und sie kamen lautstark. Sie weinte selten, und wenn sie es tat, war es kein hübsches Weinen wie in den Filmen. Alles, was sie tun konnte, war mit den Handflächen auf den Augen dazusitzen und zu schluchzen, während die Tränen zwischen ihren Händen hervorquollen und ihr Gesicht hinunterliefen.

Sie hörten nicht leicht auf und es vergingen viele Minuten, bevor der emotionale Druck nachließ und sie versuchte, die Tränen mit ihren Händen wegzuwischen.

Er versuchte nicht, sie zu berühren, reichte ihr nur einen Stapel Taschentücher. Sie wischte sich die Augen, putzte sich die Nase und lehnte sich zurück.

„Aurora, geht es dir gut?"

Sie schüttelte den Kopf. „Nicht Aurora. Rory. Meine Familie nennt mich Rory." Der Gedanke, dass sie gerade ihr Land mit einem Mann verlassen hatte, der nicht einmal ihren Namen kannte, ließ sie erneut zusammenbrechen.

„Rory, geht es dir gut?", fragte er, nachdem sie sich ausgeweint hatte und ihr Körper wie ein Kleinkind nach einem Wutanfall nach Luft schnappte.

Er beugte sein Gesicht vor sie, damit sie ihn sehen konnte, obwohl sie geradeaus starrte. Er strich ihr verworrenes Haar beiseite. „Ich weiß nicht, was dir passiert ist, und ich will es auch nicht wissen. Aber ich möchte, dass du weißt, dass du bei mir sicher bist. Ich werde niemals zulassen, dass dir jemand wehtut. Sei nicht traurig."

„Bin ich nicht", schluchzte sie und konnte ihn durch die erneut aufsteigenden Tränen nicht sehen. „Ich weine nicht, weil ich Angst vor dir habe."

„Warum dann die Tränen? Warum jetzt?"

Es dauerte einige Minuten, bis das Schluchzen wieder nachließ. „Ich weiß nicht. Oh Gott", sagte sie, während sie sich erneut die Augen wischte. „Ich weine sonst nie. Ich bin immer die Starke."

„Du hast jedes Recht zu weinen. Es ist ja nicht alltäglich, dass eine Frau von einem russischen Mafiaboss entführt wird und dann mit einem fremden Scheich ihr Land verlässt!"

Sie brach in Lachen aus, genau wie er es beabsichtigt

hatte, und dann verwandelte sich das Lachen wieder in Tränen. „Das wäre lustig, wenn es nicht alles wahr wäre", sagte sie schließlich. Plötzlich fühlte sie sich erschöpft. Sie lehnte sich in ihrem Sessel zurück und drehte ihren Kopf auf der Kopfstütze, um ihn anzusehen.

Er beugte sich vor, die Arme auf den Beinen ruhend, den Kopf nach vorne geneigt, während er sie mit besorgtem Blick ansah.

„Ich weine", fuhr sie fort, „weil du der erste Mann seit langem bist, der nett zu mir ist."

„Das tut mir leid zu hören."

„Nein", sie hob ihre Hand. „Sag nicht solche lieben Dinge. Sonst fange ich wieder an."

„Ich darf keine lieben Dinge zu dir sagen?"

„Noch nicht. Vielleicht später, aber jetzt nicht. Aber danke, für alles. Ich weiß nicht, wo ich ohne dich wäre. Oder besser gesagt, ich weiß es, und ich bin dir so dankbar, dass ich nicht dort bin."

„Ich wünschte nur, ich hätte früher helfen können." Er hob seine Hand und berührte sanft ihre geprellte Wange. „Hier" – er reichte ihr das Kühlpack – „es ist vielleicht zu spät, aber leg das auf. Es sollte die Schmerzen und Schwellung lindern."

Sie legte es an ihre Wange. Es schien keine Wirkung zu zeigen, aber es gefiel Sahmir, und sie wollte Sahmir gefallen, weil sie wusste, dass sie ihm nie zurückzahlen könnte, was er für sie getan hatte. „Das ist besser", log sie. „Nochmals danke."

„Sag mir, Rory, was hattest du überhaupt mit dem Russen zu schaffen?"

„Das ist eine lange Geschichte."

„Es ist ein langer Flug. Wir haben die ganze Nacht."

Zunächst sagte sie nichts, schaute nur aus dem Fenster, während sie durch die Wolken aufstiegen. Sie räusperte sich und wandte sich ihm wieder zu.

„Mein Vater ist vor etwas mehr als einer Woche gestorben." Allein diese düsteren Worte brachten die Flut von Leere, Verlust und Wut zurück. Wut darüber, dass ihr Vater sein Leben, die Liebe seiner Familie und sein Anwesen für den Fall der Würfel weggeworfen hatte.

„Das tut mir leid. War es plötzlich?"

„Ja. Er hat sich umgebracht. Er lebte schon länger getrennt von uns. Erst nach seinem Tod haben wir das Ausmaß seiner Spielsucht entdeckt."

„Wie hieß er?"

„Jean-Paul de Chambéry. Warum, kanntest du ihn?" Sie sah plötzlich zu ihm auf, aber er rieb sich gerade mit den Handflächen die Augen und erwiderte ihren Blick nicht. Er sah plötzlich erschöpft aus.

„Ich kenne nicht alle Spieler in Paris", sagte er nach einer langen Pause.

Sie lehnte sich zurück. „Nein, natürlich nicht. Jedenfalls stellte sich heraus, dass er das Anwesen benutzt hatte, um Geld für seine Spielsucht zu beschaffen. Senlisse gehört unserer Familie seit zehn Generationen. Es bedeutet mir alles. Ich habe es in den letzten Jahren praktisch allein geführt. Ich habe es immer geliebt. Und ich hätte es erben sollen. Ich habe nur eine jüngere Schwester, und meine Mutter interessiert sich nicht wirklich dafür." Sie seufzte und spielte mit den Fingern. „Aber es kam anders."

„Erzähl weiter."

„Das erste Mal erfuhr ich von seinem Tod, als die Männer des Russen kamen und mich vom Anwesen warfen. Zum Glück war nur ich da. Meine Mutter und Schwester waren in unserem Ferienhaus in Luzern. Ich war draußen und überprüfte einige Reparaturen, die an der Scheune durchgeführt wurden. Als ich zurückkam, ging ich durch die Hintertür herein, von den Feldern her, also hatte ich keine Ahnung. Dann hörte ich Stimmen aus dem offiziellen Teil des Schlosses und ging hinüber. Die Anwälte waren da. Ich konnte es nicht glauben, als der Anwalt mir erzählte, was passiert war. Sie sagten mir, der Russe besäße jetzt das Anwesen. Sie zeigten mir sogar Papiere, die legal aussahen und den Eigentümerwechsel bestätigten." Sie seufzte und schüttelte den Kopf. „Und sie sagten mir, der Russe wolle mich in Paris treffen, um zu einer Art ‚Vereinbarung' bezüglich des Anwesens zu kommen. Sie deuteten an, dass es in meinem Interesse wäre zu gehen. Ich hatte keine Wahl. Also ging ich hin und entdeckte, dass die einzige Vereinbarung, an der er interessiert war, darin bestand, meine Unterschrift auf den rechtlichen Dokumenten zu erzwingen, um die Eigentumsübertragung abzuschließen."

„Der Russe wollte schon lange die Respektabilität eines Anwesens. Er hat deinen Vater wahrscheinlich jahrelang darauf vorbereitet."

„Respektabilität? Sicher gab es andere Wege, das zu erreichen? Heiraten, sesshaft werden, Kinder bekommen. Aufhören, das Gesetz zu brechen."

Er stieß ein halbes Lachen aus. „Das wird er nicht tun, genauso wenig wie er die anderen Dinge aufgeben wird, mit denen seine Familie ihr Geld verdient – Drogen, Prostitution, Menschenhandel. Nein, dein Anwesen war der Schlüssel zur Respektabilität."

„Und dafür brauchte er meine Unterschrift – die er

nicht bekommen hat." Sie schwieg für einige Momente, während sie mit ihren Fingern spielte. „Weißt du, es ist noch etwas passiert, als ich bei ihm war. Etwas, das mir zeigte, mit was für einem Mann ich es zu tun hatte."

Sahmir runzelte die Stirn. „Was ist passiert?"

„Ich glaube, ich bin mir nicht sicher, aber ich glaube, ich habe gesehen, wie er jemanden getötet hat. Es ging alles sehr schnell. Der Wächter hatte die Tür offen gelassen, ich konnte nicht weg, nicht in dem Zustand, in dem ich war." Sie warf Sahmir einen unbehaglichen Blick zu.

„Erzähl weiter."

„Ich hatte sie über ein großes Treffen reden hören. Etwas darüber, dass sie ‚ihn' – wer auch immer ‚er' war – da hatten, wo sie ihn haben wollten. Dann hörte ich Russisch sprechen – zumindest klang es für mich nach Russisch – dann eine Rangelei, Geschrei und dann eine schreckliche Stille. Dann sah ich Vadim mit einem Messer weggehen. Ich schwöre, da war Blut daran."

Sahmir versteifte sich, plötzlich ernst. „Hat er dich gesehen?"

Sie presste ihre Lippen zusammen, um ihr Zittern zu unterdrücken, und nickte. „Ich habe nicht gesehen, wie er tatsächlich jemanden erstach, nur die Geräusche gehört und gesehen, wie er wegging."

„Aber glaubte er, dass du gesehen hast, wie er jemanden tötete?"

Sie traf seinen ernsten Blick und nickte. „Möglicherweise. Ich weiß es nicht."

Er lehnte sich in seinem Sitz zurück. „Ich bezweifle, dass du noch am Leben wärst, wenn er gedacht hätte, du hättest ihn gesehen."

„Ja, natürlich." Sie lehnte sich beruhigt zurück.

„Keine Sorge. Du bist jetzt in Sicherheit."

„Gott sei Dank. Er ist ein böser Mensch."

„Für einen Mann wie Vadim ist nichts genug. Er will, was er nicht haben kann, sei es durch Betrug oder Gewalt. Und normalerweise bekommt er es auch."

Sie schüttelte ungläubig den Kopf. „Du weißt all diese Dinge über ihn und trotzdem spielst du mit ihm?" Ein Schatten des Zweifels huschte durch ihren Kopf. Immerhin kannte sie Sahmir kaum. „Was hattest *du* überhaupt mit dem Russen zu tun?"

„Ich gehöre nicht zur Mafia, falls du das befürchtest. Es gab eine dunkle Zeit in meinem Leben, in der ich viel Zeit mit Glücksspiel verbrachte... mit Leuten wie dem Russen. Ich dachte, diese Zeiten wären vorbei, bis wir uns kürzlich wieder am Spieltisch trafen. Er wollte eine weitere Partie und ich hatte abgelehnt. Erst als ich vom Hotel erfuhr, dass *er* der Mann war, mit dem du weggegangen warst, änderte ich meine Meinung."

„Es tut mir leid, wenn du Geld verloren hast."

„Habe ich nicht. Das passiert mir selten. Außerdem denke ich, ich habe den besseren Teil des Deals bekommen."

In Rorys Kopf schrillten erneut die Alarmglocken. „Findest du?"

Er verengte seine Augen auf diese sexy Art, die er hatte. „Ja, das finde ich."

Sie runzelte die Stirn und blickte auf ihre Hände. Bildete er sich wirklich ein, er hätte am Spieltisch etwas Dauerhaftes gewonnen? Dachte er wirklich, sie gehöre jetzt ihm? Oder war es einfach nur eine Redewendung?

„Hast du Hunger?"

Sie schüttelte den Kopf. Sie *hatte* Hunger gehabt, aber der war gerade verflogen. „Mir geht's gut."

„Etwas zu trinken? Einen Kaffee, vielleicht Cognac? Ich erinnere mich, dass du Cognac magst", fügte er mit einem Lächeln hinzu.

„Es ist sechs Uhr morgens."

„Ernsthaft, ich glaube, du könntest einen vertragen. Du hast eine Hölle durchgemacht." Er fing ihren Blick auf und ihre Haut bekam unter seinem beiläufigen Blick eine Gänsehaut. „Und außerdem trägst du immer noch dein Ballkleid."

Sie zog seine Jacke enger um sich, um ihre Brüste zu verbergen, die über dem tiefen Ausschnitt des Kleides zu leicht zu sehen waren. „Danke für die Erinnerung. Und ich glaube, du hast Recht. Ein kleiner Cognac wäre gut."

Er klingelte nach einem Cognac, und während er eingeschenkt wurde, ging das Anschnallzeichen aus. Er stand auf und streckte ihr seine Hand entgegen. „Komm mit in die Lounge. Dort wirst du es bequemer haben. Es sei denn, du möchtest ins Bett gehen?"

Woher die Röte kam, hätte Rory nicht sagen können. Seine Bedeutung war klar - er wollte einfach wissen, ob sie schlafen müsse - aber aus irgendeinem Grund schweiften ihre Gedanken zu anderen Dingen ab. Wie der Geruch seines Körpers nahe an ihrem am vorherigen Abend, als er sie in seine Arme gehoben hatte. Wie sein Hemd auf den breiten Schultern hing und seine Ärmel nachlässig hochgekrempelt waren und muskulöse Arme enthüllten. Wie seine Augen eine ganz eigene Sprache sprachen, einen schelmischen Charme besaßen, den er zu unterdrücken versuchte, der sich aber immer noch im

Funkeln seiner Augen zeigte. Jetzt waren sie voller Humor als Reaktion auf ihre Röte.

„Nein, ich will nicht ins Bett gehen." Sie schüttelte den Kopf und riss ihren Blick von seinem los. „Nein, danke", sagte sie und senkte den Kopf, um aus dem Fenster zu schauen, als gäbe es dort etwas unglaublich Interessantes zu sehen.

Er neigte seinen Kopf, sodass er neben ihr war. „Etwas Faszinierendes da draußen?"

Sie lachte kurz auf und schloss kurz die Augen. „Wolken." Sie drehte sich zu ihm um, und er war so nah, dass sie seine dunklen Wimpern sehen konnte, die diese unverschämt sexy Augen umrahmten.

„Du magst Wolken?"

„Meine Mutter sagte immer, ich hätte den Kopf in ihnen. Jetzt hat sie Recht."

Er lächelte. „Du musst deine Familie kontaktieren. Sie müssen auch an einen sicheren Ort gehen, wo Vadim sie nicht finden wird. Fällt dir ein Ort ein?"

Sie nickte. „Als ich ein Kind war, hatten wir wunderbare Urlaube in St. Malo. Wir haben dort keine Verbindungen zu irgendjemandem - dort werden sie sicher sein."

„Gut." Er reichte ihr Stift und Papier. „Schreib ihre Kontaktdaten auf und ich werde alles arrangieren. Hör zu, warum rufst du nicht deine Mutter an und ziehst dich dann um? Das könnte dir ein bisschen mehr Komfort verschaffen."

*Das Einzige, was ihr mehr Komfort verschaffen würde, wäre,* nicht *mit einem Mann, den sie erst seit zwei Tagen kannte, in einem Privatjet gefangen zu sein.*

„Klar", war alles, was sie sagte. Sie löste mit zitternder Hand ihren Sicherheitsgurt. Plötzlich war ihr übel. Übel, müde und ängstlich. Sie stand auf und sah sich um. Sie waren allein in der Lounge, saßen in cremefarbenen Ledersesseln nahe dem Cockpit. Dahinter waren weitere Sessel, ein langes Sofa und eine Kommode aus Walnussholz. „Wohl da lang", sagte sie und versuchte, ihr Unbehagen mit Humor zu überspielen.

„Ja, ich glaube nicht, dass du dich verlaufen wirst." Er lächelte beruhigend. „Mein Kammerdiener wird deine Sachen verstaut haben."

Sie errötete bei dem Gedanken, dass jemand den Inhalt ihres Rucksacks gesehen hatte. Ihren großen Koffer mit eleganter Stadtkleidung hatte sie zurücklassen müssen. In ihrem Rucksack befanden sich nur eine Ersatzjeans und ein T-Shirt. Sie waren sauber, aber *sehr* abgetragen. Trotz des Anwesens, des Landes und des vierhundert Jahre alten Châteaus hatte sie nie viel Geld gehabt. Was für einen Wildfang in Ordnung war, in Ordnung für jemanden, der sein Leben in Gummistiefeln mit Pferden verbrachte, aber nicht in Ordnung für jemanden, der mit einem Scheich um die Welt jettet. „Gut." Sie lächelte unsicher und ging am Esszimmer vorbei, durch ein Arbeitszimmer und ins Schlafzimmer. Tatsächlich hing im Kleiderschrank eine oft gewaschene Jeans, ordentlich gefaltet neben einem T-Shirt und einem Pullover, der ihrem Vater gehört hatte.

Sie sagte sich, sie solle sich keine Sorgen machen. Ihre Mutter hatte viele Sprichwörter und eines ihrer Lieblingssprichwörter war „Zähl deine Segnungen". Also tat sie es. Erstens war sie am Leben, zweitens war sie in Sicherheit, drittens waren ihre Mutter und Schwester in Sicherheit. Sie blickte zu Sahmir hinüber, der im Büro einen Computerbildschirm checkte und in sein Telefon sprach. Sie konnte ihn über das Dröhnen des Flugzeugs nicht hören, aber sie konnte ihn sehen. Und sie spürte einen Schwall dieser gleichen Anziehung, die sie gefühlt hatte, als sie ihn zum ersten Mal traf. Viertens - sie brauchte eigentlich kein Viertens, aber sie musste eine Segnung zugeben, die sie so stark fühlte - sie hatte Sahmir getroffen.

Sie schloss die Tür und lehnte sich dagegen, atmete tief durch. Sie mochte ihn. Sie mochte ihn *wirklich*. Er hatte um Gottes willen ihr Leben und ihre Ehre gerettet. Dann blickte sie auf das Bett. Ein Bett. Ein großes Kingsize-Bett dominierte den Raum und als sie sich zum Bad umdrehte, beherrschte das Bett auch ihre Gedanken. Sie mochte ihn zwar, aber sie kannte ihn überhaupt nicht und hatte keine Ahnung, was er von ihr wollte. Und nach dem, was sie durchgemacht hatte, war das Nachgehen einer Anziehung das Letzte, was sie tun wollte. Besonders wenn er dachte, er hätte es sich verdient.

Erst Maman anrufen, sagte sie sich. Dann duschen und anziehen und zu Sahmir zurückkehren und die Frage stellen, die sich in ihrem Kopf auftat - was zum Teufel würden sie tun?

Nachdem sie ihre Familie erst alarmiert und dann beruhigt hatte, wandte sich Rory ihrer eigenen Situation zu.

Es dauerte länger als sonst, zu duschen, ihre Haare zu waschen und sich umzuziehen. Normalerweise föhnte sie ihre Haare nie, aber in ihrer alten Jeans und dem Pullover ihres Vaters, der ihr abgenutztes T-Shirt verdeckte, wusste sie, dass sie etwas tun musste, um zu ihrer Umgebung zu passen. Aber eine Viertelstunde später stand sie vor dem Spiegel und fragte sich, warum sie sich überhaupt die Mühe gemacht hatte. Sie seufzte.

Vorsichtig trat sie heraus. Sahmir saß an seinem Schreibtisch. Er drehte sich um und grinste sie an, während er sie musterte. „Du siehst... bequemer aus."

„Ich weiß." Sie strich über ihre ausgewaschene Jeans und zog ihren Pullover über das Loch, das sich an der abgenutzten Stelle über ihrem Hintern ausbreitete. „Nicht gerade die passende Kleidung für einen Privatjet, fürchte ich."

Er zuckte mit den Schultern. „Für mich siehst du gut aus." Bevor sie auf seinen bewundernden Blick reagieren konnte, fuhr er fort: „Komm und iss etwas. Du wirst dich noch wohler fühlen mit etwas im Magen."

Sie bezweifelte das zwar sehr, folgte ihm aber trotzdem zum Tisch.

Der Esstisch war mit frischesten französischen Patisserien und starkem Kaffee gedeckt. Erst jetzt bemerkte sie, wie hungrig sie war. Er zog ihr einen Stuhl am Esstisch zurück, und ein Steward erschien vom hinteren Teil des Flugzeugs und schenkte Kaffee ein. Während sie aß, lehnte sich Sahmir zurück und beobachtete sie.

Sie aß einige Minuten schweigend, während sie versuchte, den Mut aufzubringen, die Frage zu stellen, deren Antwort sie wissen musste. Das Einzige, was sie zögern ließ, war die Angst, dass ihr seine Antwort vielleicht nicht gefallen würde.

„Warum runzelst du die Stirn?"

Sie legte das Messer weg, mit dem sie ihr Croissant zerteilt hatte. „Warum? Weil ich über etwas nachdenke. Du sagtest vorhin, du hättest den besseren Deal gemacht. Besser als das, was wie ein kleines Vermögen aussah. Sag mir, Sahmir, was genau glaubst du, gewonnen zu haben?"

Rorys Frage riss Sahmir aus seinen Gedanken. Er hatte bewundert, wie das helle Sonnenlicht, das durch das Fenster strömte, die leuchtend roten Strähnen in ihrem Haar hervorhob. Er hatte sie vorher nicht bemerkt. Ihr Haar glänzte jetzt noch mehr, nachdem es, wenn auch unprofessionell, geglättet worden war, und er war versucht, mit dem Finger über die glatte Länge zu fahren. Als sie sprach, wanderten seine Augen zu ihren Lippen, so zart rosa und einladend. Er seufzte und blickte in ihre strengen Augen. „Ich habe für kurze Zeit die Gesellschaft einer schönen Frau gewonnen."

Der strenge Ausdruck wurde noch strenger. „Na, Glück für dich. Und mit dem Wort ‚gewonnen' denkst du, dass du mich jetzt besitzt?"

„Natürlich nicht." Er stand auf, teilweise um ihre Schönheit besser würdigen zu können, und auch um sie zu beruhigen, so wie er eine arabische Stute in der Wüste beruhigen würde – eine wilde Stute, die nicht eingefangen werden wollte. „Ich bin nicht der Russe."

„Vielleicht nicht. Aber seit ein paar Stunden bist du ein Mann, der die Kontrolle über mein Leben übernommen hat." Sie testete ihn, sondierte ihn, wollte herausfinden, mit was für einem Mann sie sich da eingelassen hatte.

„Keine Kontrolle, Rory. Niemals Kontrolle. Ich habe kein Interesse daran, irgendjemanden zu kontrollieren. Ich habe alles, was ich brauche, alles, was ich mir wünschen könnte. Wenn du gehen kannst, gehst du. So einfach ist das."

„Und wann, denkst du, wird das sein?"

„Das hängt davon ab, welchen Rat ich von meinen

Anwälten bekomme. Ich habe sie gebeten, deine Angelegenheiten zu prüfen – ich hoffe, das stört dich nicht – und uns Bericht zu erstatten." Er machte eine Pause und wollte ihr nicht erzählen, dass er auch den möglichen Mord an einem anderen Russen untersuchen ließ – sie hatte schon genug Angst. „In der Zwischenzeit schlage ich vor, du genießt deinen Aufenthalt in Ma'in."

Sie nickte. „Danke für alles, was du tust. Aber bist du sicher, dass es dir nichts ausmacht? Der Russe sagte, du stündest kurz vor der Hochzeit. Ich kann mir nicht vorstellen, dass deine Verlobte erfreut sein wird."

Er zuckte mit den Schultern. „Es ist eine arrangierte Ehe, wir sind nicht verliebt."

„Das klingt für einen Westler einfach seltsam. Dir macht es nichts aus, einer arrangierten Ehe zuzustimmen?"

„Die westliche Vorstellung von einer arrangierten Ehe ist oft sehr zynisch. Es *muss* nicht alles schlecht sein; oft *ist* es auch gar nicht so. Die Menschen, die sie arrangieren, kennen das Paar und haben deren bestes Interesse im Herzen."

„Und in deinem Fall das des Landes."

„Das ist in der Tat so."

„Wird es ihr etwas ausmachen?"

„Wem?"

„Der Frau, die du heiraten wirst. Wird ihr... das alles hier etwas ausmachen?"

„Ich bezweifle es. Außerdem bist du nur eine Freundin, der ich eine Weile helfe. Wo ist da der Schaden?"

„Das weißt du besser als ich. Aber was, wenn deine Anwälte den Nachlass nicht klären können? Ich muss zu meiner Familie zurück; ich kann nicht auf unbestimmte Zeit bei dir bleiben."

Es fühlte sich an, als hätte ihm jemand den Atem geraubt, als hätte man ihm etwas weggenommen, das ihm bestimmt war. Und *da*, in *diesem* Moment, wusste er, dass er sie nicht gehen lassen konnte. Er ließ einige Momente verstreichen, während er versuchte, lässig zu bleiben. Alles andere würde sie in die Flucht treiben, sobald sie landeten.

„Dann habe ich noch ein paar andere Ideen, die wir verfolgen können. In der Zwischenzeit besteht keine Notwendigkeit, wegzueilen und dich in Gefahr zu bringen. Meine Heirat ist eine völlig separate Angelegenheit. Sie wird von deiner Anwesenheit nicht beeinflusst."

„Bist du sicher?"

Er lächelte. „Ich bin sicher. Natürlich kannst du gehen, wann immer du willst, wie ich schon sagte. Aber ich denke, es wäre das Beste für dich, dich in Ma'in bedeckt zu halten, bis wir die Situation geklärt haben. Er will, dass du diese Papiere unterschreibst. Und ich kenne ihn, er wird nicht aufhören, bis er dich gefunden hat. Unsere Aufgabe ist es, dafür zu sorgen, dass er dich nicht finden muss. Und dich in der Zwischenzeit in Sicherheit zu halten."

„Wie lange, denkst du, wird das dauern? Etwa einen Monat?"

„Könnte länger dauern. Du kannst so lange als mein Gast in Ma'in im Palast bleiben, wie du brauchst."

Sie stand auf – ihre fast fadenscheinige Jeans schmiegte sich an ihre schlanken Hüften und erregte seine Libido, beeinflusste seinen Körper genau dann, wenn er einen kühlen Kopf bewahren musste.

„Sicher gibt es irgendwo anders auf der Welt einen Ort, wo du dich nicht mit mir herumschlagen musst."

„Du bist keine Last. Bleib. Betrachte es wie einen Urlaub. Jetzt ruh dich aus. Du siehst müde aus."

Sie versuchte ein Gähnen zu unterdrücken und scheiterte. „Ein Monat also. Keine Bedingungen?"

Er wusste, wonach sie fragte. „Keine Bedingungen."

Ein Steward erschien. „Sir, Ihr Bruder möchte Sie sprechen."

„Natürlich." Er stand auf und streckte sich. „Entschuldige mich. Ich muss meinem Bruder mitteilen, dass ich bald in Ma'in ankommen werde. Ich werde wohl verschweigen, dass ich eine Frau mitbringe, die nicht die Frau ist, die ich heiraten werde." Er grinste reumütig. „Ich glaube, meine Zukünftige wird nicht mit der Wimper zucken, aber mein Bruder wird das ganz sicher tun. Er ist altmodisch in dieser Hinsicht. Ich denke, ich sollte diese besondere Neuigkeit besser bis zu meiner Ankunft zurückhalten."

„Es tut mir leid, dass ich dich in diese Situation gebracht habe."

„Es war meine Entscheidung zu handeln, Rory. Mach dir keine Sorgen." Er ging weg, drehte sich dann um, mit einem undurchschaubaren Lächeln auf den Lippen. „Wir haben noch sechs Stunden bis zur Landung. Warum gehst du nicht schlafen?"

Sie errötete. „Mir geht's gut."

Er begann zu verstehen, dass sie eine ziemlich störrische Frau war. Das gefiel ihm. „Dann benutze diese Knöpfe, um den Sessel zurückzulehnen." Sie drückte darauf, lehnte sich zurück und schaute aus dem Fenster.

Als er zurückkam, einen Kaffee in der Hand, lag Rory regungslos da und wandte ihm den Rücken zu. „Rory, möchtest du einen Kaffee?"

Sie antwortete nicht. Er berührte sanft ihren Arm und wiederholte die Frage. Sie antwortete immer noch nicht. Er beugte sich vor, um sie besser sehen zu können. Sie war fest eingeschlafen.

Er lächelte und wandte sich an den Steward. „Eine Decke bitte. Und ziehen Sie die Jalousien runter."

Nachdem der Steward das Licht gedimmt hatte und den Raum verlassen hatte, saß Sahmir da und betrachtete Rory.

Er konnte den genauen Moment benennen, als er erkannt hatte, dass Rory etwas Besonderes war. Es war der Augenblick im Park gewesen, als er sich vorgebeugt hatte, um ihr vom verschneiten Boden aufzuhelfen. Sie hatte ihn angesehen und er hatte sofort eine Verbindung gespürt. Nicht dass er etwas dagegen tun könnte, erinnerte er sich selbst. Er war mit einer Frau verlobt, die er nicht liebte. Aber sie hatten einen Monat. Einen Monat, um ihre Gesellschaft zu genießen... natürlich nur platonisch.

Er nahm die Bettdecke und legte sie behutsam über sie.

Sie lag auf der Seite, ihre Hüfte nach oben gerichtet. Die abgetragene Jeans hatte ein Loch, das die olivfarbene Haut ihres Oberschenkels enthüllte. Er atmete durch zusammengebissene Zähne ein. Er betrachtete die entblößte Stelle für eine lange Sekunde, jeder Teil von ihm drängte ihn danach, sie zu berühren, sie zu küssen. Stattdessen zog er die Decke über sie und verbarg sie. Er

hatte versprochen, sie zu beschützen, und genau das
würde er tun. Sowohl vor dem Russen als auch vor sich
selbst. Und er wusste, welches von beiden schwieriger
sein würde.

# KAPITEL 4

Es war die fehlende Bewegung, die sie weckte. Das endlose Dröhnen des Flugzeugs war einem leichten Summen gewichen, und das Flugzeug stand still. Langsam öffnete sie die Augen und schaute aus dem Fenster, während sie gegen das grelle Licht blinzelte. Nach den kurzen Tagen und dem sanften Licht von Paris hatte dieses Licht die Brillanz eines durch ein Prisma gesehenen Lichts - funkelnd, fast überwältigend.

Sie hatte keine Ahnung, wie lange sie geschlafen hatte, aber sie hatte sich nicht bewegt. Sie lag immer noch in Embryonalstellung auf der Seite auf einem Stuhl, der unter ihr ausgeklappt worden war, um es ihr bequemer zu machen.

Sie sah sich um - niemand war in der Nähe. Sie konnte hören, wie sich Menschen im Nebenraum bewegten und der Pilot mit der Bodenkontrolle sprach, also waren sie noch nicht lange hier. Sie streckte sich und zuckte zusammen, als sie den schmerzenden Puls ihres Wangenknochens spürte. Trotzdem fühlte sie sich viel besser. Die

Ereignisse der vergangenen Woche begannen bereits wie ein Albtraum zu verblassen.

Sie richtete sich auf und blickte auf den Flughafenhangar, lang und niedrig und weiß unter einem strahlend blauen Himmel. *Ma'in.* Ein Land, von dem sie nur aus obskuren Reisesendungen im Fernsehen gehört hatte, an jenen Abenden, wenn sie erschöpft war, nachdem sie den ganzen Tag auf dem Gut verbracht hatte und mit den Landarbeitern zusammengearbeitet hatte, um die Ernte vor dem Wetterumschwung einzubringen.

Sie zerbrach sich den Kopf und versuchte sich zu erinnern, worüber der Moderator gesprochen hatte. Goldminen, vielleicht? Auf jeden Fall wohlhabend. Zumindest in den letzten Jahren. Und irgendwie war sie als Gast der königlichen Familie hier gelandet. Sie hätte es lustig gefunden, wenn sie gewusst hätte, wie sie sich aus der Situation befreien könnte. Aber es gab keine Möglichkeit, das zu tun, ohne sich selbst in Gefahr zu bringen. Hoffentlich würde sie in einem Monat nach Europa zurückkehren, frei von dem Gespenst des Russen. In der Zwischenzeit musste sie nur ein vorbildlicher Gast für Sahmir sein.

Sie stand in Sahmirs Schuld; sie schuldete ihm viel.

Sie stand auf und ging ins Bad, spritzte sich kaltes Wasser ins Gesicht und kämmte sich die Haare. Es war jetzt warm, da die Klimaanlage durch die heiße Luft, die durch die offene Flugzeugtür strömte, gedämpft wurde, und sie streifte ihren Pullover ab und band ihn um ihre Taille. Sie wollte gerade gehen, als sie in den Spiegel schaute und zu ihrem Entsetzen sah, dass der abgetragene BH und das T-Shirt beide fast durchsichtig geworden waren. Sie zog den Pullover von ihrer Taille und warf ihn sich stattdessen über die Schultern, band ihn locker um ihre Brust. Es war das Beste, was sie tun konnte. Als sie in die Lounge zurückkehrte, wartete Sahmir auf sie.

„Guten Morgen! Wie fühlst du dich?"

Sie verzog das Gesicht und fühlte sich plötzlich unbeholfen. „Ich fühle mich, als würde ich schlafwandeln und jemand würde mich bald aus diesem Traum wecken."

„Immerhin ist es jetzt ein Traum und kein Albtraum mehr." Er bedeutete ihr voranzugehen. „Komm, das Auto wartet."

„Meine Sachen. Ich sollte besser packen gehen."

„Darum wurde sich bereits gekümmert. Dein Rucksack ist schon im Auto. Wir haben nur auf dein Aufwachen gewartet."

„Du hast deinetwegen die Abreise verzögert?" Sie ging zur offenen Tür, von der eine Treppe zum Asphalt hinunterführte, der in der Hitze flimmerte.

„Das war kein Problem. Ich habe im Arbeitszimmer gearbeitet und wurde erst später in der Woche hier erwartet. Außerdem hattest du viel durchgemacht und warst erschöpft."

Sie hielt auf der obersten Stufe inne und runzelte die Stirn. „Bist du immer so?"

„Wie was?"

„So rücksichtsvoll."

Er grinste. „Nur bei Frauen, die ich ihren Entführern abgenommen habe."

Sie erwiderte sein Grinsen nicht, sondern ging die Stufen hinunter, ihre schwarzen Stiefel klangen in der Hitze unpassend auf den Metallstufen. Mit jedem Schritt dachte sie über seine Worte nach. *Abgenommen.* Es hätte sie entsetzt sein sollen, aber stattdessen sandte das besitzergreifende Wort ein köstliches Schauern durch ihren Körper, das sich tief und privat in ihrem Inneren einnistete.

Sie fühlte sich fast schüchtern, als sie zu ihm aufblickte, als er sich ihr auf dem Asphalt anschloss. Er bot ihr seinen Arm an.

Sie stand in seiner Schuld, erinnerte sie sich fest, als sie ihre Hand durch seinen Arm gleiten ließ. Aber es fühlte sich kaum wie eine Buße an - die glatte Seide seines Jacketts unter ihrer Hand, die Wärme, die von seiner Haut aufstieg, eine Erinnerung daran, wie er sie hochgehoben und fest an sich gedrückt hatte - nein, keine Buße, eher eine Belohnung. „Ich hoffe." Sie räusperte sich und versuchte, nicht bei ihrem erhöhten Herzschlag und den ablenkenden kribbelnden Empfindungen zu verweilen, die durch ihren Körper liefen, als er seine Hand über ihre legte. „Ich hoffe", wiederholte sie, „dass niemand in der Nähe ist, der das sieht. Erstens möchte ich nicht, dass deine Verlobte auf falsche Gedanken kommt. Und zweitens glaube ich, dass ich ziemlich seltsam aussehen werde am Arm eines Prinzen, der wie ein Prinz gekleidet ist, während ich definitiv aussehe wie jemand, der gerade vom Bauernhof kommt."

„Ich bezweifle, dass hier Paparazzi sein werden. Sie haben mich nicht erwartet."

„Paparazzi?" An die hatte sie gar nicht gedacht.

„Ja. Sie sind lästig, aber nicht so aufdringlich wie in Europa. Normalerweise erlauben wir ihnen ein paar Fotos, und das befriedigt die Zeitungen." Plötzlich blitzte es. „Zu früh gefreut", sagte Sahmir grimmig. Wer auch immer das Foto gemacht hatte, musste schnell verschwunden sein, denn es war niemand außer dem

Flughafensicherheitspersonal zu sehen, als sie durch die Marmorhalle gingen.

Am Eingang des Flughafengebäudes wurden sie von zwei Männern empfangen, die sie durch die Formalitäten begleiteten. Bald saßen sie in einer eleganten, klimatisierten schwarzen Limousine und fuhren eine prächtige Straße entlang, die von Palmen und Designer-Geschäften gesäumt war. Westliche Kleidung und orientalische Gewänder verschmolzen zu einer kosmopolitischen Mischung.

Sie warf einen schnellen Blick auf Sahmir. Er sah eher nach Paris aus als nach Nahost. „Trägst du normalerweise Gewänder?"

„Für formelle Anlässe im Palast, ja. Mein Bruder, der König, trägt sie öfter. Aber ich bin nur der geduldete jüngste Bruder, der sich häufiger im Ausland als in Ma'in aufhält. Ich habe ein Händchen dafür, Geld zu machen, Rory, nicht nur durch Glücksspiel. Also verbringe ich viel Zeit in Europa und in den Staaten. Und die meisten Menschen erwarten, mich in den besten italienischen Anzügen zu sehen. Ich versuche sie nicht zu enttäuschen."

„Ich nehme an, es wird niemanden stören, wenn ich meine alten Klamotten trage?" Sie zupfte an ihrer Jeans und konnte kaum glauben, dass sie sich um so etwas Sorgen machte. Aber sie fühlte sich so fehl am Platz.

„Doch, das wird sie. Deshalb habe ich angeordnet, dass Kleidung für dich bereitliegt."

„Aber ich habe kein Geld für Kleidung! Ich kann dich nicht zurückzahlen."

Er seufzte. „Rory, du scheinst zu vergessen, dass ich extrem wohlhabend bin und mir ein paar Kleidungsstücke für dich leicht leisten kann. Außerdem" – er hob amüsiert eine Augenbraue – „habe ich dich bisher nur entweder in einem unanständigen Abendkleid oder gleichermaßen unanständigen Jeans und T-Shirt gesehen. Worüber ich mich ehrlich gesagt nicht beschwere. Aber ich dachte, du möchtest vielleicht mal etwas anderes."

Sie zog ihren Pullover enger um ihre Brust. „Das Abendkleid war ein Vintage-Stück meiner Mutter, das ich in letzter Minute aus ihrem Kleiderschrank geholt habe. Ich dachte, es könnte nützlich sein. Ich besitze keine andere feine Kleidung. Auf meinem Anwesen gibt es immer etwas zu tun."

„Nicht mehr *dein* Anwesen, fürchte ich."

„Ich weiß. Ich kann es einfach nicht glauben. Ich habe diesen Ort geliebt. Er war alt, verfallen, aber der Boden war gut. Ich hätte etwas daraus machen können. Ich weiß, dass ich es gekonnt hätte. Ich hatte Pläne..."

„Was für Pläne?"

„Landwirtschaft. Ich bin mit dem Land aufgewachsen und wusste, was es leisten konnte. Ich habe es an der Universität studiert. Ich hätte es wieder wohlhabend machen können."

„Du hast Agrarwissenschaft studiert?"

„Ja. Ich habe einen Abschluss darin. Es war das Einzige, was ich machen wollte. Maman versuchte, mich dazu zu bringen, Kunstgeschichte zu studieren. Aber ich konnte einen van Gogh nicht von einem van Morrison unterscheiden."

Er hob eine Augenbraue. „Van Morrison? Das ist ein Sänger."

Sie seufzte. „Siehst du? Es hatte keinen Sinn zu versuchen, eine Dame aus mir zu machen. Ich war als Kind ein Wildfang und bin es geblieben."

„Hmm... Ich hätte das wahrscheinlich wissen sollen, bevor ich dir Kleidung bestellt habe."

„Ich bin mir sicher", sagte sie und versuchte, das Bild eines Kleiderschranks voller blumiger, femininer Kleider zu verdrängen, die sie normalerweise nie tragen würde. Sie stand in seiner Schuld. „Ich bin mir sicher, sie werden in Ordnung sein. Ich bin sehr dankbar. Danke."

Sahmirs Lächeln deutete an, dass er ihre Worte durchschaute. „Gern geschehen." Er blickte aus dem Fenster. „Wir sind da."

Rory folgte seinem Blick zu einer breiten Treppe, die selbst unter dem schützenden Säulengang strahlend weiß war. Ein livrierter Bediensteter öffnete ihr die Tür. Sahmir gesellte sich zu ihr, und sie stiegen die vordere Treppe hinauf in den atemberaubendsten Raum, den sie je gesehen hatte. Plötzlich wurde ihr der ungeheure Reichtum des Landes und Sahmirs bewusst, der sich in dieser opulenten Umgebung wie zu Hause fühlte.

„Hier entlang", sagte er geschmeidig, als sie geradeaus durch die beeindruckende Eingangshalle gingen. Sie bemerkte, wie er zu einer Wand aus raumhohen, undurchsichtigen Fenstern hinaufblickte und sie etwas schneller durch den öffentlichen Bereich führte.

Ein Raum ging in den nächsten über, bis sie schließlich zu einer Treppe kamen, die häuslicher wirkte. „Das ist mein Flügel des Palastes." Er öffnete die erste Tür und sie betrat den Raum. Es war ein wunderschönes Schlafzimmer. Durch eine offene Tür konnte sie ein Ankleidezimmer sehen. Plus Türen, die vermutlich zu einem Badezimmer führten. „Ich hoffe, das ist in Ordnung für dich?"

„Machst du Witze? Es ist mehr als in Ordnung. Es ist

wunderschön." Und das war es auch. Von den aprikosenfarbenen Samtvorhängen bis zum cremefarbenen Plüschteppich war es wunderschön, und sie konnte nicht widerstehen, mit den Händen über die Vorhänge zu streichen, als sie das Fenster öffnete und sich hinauslehnte. Sie keuchte. „Der Garten!" Er lag ein Stockwerk über dem Erdgeschoss, aber die Bäume wuchsen höher als sie, und die Kletterpflanzen klammerten sich an die Palastmauern, sodass ihre Blüten die Luft direkt vor dem Fenster duften ließen.

„Gefällt es dir?"

Sie drehte sich um, überrascht seine Stimme plötzlich so nah zu hören. „Es ist unglaublich. Was sind das für Blumen dort?" Sie streckte sich nach einer üppigen Blüte aus, konnte sie aber nicht erreichen. Also sprang sie hoch und stemmte sich nach oben, wobei ihr Pullover herunterrutschte und zu Boden fiel, bis ihre Hüften auf der breiten Fensterbank auflagen und sie sich streckte, um die Blüte zu berühren, wobei sie sich schnell mit beiden Händen an der Fensterbank festhielt, als sie ein wenig rutschte.

„Sei vorsichtig!" Seine Hände waren um ihre Hüften, hielten sie sicher, und für einen kurzen Moment spürte sie seinen Körper hinter sich gepresst. Sie schrie überrascht auf und er trat zurück. „Tut mir leid. Ich dachte, du würdest fallen."

„Nein. Ich bin riesige Bäume auf dem Anwesen geklettert und nie gefallen. Ich habe keine Höhenangst. War gestern Nacht ziemlich nützlich bei der Flucht." Sie runzelte die Stirn. „Was hättest du gemacht, wenn es kein Fallrohr gegeben hätte?"

„Keine Ahnung. Wir hätten wohl einen längeren

Sprung gehabt. Zum Glück ist Farouq ein guter Fänger und stark wie ein Pferd." Er machte eine Pause und sie fragte sich, warum er grinste. Er deutete auf ihr Oberteil und sie sah nach unten. „*Merde!*" Sie presste ihre Hände über ihre Brust. Nicht nur die Form ihrer Brüste war deutlich sichtbar, der BH zeigte ihre Brustwarzen nur allzu deutlich. Es sah aus, als würde sie nichts tragen.

„Zum Glück hattest du vorhin deinen Pullover an." Er wich zurück und sie runzelte die Stirn. „Ich lasse dich jetzt allein. Ich sollte besser meinen Bruder suchen gehen. Wir sehen uns später." Er drehte sich um und ging schnell weg.

Sie verstand seinen Gesichtsausdruck nicht, der sowohl konzentriert als auch stirnrunzelnd war, als verstünde er etwas nicht. Auch verstand sie seinen abrupten Abgang nicht. War er wegen irgendetwas verärgert gewesen?

Sahmir stand für einen Moment oben an der Treppe und wartete darauf, dass sein Körper wieder zur Normalität zurückkehrte. Er umklammerte das Geländer und starrte blicklos auf den Marmorboden unten. Alles, woran er denken konnte, war die Form ihrer Brüste und die Wirkung, die sie auf seinen Körper hatten. Für einen kurzen Moment stellte er sich vor, wie sie sich in seinen Händen anfühlen würden, wie sie schmecken würden... Und wie ihr Körper auf seine Berührungen reagieren würde.

Es half nicht, seine Erregung verschwinden zu lassen. Stattdessen dachte er an die Missbilligung seines Bruders, an die Bedürfnisse seines Landes und nicht zuletzt an seine Schwester, die immer gewollt hatte, dass er das Richtige tat. Er seufzte. Seine Schwester hatte immer einen aussichtslosen Kampf gekämpft – erst mit ihm und dann mit ihrem Leben.

Das reichte aus, damit er schnell die Treppe hinuntergehen und durch die öffentlichen Bereiche zurückkehren konnte. Er sah Tariqs Assistenten Aarif aus einem der Räume kommen.

„Wo ist der König?"

Aarif sah ungewöhnlich gehetzt aus. „Ich versuche ihn zu finden. Er scheint verschwunden zu sein."

Sahmir runzelte die Stirn. „Das sieht ihm nicht ähnlich. Kannst du mich rufen lassen, wenn du ihn findest? Ich werde den Kindern Hallo sagen gehen."

Sahmir ging durch zu Tariqs Familienräumen und wurde von den Kindern begrüßt.

Innerhalb einer halben Stunde hatte er sich über die neueste Boyband, von der Saarah ein Fan war, das Haustier, das Gadiel sehr zum Missfallen seiner Schwester adoptiert hatte, und die neuen Wörter, die die Jüngste, Eshal, sprach, auf den neuesten Stand gebracht. Aber noch interessanter war, dass sie ihm von einer Frau namens Cara erzählt hatten, die Tariq ihnen vorgestellt hatte.

Gadiel hatte gerade in allen blutigen Details beschrieben, wie er seinem Haustier Heuschrecken fütterte und hatte beschlossen, mit seiner Schwester über irgendetwas zu streiten, als Sahmir sich umdrehte und eine Frau sah, klein und schlank, die zögernd an der Schwelle stand, mit einem geschockten Ausdruck im Gesicht, als sich ihre Blicke trafen.

Er ging auf sie zu. „Geht es dir gut?"

„Ja, klar. Tut mir leid, ich hatte nur nicht mit jemandem außer den Kindern gerechnet."

„Ich auch nicht." Ihre Stimme! Die Stimme aus der Schokoladenwerbung. Also hatte der Plan, den er gefasst hatte, bevor er wegging, seinen Bruder mit der Frau mit der sexy Stimme zusammenzubringen, besser funktioniert als erhofft. Er grinste und streckte ihr seine Hand entgegen. „Ich bin Sahmir, Tariqs jüngster Bruder, und du musst Cara sein, von der ich schon so viel gehört habe."

„Ja." Sie schüttelte seine Hand. „Tariq sagte, du wärst in Paris."

„Ja. Ich bin früher zurück als geplant."

„Hattest du eine gute Reise?"

Er verzog das Gesicht. „Sagen wir mal ‚interessant'? Möchtest du etwas trinken?"

„Ja, bitte. Ein Kaffee wäre toll."

Er goss zwei Kaffees ein und kehrte zum Tisch zurück.

„Onkel Sahmir! Komm zurück und spiel mit uns." Gadiels Stimme drang durch die Tür.

„Später!"

„Bitte, lass dich von mir nicht davon abhalten, mit deinen Nichten und deinem Neffen zu spielen."

„Ich spiele später mit ihnen. Außerdem habe ich nicht oft die Gelegenheit, mich mit einer Frau zu unterhalten, die Tariq seinen Kindern vorgestellt hat."

Cara senkte den Blick und nahm einen Schluck vom heißen, schwarzen Kaffee. Sie sah müde aus. Zweifellos hatte sein strenger Bruder es ihr nicht leicht gemacht.

„Ich glaube, Sie haben mich angestellt, Eure Königliche Hoheit."

„Bitte, nenn mich Sahmir. Und ja, ich habe dich angestellt. Ich muss zugeben, ich bin deiner Stimme in der Schokoladenwerbung verfallen. Und..."

„Und du hast dir vorgestellt, ich wäre eine Femme

fatale, die deinen Bruder ein paar Wochen lang amüsiert. Ihm eine kleine Ablenkung von der Arbeit verschafft." Sie nahm noch einen Schluck, und Sahmir war erleichtert, Humor in ihren zusammengekniffenen Augen zu sehen.

„Ähm, sieht so aus, als könntest du direkt durch mich hindurchsehen. Aber ich muss sagen" – er grinste – „mein Plan scheint funktioniert zu haben."

Plötzlich wirkte sie unbehaglich. „Ich reise in ein paar Stunden ab."

„Ah, also hat es vielleicht doch nicht so gut funktioniert wie ich dachte. Schade. Also... wohin geht's?"

„Nach England."

„Für einen Urlaub?"

„Nur eine Woche oder so, um ein paar lose Enden zu verknüpfen, und dann ziehe ich nach Italien."

Er seufzte. „Das ist *wirklich* schade."

Sie zuckte unbeholfen mit den Schultern. „Nein, ist es nicht. Es gibt nichts, was mich hier hält."

Er stand auf. „Nicht einmal Tariq?"

Sie erhob sich ebenfalls. „Besonders nicht Tariq."

Genau in diesem Moment bemerkten die Kinder sie durch die offenen Flügeltüren. „Cara!"

Sahmir pfiff leise und sah von Cara zu den Kindern. „Ihr seid beim Vornamen? Interessiert beobachtete er, wie Eshal auf Cara zu wippte, sich an ihrem Bein festhielt und Cara ihr über den Kopf strich. „Mehr als beim Vornamen mit Eshal!" Er lachte, nahm das Mädchen auf den Arm und wirbelte sie herum, bis sie vor Lachen kreischte.

Nachdem Sahmir die Kinder erfolgreich abgelenkt hatte, wandte er sich wieder Cara zu. Er brannte darauf zu erfahren, was los war.

„Hast du Tariq in der letzten Stunde gesehen?", fragte Cara. „Geht es... geht es ihm gut?"

„Nicht dass ich neugierig sein will" – er zuckte mit den Schultern – „obwohl ich es wahrscheinlich bin, aber warum denkst du, dass es Tariq nicht gut gehen könnte?"

„Hab mich nur gewundert."

„Na gut. Du bist genauso diskret wie Tariq, ich verstehe schon. Auch wenn deine Augen mehr verraten als seine. Jedenfalls weiß ich nicht, wie es ihm geht. Ich habe ihn noch nicht gesehen. Ich schiebe den bösen Moment auf, in dem ich ihm eine... eine Dame vorstellen muss, die bei mir ist."

„Deine Verlobte? Tariq hat mir erzählt, dass du dich verloben würdest."

„*Er* hat dir das erzählt?"

„Entschuldige, ich hätte nicht fragen sollen. Das sind sicher private Familienangelegenheiten. Er hat es nur beiläufig erwähnt."

„Schon okay. Es ist nur, dass Tariq selten mit jemandem außerhalb der Familie über Familienangelegenheiten spricht. Er muss dir vertraut haben."

Sie zuckte mit den Schultern. „Wo ist sie denn? Deine Verlobte?"

„Sie ist nicht meine Verlobte. Sie macht sich frisch. Sie hat eine Hölle durchgemacht und ruht sich aus, bevor das Ganze durch das Missfallen meines Bruders gekrönt wird."

Cara runzelte die Stirn. „Warum sollte Tariq missfallen, deine zukünftige Verlobte kennenzulernen? Er hat sie doch erwartet."

„Die Dame, die bei mir ist, ist nicht die Frau, die ich heiraten werde."

„Oh! Und Tariq weiß das noch nicht?"

„Nein, noch nicht. Er scheint spurlos verschwunden zu sein. Nicht einmal Aarif weiß, wo er ist." Er hob eine Augenbraue. „Hast du eine Ahnung?"

Sie schüttelte den Kopf.

„Irgendeine Vermutung zu seiner Stimmung?"

Sie verzog das Gesicht. „Leider keine gute."

„Oh. Du auch?"

Sie nickte. „Es war meine Schuld. Ich habe es versäumt, ihm etwas Wichtiges zu sagen."

„Kann nicht so wichtig gewesen sein."

„Oh doch, das war es."

„Du kannst es mir ruhig sagen, weißt du. Ich bin der extrovertierte Bruder; Tariq ist der introvertierte und Daidan, der mittlere Bruder, nun ja, nur Allah weiß, was Daidan ist."

„Er ist in Finnland, wie ich gehört habe?"

„Ja. Im kalten, verschneiten Norden, beim Diamantenabbau. Er ist sogar noch schlimmer als Tariq, wenn es um emotionale Dinge geht." Er beugte sich vor. „Also sag mir, was du ihm hättest sagen sollen. Vielleicht kann ich helfen."

„Danke, aber nichts kann helfen. Ich bin verheiratet, verstehst du. Mit einem Mann, der mich nicht liebt, und den ich nicht liebe. Wir sind seit Jahren nicht mehr ‚zusammen'. Und ich wusste zeitweise nicht, wo er war, sodass ich mich nicht scheiden lassen konnte."

„Und das hast du Tariq gesagt?"

„Gewissermaßen, aber er wollte nicht zuhören."

„Natürlich nicht." Verdammt sei Tariq und sein starrer Moralkodex. Er hinderte ihn daran zu sehen, was direkt vor seinen Augen war. Dieses Mädchen war perfekt für ihn. Das musste ihm gesagt werden. „Hör zu, ich muss ein paar Dinge regeln. Hoffe, wir sehen uns später." Er stand auf und küsste ihre Hand. „Schön, dich kennengelernt zu haben, Cara. Ich hoffe, wir sehen uns wieder."

Er wartete ihre Antwort gar nicht erst ab, so eilig hatte er es, Tariq zu finden. Um ihm zu sagen, dass Tariq sich von einer Kleinigkeit wie der Tatsache, dass die Frau, die er mochte, verheiratet war, nicht aufhalten lassen sollte. Diese Dinge ließen sich regeln. Und dass sein jüngster Bruder eine Frau mitgebracht hatte, die nicht die Frau war, die er heiraten sollte. Er seufzte. Das Leben konnte manchmal so kompliziert sein.

Sahmir war gerade dabei, an Tariqs Tür zu klopfen, als dieser sie plötzlich öffnete, mit einem Gesicht wie ein Gewitter. Er wedelte mit einer Zeitung vor ihm herum. „Was zum Teufel hast du angestellt?"

„Und hallo auch dir, lieber Bruder. Danke für den herzlichen Empfang." Er ging zum Schrank und schenkte sich einen Kaffee ein. „Möchtest du auch einen?"

„Nein. Was ich möchte, ist zu wissen, was hier los ist. Hier." Er warf die Zeitung vor Sahmir auf den Tisch.

Sahmir hob sie nicht sofort auf, sondern trank erst einen Schluck von seinem Kaffee. Er brauchte Koffein, bevor er sich seinem Bruder stellen konnte.

„‚Dame der Nacht' und ‚Gosse von Paris' wären ja schon schlimm genug, aber ihr seid *zusammen*?"

Der Russe. Sahmir hätte wissen müssen, dass das noch nicht das Ende war. „Sie ist keine Dame der Nacht", sagte er gelassen.

„Weißt du", fuhr Tariq fort, als hätte Sahmir gar nicht

gesprochen, „ich hätte das für die üblichen Boulevard-
lügen gehalten, wäre da nicht das Foto. *Du.* Flughafen
Ma'in. Und diese... diese *Frau.*"

Sahmir runzelte die Stirn, faltete die Zeitung ausein-
ander und betrachtete die Titelseite der Abendnachrich-
ten. Er und Rory waren darauf zu sehen, wie sie aus dem
Flugzeug stiegen. Der Wind der Turbinen musste ihr
Haar erfasst haben, denn es war zerzaust, und ihre Augen
waren verführerisch zusammengekniffen, zweifellos
wegen des hellen Sonnenlichts. Aber sie sah aus, als hätte
sie gerade Sex gehabt. Wilden Sex. Der rote Bluterguss
auf ihrem Wangenknochen war auf dem Foto deutlich zu
sehen.

Der Russe war entschlossen, Rory zu vernichten. Und
ihn gleich mit. Er setzte sich und warf die Zeitung
beiseite.

„Schuldig, wie fotografiert." Er seufzte. „Unglücklich."

„Was werden Safiyeh und ihre Familie davon halten?"

„Dass ich mich nicht sehr verändert habe, nehme ich
an. Sonst nichts." Er zuckte mit den Schultern. „Wir
wissen beide, warum wir heiraten – zum Nutzen und für
die Zukunft unserer beiden Länder."

„Ich hoffe, du hast Recht."

Tariq nahm die Zeitung und las die Bildunterschrift
laut vor.

*„Wer ist die mysteriöse Brünette in abgetragener Kleidung
und mit einem blauen Auge, die Prinz Sahmir begleitet?"*

*„Aus gut unterrichteter Quelle wissen wir, dass sie eine
,Dame der Nacht' ist, die Prinz Sahmir aus der Gosse von Paris
aufgelesen hat.*

*Leider wollte unsere Quelle nicht preisgeben, woher die*

*Brünette das blaue Auge hat. Könnte es vom Prinzen selbst stammen?"*

„Wer zum Teufel ist sie, Sahmir? Selbst *wenn* Safiyeh die Situation akzeptiert, was wird ihre Familie sagen, wenn sie dich auf der Titelseite mit dieser billigen-"

„Halt sofort den Mund, Tariq." Sahmir wurde selten wütend, aber diese Ungerechtigkeit war zu viel. Er konnte kaum klar denken, als er von seinem Platz aufstand und sich Tariq zu nahe stellte. „Du kannst über mich sagen, was zum Teufel du willst. Aber nicht über Rory."

„Rory?"

„Aurora. Von ihren Freunden Rory genannt."

„Und du bist, wie ich annehme, einer ihrer Freunde?"

„Ja."

Sahmir stand so nah, dass er sehen konnte, wie sich ein Muskel in Tariqs Kiefer zusammenzog, als dieser versuchte, seine Wut zu beherrschen. Tariqs Augen brannten wie Feuer. Er verzog verächtlich die Lippe. „Warum hast du dich mit ihr eingelassen und gefährdest deine Ehe mit Safiyeh und alles, was damit zusammen-hängt... die Ländereien... den Reichtum und die Macht?"

„Es wird nichts gefährden. Safiyeh und ihre Familie sind Realisten. Sie wollen das, was eine Ehe mit mir poli-tisch bringen wird. Das ist alles. Nichts hat sich geändert."

Tariqs Augen verengten sich. Er schaute weg, zögerte und ging dann zum Sideboard, um sich einen Kaffee einzuschenken. Er bedeutete Sahmir, sich zu setzen, und setzte sich ihm gegenüber. Er seufzte. „Erinnerst du dich noch, als wir Jungen waren? Du kamst nach Qusayr Zarqa und fandest einen verletzten Vogel im Wadi unter den wilden Pistazienbäumen?"

Sahmir runzelte die Stirn. „Natürlich erinnere ich mich. Was hat das damit zu tun?"

Tariq hielt Sahmirs Blick fest, während er an seinem heißen Kaffee nippte. „Ich kann mich noch an Mamas Schrei erinnern, als sie ihn in einer Schublade in deinem Zimmer entdeckte, komplett mit der Schiene, die du ihm angelegt hattest, und den Würmern für den Fall, dass er hungrig würde."

Sahmir brummte. „Er wurde aber wieder gesund, oder?"

„Ja. Du hast tagelang geweint, nachdem er weggeflogen war."

„Geweint? Ich?"

„Ich habe dich gehört, in deinem Zimmer, als du dachtest, niemand könnte dich hören."

„Aber du bist nicht zu mir gekommen?"

„Natürlich nicht. So wurden wir nicht erzogen, oder? Und auch nicht dazu, nett zu Herumtreibern zu sein. Scheint, als hättest du dich nicht sehr verändert."

Sahmir rieb sich die Augen, die vom Schlafmangel brannten. „Ich hatte keine Wahl, Tariq. Sie war zur falschen Zeit am falschen Ort bei den falschen Leuten. Ich musste sie da rausholen."

„Wie ist sie so?"

„Sie ist..." Er wusste nicht, wie er sie beschreiben sollte. ‚Sie ist nett' würde es nicht treffen. Bleib bei den Fakten. „Sie ist aus Roche. Das ist ein winziges Fürstentum in Südfrankreich. Sie ist eine Aristokratin ohne Geld und ohne Anwesen, ein Wildfang, liebt die Natur und das Land. Sie ist so weit davon entfernt, eine billige Hure zu sein, das ist nicht mal witzig."

„Und du magst sie."

„Ich mag sie, aber ich kenne sie kaum."

„Wie lange wird sie hier bleiben?"

„Bis es für sie sicher ist zu gehen."

„Du willst nicht, dass sie geht, oder? Genau wie bei dem Vogel, dessen Flügel du damals geheilt hast. Du willst sie festhalten."

Sahmir schob die Kaffeetasse weiter auf den Tisch, um etwas zu tun, um die Tatsache zu verbergen, dass er sie tatsächlich sehr mochte. Er zuckte in der Hoffnung, gleichgültig zu wirken, mit den Schultern. „Ja, das stimmt."

„Dann tut es mir leid."

Sahmir rieb sich unsicher über den Mund und sah dann zu Tariq auf. „Wir brauchen diese Ehe doch gar nicht mehr, oder? Nicht nach dem, was wir beide mit der Goldmine erreicht haben. Ma'in ist jetzt für viele Jahre abgesichert. Es ist sicher."

„Es wird sicherer sein mit der Macht von Safiyehs Land hinter uns. Außerdem können *wir* es nicht abbrechen. Das wäre nicht ehrenhaft, und wir wollen uns unsere Nachbarn nicht zum Feind machen."

Sahmir senkte den Blick und schüttelte den Kopf. „Nein. Wohl nicht."

„Jeder Vorschlag, die Hochzeit nicht stattfinden zu lassen, müsste von ihnen kommen. Und Safiyehs Vater wird seine Meinung kaum ändern. Selbst mit diesem Skandal nicht. Also, Rory. Dir ist klar, dass ihr hier in Ma'in nicht zusammen sein könnt? Du verstehst, dass wir in die Schadensbegrenzung gehen müssen, dass wir die Verlobung vorziehen müssen? Ich habe mit dem König gesprochen, und er stimmt zu. Safiyeh wird in wenigen Tagen hier sein, um der Öffentlichkeit zu zeigen, dass die

Verlobung wie geplant stattfinden wird. Nur eben früher als irgendjemand gedacht hat", fügte er grimmig hinzu.

Sahmir nickte langsam. „Rory kann in Qusayr Zarqa bleiben. Ich werde sie dorthin bringen. Ich werde sie nicht sofort verlassen", fügte er störrisch hinzu. „Ich werde ein paar Tage mit ihr verbringen und dann werden wir uns trennen. Dann", er wandte sich zu Tariq, „verspreche ich, mich auf die anstehenden Geschäfte zu konzentrieren."

„Und du wirst zurückkehren und hier in der Stadt bleiben." Tariq nickte. „Das könnte funktionieren. Jetzt musst du nur noch beide Frauen dazu bringen, bei diesem Plan mitzumachen. Das kann nicht schwer sein – für jemanden mit deinen Fähigkeiten in dieser Hinsicht."

Sahmir lächelte. „Danke für dein Vertrauen in meinen Charme, Tariq. Es mag dir neu sein, aber nicht jede Frau liebt mich."

„Natürlich tun sie das. Anders als ich hast du ein unfehlbares Händchen für Frauen."

Sahmir erinnerte sich an sein Gespräch mit Cara. „Anders als du? Das ist nicht, was ich gehört habe."

Tariqs Gesicht wurde plötzlich gefährlich. „Und was hast du gehört?"

„Ich bin einer Freundin von dir begegnet, als ich nach den Kindern gesehen habe. Reizende Dame. Wir hatten ein schönes langes Gespräch."

„Worüber?"

„Sie hat mir erzählt, dass sie vergessen hat, dir etwas Wichtiges zu sagen."

„Ihr hattet also ein Herz-zu-Herz-Gespräch."

„Sie ist mit einem Mann verheiratet, den sie nicht liebt, und eine Scheidung steht bevor."

„Das hat sie dir erzählt?"

„Ja. Und anscheinend warst du zu sehr von deiner moralischen Überlegenheit und Entrüstung erfüllt, um ihr zuzuhören."

„Das hat sie dir auch erzählt?"

„Nein, das habe ich mir gedacht. Aber ich bin sicher, dass ich Recht habe. Ich *kenne* dich, Tariq. Und Cara ist fantastisch. Sie scheint genau die richtige Frau für dich zu sein. Sie kann nichts dafür, dass sie verheiratet ist. Es hört sich sowieso so an, als stünde die Scheidung kurz bevor. Sie hat es dir wahrscheinlich nicht gesagt, weil es anfangs nicht deine Angelegenheit war. Sie hat nur für dich gearbeitet, das war alles. Aber" - er grinste - „offensichtlich hat sich die Beziehung geändert und bis dahin hat sie wahrscheinlich keinen richtigen Moment gefunden, es dir zu sagen. Vergiss es. Du weißt es jetzt. Wirf nicht eine Chance auf Glück weg, nur weil sie verheiratet ist."

Tariq ließ sich schwer in seinen Stuhl zurückfallen. „Ich weiß. Du hast Recht. Ich wollte gerade zu ihr gehen. Ist sie noch bei den Kindern?"

„Ja, ist sie."

Tariq sprang auf und ging entschlossen zur Tür. Dort drehte er sich um. „Wir sehen uns später." Er lächelte, ein seltenes Lächeln. „Es ist gut, dass du wieder da bist, Sahmir."

Er ging hinüber und umarmte Tariq. „Es ist gut, wieder zu Hause zu sein."

Nachdem Tariq gegangen war, setzte sich Sahmir an den Schreibtisch und nahm noch einmal die Zeitung zur Hand. Da war das Foto von ihnen beiden, wie sie die Stufen am Flughafen hinuntergingen. Es gab keinen Zweifel daran. Rory sah trotz der blauen Wange wunderschön und verdammt sexy aus. Sein Körper reagierte wie auf Kommando.

Verdammt. Wegen dieses Fotos wurde er früher als nötig in eine Ehe gedrängt, die er nicht wollte. Aber er hatte noch zwei Tage, um Rorys Gesellschaft zu genießen. Er sollte besser dafür sorgen, dass es gute Tage werden.

# KAPITEL 5

Ein weiterer Tag, ein weiteres Foto. Sahmir warf die Morgenzeitung auf seinen Schreibtisch und seufzte.

Daran gab es keinen Zweifel. Aurora de Chambéry war unendlich fotogen. Ob sie nun wie auf dem Foto in der Abendzeitung vom Vortag unverschämt sexy aussah oder wie hier, äußerst elegant, als sie aus dem Palast trat, um die Gärten zu erkunden, ihr Gesicht im Profil, ihre verletzte Wange verborgen, während sie nachdenklich und ergreifend über die Gärten blickte. Und er? Er starrte sie von der Tür aus an wie ein hungriges Raubtier. Er klappte die Zeitung mit einem Knall zu.

Er sprang auf und nahm seinen Kaffee mit ans Fenster, wo er auf die Stadt blickte, die im frühen Morgenlicht funkelte.

Irgendwo da draußen hatte der Russe Leute, die jeden seiner und Rorys Schritte beobachteten. Der Gedanke ließ ihm einen Schauer über den Rücken laufen.

War es eine Warnung, dass er sie holen würde? Dass er

tatsächlich jemanden getötet hatte und glaubte, Rory wäre Zeugin gewesen?

Oder war es einfach eine Erinnerung an Sahmir, dass der Russe unzufrieden war und sie beobachtete - eine Schmutzkampagne, um ihre Reputation zu ruinieren? Und es funktionierte. Sahmir kannte die Macht der Medien besser als jeder andere.

Jahre zuvor waren seine verzweifelten Versuche, sich mit einer Frau zu versöhnen, die er geliebt hatte, nachdem sie ihn verlassen hatte, um zu ihrem herrschsüchtigen und missbrauchenden Vater zurückzukehren, überall in den Zeitungen breitgetreten worden. Er hatte sich in eine dunkle Welt zurückgezogen, aus der ihn nur die Liebe seiner Schwester gerettet hatte. Aber er war stärker daraus hervorgegangen und würde keinen dieser Fehler je wieder machen - sich nicht von jemandem oder etwas kontrollieren lassen.

Was auch immer die Motive des Russen waren, er musste Rory für eine Weile wegbringen, weg von neugierigen Blicken, weg vom öffentlichen Interesse. Und weg von ihm. Und es gab nur einen Ort, der dafür geeignet war.

Sahmir zögerte vor der Verbindungstür und lauschte auf jedes Anzeichen von Bewegung. Es war nichts zu hören. Er klopfte sanft. Es gab ein gedämpftes Geräusch und dann... nichts. Er legte seine Hand auf den Griff, umfasste ihn und wollte ihn gerade herunterdrücken, zog sie aber stattdessen zurück. Rory wusste nicht einmal, dass sein Zimmer mit ihrem verbunden war. Es war zu früh, ohne Warnung bei ihr hereinzuplatzen.

Gerade als er sich umdrehen wollte, öffnete sich die Tür und sie stand da, immer noch in Jeans und diesem unglaublichen T-Shirt. Er hob seinen Blick. „Wie geht es dir?"

Sie wich zurück und verschränkte die Arme vor der Brust, nachdem sie die Richtung seines Blicks bemerkt hatte. Sie nickte. „Gut."

„Darf ich reinkommen?"

Sie zuckte mit den Schultern. „Warum nicht? Mein Zimmer scheint ja sowieso Teil deiner Suite zu sein."

„Das ist es. Aber ich werde immer zuerst klopfen. Wenn du nicht willst, dass ich reinkomme, antworte einfach nicht. Ich werde nicht darauf bestehen, Rory. Du kennst mich zwar nicht gut, aber ich hätte gedacht, dass du zumindest *das* inzwischen von mir verstanden hättest."

Sie lächelte kurz. „Ja. Das habe ich wohl." Sie öffnete die Tür weit. „Du kannst reinkommen, wenn du möchtest."

„Danke." Er folgte ihr hinein und sah sich um, stand dann mit den Händen in den Hosentaschen da und fühlte sich unwohl in seiner eigenen Suite. Dann wandte er seinen Blick wieder Rory zu, die zur Fensterbank zurückgekehrt war, wo sie offensichtlich gesessen hatte, bevor er hereingekommen war.

Er hatte schon früher Frauen mit in den Palast gebracht, und sie waren immer begeistert gewesen, flatterten herum, bewunderten das luxuriöse Badezimmer, die elegante Suite. Aber Rory? Sie hatte die Suite nur verlassen, um in den Gärten spazieren zu gehen, und war dann für die Nacht zu Bett gegangen. Zweifellos war sie traumatisiert von dem, was ihr zugestoßen war. Aber wie konnte er ihr helfen, wenn sie nicht mit ihm sprach?

„Du hast dich nicht umgezogen. Hast du in diesen Kleidern geschlafen? Waren die Sachen, die ich gekauft habe, nicht nach deinem Geschmack?" Er ging zum Schrank und öffnete ihn. Er fuhr mit der Hand über die Kleiderstangen - formell, casual und alles dazwischen. „Da muss doch etwas nach deinem Geschmack dabei sein. Ich habe den Laden gebeten, von allem etwas herauszusuchen." Er drehte sich zu ihr um. Sie musterte ihn aufmerksam. „Ich war mir nicht sicher, was dir gefallen würde."

„Sie sind alle wunderschön."

„Ich höre da ein ‚aber'."

„Aber... sie gehören nicht mir. Ich habe sie nicht gekauft. Es ist mir unangenehm, ständig von dir anzunehmen. Und ich verstehe nicht, warum du dir solche Umstände machst, um mir zu helfen."

Er auch nicht. Er wählte eine weite weiße Leinenhose und eine wunderschön geschnittene Seidenbluse aus. „Hier, zieh das doch an. Das ist das Burschikoseste, was es gibt."

„Du hast meine Frage nicht beantwortet."

Er schaute unschuldig auf. „Mir war nicht bewusst, dass du eine gestellt hast."

„Warum hilfst du mir?"

Ja, warum eigentlich? Er seufzte. „Was soll ich denn sonst tun? Dich in einer Ecke des Palastes verstecken, gekleidet in dieses unanständige T-Shirt und diese Jeans?"

Sie verschränkte die Arme vor ihrem T-Shirt. „Das kannst du gerne tun."

„Das will ich aber *nicht*. Komm schon. Du hast die Suite gestern nur einmal mit mir verlassen, um den Garten zu erkunden. Ich habe dir etwas Freiraum gelassen, aber jetzt ist es Zeit, sich zu bewegen. Ich dachte, ich zeige dir ein bisschen mehr von unserem Land."

Sie seufzte und schüttelte den Kopf, die spröde, abwehrende Haltung verschwand sofort. „Es tut mir leid, Sahmir. Du warst so nett zu mir und ich möchte dir keine Last sein. Warum lässt du mich nicht einfach hier allein und gehst deinen Geschäften nach."

„Du willst den Monat hier in deinem Schlafzimmer verbringen? Von mir aus. Ich komme in einem Monat wieder, um die Spinnweben von dir abzuklopfen und dich deutlich dünner nach Europa zurückzubringen."

Er bekam das Lächeln, auf das er gehofft hatte.

„Aber irgendwie hast du Recht. Ich kann nicht meine ganze Zeit mit dir verbringen. Das würde die Pläne meines Bruders - ich meine *unsere* Pläne - gefährden. Wir haben beschlossen, dass es am besten wäre, wenn du in unserem Jagdhaus bleibst, weg von den neugierigen Blicken der Paparazzi und meiner zukünftigen Schwiegereltern."

„Jagdhaus? Wie ist es dort?"

„Ich bringe dich später heute hin. Wenn es dir nicht gefällt, finden wir etwas anderes. Aber leider muss es ab morgen ohne mich sein." Er lächelte ermutigend. „Komm schon, du glaubst doch nicht, dass ich dir vorschlagen würde, deine Zeit an irgendeinem miesen Ort zu verbringen? Es ist kein schlechter Vorschlag. Du kannst etwas von meinem Land sehen, unser wunderbares Essen probieren."

Sie stand auf. „Du hast Recht. Ich benehme mich dumm. Ich fühle mich nur etwas überrumpelt. Tut mir leid. Ich werde tun, was du vorschlägst. Ich habe heute Morgen mit Maman gesprochen und sie ist so dankbar für alles, was du getan hast, um ihnen einen Platz in St. Malo zu finden."

„Gern geschehen. Und es wird mir auch eine Freude sein, dich in diese Kleidung schlüpfen zu sehen, eine Tasche für ein paar Nächte packen, und dann fahren wir in die Wüste und ich zeige dir Qusayr Zarqa."

„Das Jagdhaus?" Sie lächelte. „Ich stelle mir eine abgelegene Holzhütte vor, komplett mit Hirschköpfen an den Wänden."

Sahmir grinste. „Ähm, nicht ganz so. Aber es *ist* abgelegen, was gut sein wird."

Sie runzelte misstrauisch die Stirn. „Warum?"

Er deutete auf die Zeitung auf dem Tisch. „Um dem hier zu entkommen."

Sie nahm die Zeitung und las. Er beobachtete, wie sie blass wurde. Sie ließ die Zeitung zurück auf den Tisch fallen. „Er wird uns - mich - nie in Ruhe lassen, oder?"

„Nein, nicht bis wir das mit dem Anwesen geklärt haben. Ich habe mit meinen Anwälten gesprochen und sie sind ziemlich zuversichtlich, dass sich etwas machen lässt. Ich habe sie angewiesen, an dem Fall zu arbeiten, bis er gelöst ist. Sei versichert, Rory, wir werden jeden Stein umdrehen. Lass uns jetzt von angenehmeren Dingen sprechen. Kannst du reiten?"

Ihr Gesicht leuchtete auf. „Wir gehen reiten? Sahmir! Ich liebe Pferde. Wo? Wann?"

„Morgen, in Qusayr Zarqa. Nachdem du den Rest der Familie kennengelernt hast. Und... wenn du immer noch das Gefühl hast, mir etwas zu schulden, gibt es da *eine* Möglichkeit, wie du es mir zurückzahlen kannst."

Misstrauen überzog sofort ihre Züge. „Wie?"

„Du kannst Spaß haben. Mir die Freude machen, dich entspannt zu sehen. Okay?"

Sie lächelte. „Tut mir leid. Natürlich." Sie nahm die Kleidung vom Bett. „Ich ziehe mich um."

„Gut. Und dann zeige ich dir den Palast und du kannst meinen Bruder und meine Nichten und meinen Neffen kennenlernen. Und meine Cousins - sie sind Zwillinge - kommen heute Nachmittag auch aus England zurück, um zu bleiben. Dann fahren wir in die Wüste. Zeige dir etwas von unserem Erbe, schauen uns unsere Pferde an."

Sie lächelte. Aber es erreichte ihre Augen nicht. Sie war nur tapfer. Aber das war gut genug für ihn... vorerst.

Der Nachmittag war angenehmer, als Rory es sich vorgestellt hatte. Sie hatte ihn mit der Familie des Königs verbracht, wo sie einfach als Freundin auf der Durchreise vorgestellt worden war.

Sie hatte gesehen, wie Sahmir mit seinem Neffen Cricket spielte. Sahmir wirkte wie ein großes Kind. Sein Haar war länger als das seines Bruders, den sie kurz kennengelernt und noch kürzer gefürchtet hatte, und mit hochgekrempelten Hemdsärmeln und konzentriertem Gesicht, während er seinem Neffen einen Spinball zuwarf, hätte er auch in eine englische Privatschule gehen können. Verspielt, gut aussehend und definitiv charmant. Dann sah er zu ihr auf, und ihr Herz begann zu klopfen, und sie errötete. Sie wandte den Blick ab. Sonst wurde sie nie rot.

„Rory." Er sprach ihren Namen sanft aus, mit diesem wunderbaren Akzent, und sie drehte sich zu ihm um. „Es ist Zeit zu gehen. Sollen wir?" Er streckte ihr seine Hand entgegen.

Vor vier Stunden wäre sie noch wie ein verletzter Hund zurückgewichen, aus Angst vor einem Tritt. Aber jetzt streckte sie ihre Hand aus und ergriff seine, und er zog sie hoch.

„Ah, zu diesem mysteriösen Jagdhaus."

„Gar nicht so mysteriös."

Sie war groß, aber trotzdem einen Kopf kleiner als er. Er atmete schnell von seinen Kricketanstrengungen und sein Atem war warm auf ihrem Gesicht. Ohne nachzudenken leckte sie sich über die Lippen und blickte auf seine Lippen. Er hatte dasselbe getan. Dann verzogen sich seine Lippen zu einem Lächeln, als er ihre Hand auf seinen Arm legte. „Wir nehmen den langen Weg durch die Gärten, wenn du magst?"

Sie grinste. „Gerne."

Es war später Nachmittag und die Sonne stand zu tief, um in die Hofgärten zu dringen. Stattdessen hatte das Licht eine fast romantische Qualität - weich und taufrisch nach der Bewässerung durch die Gärtner.

Obwohl der Garten von allen Seiten von Palastgebäuden umgeben war, war er riesig, und sie waren bald zwischen hohen Pflanzen und duftenden Blumen verschwunden. Sie seufzte, völlig verzaubert von der üppigen Natur um sie herum. „Das ist wunderschön." Sie strich mit ihrer freien Hand über die frisch bewässerten Blumen, die aufgestörten Pflanzen verströmten einen herrlichen Duft in die Abendluft. „Das ist so anders als Senlisse."

„Erzähl mir von Senlisse."

Sie seufzte wieder, ein von Nostalgie gefärbter Seufzer. „Um diese Jahreszeit? Es wäre entweder unter Schnee begraben - das Anwesen ist nicht weit von den Alpen entfernt - mit den Kastanienbäumen im Wald, die sich stark gegen den Schnee und den eisgrauen Himmel abheben. Schwarze Krähen würden krächzen und um den Berg kreisen. Dort stand die ursprüngliche Burg."

„Das Land ist seitdem im Besitz deiner Familie?"

„Länger als das. Seit über neunhundert Jahren ist es im Besitz der Familie de Chambéry und wurde von ihr bewohnt." Sie schwieg, während sie das Wasser von den Blumen zwischen ihren Fingern rieb und den Schmerz über den Verlust des Anwesens erneut spürte. „Aber jetzt nicht mehr." Sie blickte mit einem gespielt unbeschwerten Lächeln zu seinem interessierten Gesicht auf. „Jetzt gehört es der russischen Mafia, die nicht wissen wird, welche Bäume gefällt werden können oder welche Felder Pflege brauchen-" Sie brach abrupt ab, unsicher, ob ihre Stimme standhalten würde.

Er blieb stehen und sie auch, verzweifelt bemüht, die Fassung zu bewahren. „Wenn mich das Leben eines gelehrt hat, dann dass man nie wissen kann, was vor einem liegt. Wer hätte vor einer Woche gedacht, dass ich mit einem wunderschönen französischen Wildfang durch diese Gärten spazieren würde."

„Nicht französisch. Roche ist ein eigenständiges Land mit eigenen Gesetzen", erwiderte sie leise.

„Aber dieselbe Sprache. Dieselben französischen Worte von deinen wunderschönen Lippen."

Mit einer fließenden Bewegung neigte er den Kopf und streifte ihre Lippen mit seinen. Bevor sie registrieren konnte, was er getan hatte, hatte er sich zurückgezogen und schaute weg, als könnte er es selbst nicht glauben. Sie auch nicht. Und doch fühlte es sich völlig natürlich an.

Ehe sie sich versah, gingen sie wieder den Pfad

entlang. Sie berührte ihre Lippen mit der Hand und fragte sich, ob sie es sich eingebildet hatte. Doch dann fing sie seinen Blick auf und sah dieselbe Hitze, die sie in sich spürte. Sie hatte sich weder den Kuss eingebildet noch ihre Reaktion darauf oder seine. Und noch überraschender war, dass es ihr keine Angst gemacht hatte. Es hatte sie nach mehr verlangen lassen. Und das machte ihr definitiv *doch* Angst. Sie zog ihre Hand aus seiner und schaute geradeaus.

„Hast...“

„Ja?“

Sie holte tief Luft. „Hast du schon immer hier gelebt?“

„Ah...“ Er verstand, dass sie das Thema wechselte, wieder Abstand zwischen sie brachte. „Ja, das habe ich. Tariq verbrachte seine Jugend größtenteils in der Wüste bei unseren Großeltern. Ich wuchs hier bei meinen Eltern auf.“

„Nur du?“

„Nein. Ich hatte eine ältere Schwester, Ensiyeh, und Daidan, der in Finnland lebt. Sie blieben alle hier in der Stadt. Tariq und mein Vater verstanden sich nicht, also behielt Großvater Tariq bei sich, wahrscheinlich zu seiner eigenen Sicherheit. Mein Vater hatte ein hitziges Temperament.“

„Und wo ist deine Schwester?“

Rory zählte sechs Schritte, während sie schweigend weitergingen und auf seine Antwort wartete. Aber er antwortete nicht sofort. Dann blieb er stehen, pflückte eine Blume, roch daran und reichte sie ihr. „Das war die Lieblingsblume meiner Schwester. Sie pflegte zu sagen, sie sei so schön, dass sie keinen Duft bräuchte.“

Rory führte sie an ihre Nase und roch daran. Tatsächlich hatte sie keinen Duft. Sie berührte die samtweißen Blütenblätter und das farbenprächtige Muster, das wie ein Schmetterling aus ihrer Mitte hervortrat. „Zweifellos reichte das aus, um die Bienen zur Bestäubung anzulocken."

Er lachte kurz. „So antwortet die Farmerin." Sie gingen weiter. „Ensiyeh war keine Farmerin. Sie war eine Philosophin. Sie war weise, zu weise für diese Welt."

„Was ist passiert?"

„Als die Grippe in unsere Stadt kam, tat ich das Verbotene und ging mit meinen Freunden in der Stadt spielen. Ich steckte mich an, versetzte meine Familie wochenlang in Todesangst, bevor ich mich vollständig erholte."

„Du hattest Glück."

„Ja. Aber meine Schwester nicht. Sie war nie kräftig gewesen und steckte sich bei mir an, bekam danach rheumatisches Fieber. Ihr Herz wurde in Mitleidenschaft gezogen. Sie war jahrelang krank und starb vor einigen Jahren daran. Ich habe mir das nie verziehen."

„Aber du konntest nichts dafür."

„Doch, konnte ich. Ich hätte auf meine Eltern hören und mich von meinen Freunden fernhalten sollen."

„Du warst jung. Du solltest dir keine Vorwürfe machen."

„Manchmal ist es leicht, etwas zu denken, aber etwas anderes zu fühlen. Ich bezweifle, dass dieses Gefühl jemals nachlassen wird." Er seufzte lang und schwer, seine Augen zusammengekniffen. „Weißt du, ich vermisse meine Schwester jeden Tag."

Rory spürte einen Kloß im Hals. Seine Worte waren so schlicht, aber sie bewegten sie. Als er sie aussprach, sah sie hinter dieses charmante, leichte Lächeln, hinter diese oberflächliche Geschmeidigkeit, die so entwaffnend war, zu einem rohen Schmerz, der immer da war, der an ihm nagte und ihm wehtat, der all sein Handeln bestimmte.

Er räusperte sich und warf ihr einen Blick zu. „Nun gut, genug von mir. Lass uns aufbrechen. Das Abendessen wartet in Qusayr Zarqa. Ich bin gespannt, was du von dem Ort hältst."

„Ich bin sicher, er wird mir gefallen. Und ich liebe Pferde." Sie war sich ziemlich sicher, dass ihr in diesem Moment alles gefallen würde, was Sahmir vorschlug. Dass er den Schmerz über den Verlust seiner Schwester offenbart hatte, hatte mehr dazu beigetragen, sie davon zu überzeugen, dass sie bei ihm sicher war, als alles andere es gekonnt hätte.

Sie stiegen die Stufen zu ihrer Suite hinauf. Er ließ sie an ihrer Tür zurück und ging den Korridor hinunter zu seinem separaten Eingang. Sie zögerte an der Tür und beobachtete, wie er den Marmorkorridor entlangging - makellos und tadellos, die späte Sonne schien durch die hohen Oberlichtfenster. Sie warf ein Scheinwerferlicht auf ihn, als wäre er ein Star, der über eine Bühne schreitet. Sein längliches Haar kräuselte sich nachlässig um seinen Kragen und seine breiten Schultern, der perfekte Rahmen für sein weißes Hemd, das durch seine kürzlichen Anstrengungen beim Cricket halb herausgezogen war. Wieder spürte sie das Verlangen nach ihm in sich aufsteigen. Diesmal war es intensiver, entfesselt durch die Erkenntnis, dass dieser Gott unter Menschen ein fehlbarer Gott war, ein verletzter Gott.

# KAPITEL 6

Die Sonne war bereits hinter dem Horizont verschwunden, als sie Qusayr Zarqa erreichten. Rorys Stimmung war mit jedem Kilometer gesunken, den sie sich von der Stadt entfernten, mit ihren versteckten, gut gepflegten Oasen und dem grünen Streifen Mangroven am Ozean. Die Landschaft wurde immer fremder - rau, ohne Grün, ja scheinbar ohne Leben, wie es ihr vorkam. Es war eine völlig andere Welt als die, die sie in Frankreich zurückgelassen hatte.

„Qusayr Zarqa", deutete Sahmir. „Dort vorne."

Sie kniff die Augen zusammen gegen das Licht, das trotz ihrer Sonnenbrille blendete. „Das ist ein Felsen."

„Das *war* vor ein paar tausend Jahren ein Felsen. Seit mindestens tausend Jahren ist es eine Burg."

„Deine Jagdhütte ist eine Burg?" Sie musste innerlich schmunzeln. Ihre Vorstellung von einer Blockhütte, wenn auch luxuriös und großzügig, löste sich in Luft auf. „Was macht man denn so in einer tausendjährigen Burg?"

„Sie verfügt über modernste Technologie dank der

Sicherheitsanlagen, die wir installieren ließen, als wir einige unserer antiken ma'inesischen Artefakte hierher brachten. Davor haben wir manchmal den Strom abgestellt und die Burg so genossen, wie sie im Mittelalter gewesen sein muss. Tariq hat das ständig gemacht - das hat das Küchenpersonal in den Wahnsinn getrieben."

„Und die Pferde?", fragte sie hoffnungsvoll.

„Viele Pferde. Sie waren die Leidenschaft meiner Mutter. Sie hielt sie hier in Qusayr Zarqa und zog sich hierher zurück, wenn das Leben mit meinem Vater zu schwierig wurde. Das gab ihr auch Zeit, Tariq zu sehen. Er hat viel Zeit hier verbracht, als er bei meinen Großeltern aufwuchs."

„Klingt kompliziert. Offensichtlich ändern sich manche Dinge wie Familien nie – königlich oder nicht."

„Ja, Beziehungen sind nicht gerade die Stärke meiner Familie."

„Und du führst die Familientradition fort. Bringst eine Frau mit nach Hause, während du kurz vor der Verlobung mit einer anderen stehst."

Diese nüchterne Feststellung ließ sie beide verstummen, als sie von der Hauptstraße abbogen und auf eine kleinere Straße einbogen, die direkt zur Burg führte.

Trotz ihrer anfänglichen Ablehnung der Burg musste Rory zugeben, dass sie atemberaubend war. Sie hatte noch nie eine solche Architektur gesehen. Sie erhob sich aus der umgebenden Wüste, in der gleichen Farbe und Textur, aber ihr quadratisches, kompromissloses Design zeigte deutlich die Autorität der alten Wüstenscheichs über ihr Volk.

Der Haupteingang wurde von einem drei Stockwerke hohen Bogen eingerahmt, und entlang der Oberseite war die Fassade von quadratischen Fenstern durchbrochen. An jeder Seite der Fassade ragten Türme hervor.

„Deine Vorfahren müssen deinen Besitz etwa zur gleichen Zeit gebaut haben wie meine diesen hier", bemerkte Sahmir.

„Ist es so alt?"

Er parkte das Auto vor dem Eingang und stellte den Motor ab. „Achtes Jahrhundert, sagen uns die Experten."

Sie pfiff leise durch die Zähne. „Erst ein paar Jahrhunderte später haben meine Vorfahren die erste Burg in Senlisse gebaut. Ziemlich bescheiden im Vergleich hierzu."

„Zu der Zeit, als dies gebaut wurde, hatten meine Vorfahren riesige Ländereien erobert. Die Geschichte ist in den Fresken drinnen festgehalten. Es wurde sowohl als Festung als auch als Lustschloss gebaut." Er grinste. „Mein Volk wusste, wie man das Leben genießt."

„Hier draußen? Mitten im Nirgendwo?"

„Nirgendwo?", wiederholte er leise, seine Kritik schwang unausgesprochen mit. „Es ist nur ‚Nirgendwo' für Fremde. Für Menschen, die es nicht verstehen."

„Du hast Recht. Aber ich bin immer noch eine Fremde, Sahmir. Für mich fühlt es sich immer noch wie Nirgendwo an."

„Natürlich. Aber für meine Vorfahren war es das Zentrum ihrer Welt, das Zentrum der Zivilisation." Er öffnete die Tür. „Komm, ich zeige dir alles."

Bevor sie ihre Sachen zusammengesammelt hatte, hatte Sahmir bereits ihre Tür geöffnet. Sie sprang aus dem klimatisierten Auto in die Wüstenhitze, die jetzt am späten Abend etwas weniger intensiv war.

Was ihr beim Näherkommen auffiel, war, dass es keine

eindrucksvolle Freitreppe gab, keine verzierte Säulenhalle, die die Tatsache verschleierte, dass dies in erster Linie eine Festung war. Stattdessen schwangen riesige Holztüren auf und Männer in traditionellen Gewändern kamen heraus und begrüßten sie. Sahmir hielt an und sprach auf Arabisch mit ihnen, dann verschwanden sie und ließen die beiden allein in der gewaltigen Eingangshalle zurück.

Sie drehte sich einmal um die eigene Achse und betrachtete die Gemälde, die die Wände und die Gewölbedecke bedeckten. „Das ist unglaublich!"

„Ja, auf all meinen Reisen habe ich nie etwas gesehen, was dem hier nahekommt." Er zeigte auf eine Wand, auf der mehrere Männer abgebildet waren. „Das ist das Fresko, das die Ausdehnung des Kalifenreichs zu dieser Zeit zeigt. Er ist in der Mitte dargestellt, zusammen mit den Königen, die er besiegt hat. Darunter sind der byzantinische Kaiser sowie der westgotische König von Spanien. Und andere. Und dort drüben" - er drehte sich um und zeigte auf die andere Seite der Halle - „befindet sich der Badekomplex. Das *Hammam*. Möchtest du es jetzt sehen? Oder möchtest du dich vielleicht vor dem Abendessen ausruhen? Was möchtest du tun?"

Es war alles so fremd für sie, so imposant, so anders, dass sie das Bedürfnis hatte, etwas Vertrautes zu sehen. „Ich würde gerne die Pferde sehen."

Er lachte. „Das hatte ich nicht erwartet, aber gerne. Sie sind auf der Rückseite."

Während sie zu den Ställen gingen, die vor der Öffentlichkeit verborgen im Hof hinter der Burg lagen, dachte Sahmir daran, dass er sich den ersten Abend mit Rory in Qusayr Zarqa *anders* vorgestellt hatte.

Er hatte sich ausgemalt, wie sie auf der Terrasse sitzen, Champagner trinken, vielleicht sogar ein wenig flirten würden. Nur ein bisschen, beruhigte er sein Gewissen. Stattdessen atmete er nun, als sie die Ställe betraten, den durchdringenden Geruch von Pferdemist ein.

Aber es gab auch Vorteile. Da ihre Aufmerksamkeit vollständig von den Pferden in Anspruch genommen wurde, konnte er sie nach Herzenslust betrachten. Selbst in den schlichtesten Hosen und Hemden sah sie umwerfend aus. Mit ihrer olivfarbenen Haut und dem langen dunklen Haar hätte sie aus einem Nachbarland stammen können, wo die Haut heller und die Augen oft blau waren. Sie mochte sich fremd fühlen, aber sie sah hier völlig zu Hause aus.

Als sie durch die Ställe ging, bei den verschiedenen Pferden anhielt, um sie zu streicheln und mit ihnen zu sprechen, stellte sie Fragen, die er an den Stallburschen weiterleiten musste. Er hatte keine Ahnung und kein Interesse. Aber Rorys Interesse an Pferden war definitiv nicht vorgetäuscht.

„Wann können wir ausreiten?"

„Morgen. Es ist nicht mehr genug Tageslicht übrig, um dorthin zu reiten, wo ich hinmöchte."

„Wohin denn?" Sie tätschelte ein Pferd und ging zum nächsten. Die Augen des Pferdes folgten ihr sehnsüchtig und Sahmir wusste genau, wie es sich fühlte.

„Jabal al Noor – die Goldmine, die jetzt wieder uns gehört. Jetzt, wo die Aurus Group weg ist, hat Tariq den Befehl gegeben, sie abzubauen."

„Werdet ihr nicht weiter nach Gold schürfen?"

„Nein. Es *gibt* noch Gold, aber der Ort ist ein Chaos. Wir haben andere Pläne. Der Fluss wurde von Aurus umgeleitet, aber wir werden ihn in seinen ursprünglichen Lauf zurückführen und die ganze Sache fluten. Wir werden ein Reservoir schaffen, aus dem die örtlichen Bauern das Land bewässern können. Das wird die Gegend völlig verwandeln."

„Wow. Das klingt interessant *und* nach einer Herausforderung. Welche Art von Pflanzen wollt ihr anbauen?"

Sahmir zuckte mit den Schultern und ging zur offenen Tür am Ende des Stalls und schaute hinaus. „Ich bin mir nicht sicher. Ich habe die Details Tariq überlassen. Er hat zweifellos etwas geplant."

„Das würde mich interessieren, denn ich habe meine Doktorarbeit über die Bewirtschaftung von Grenzertragsböden geschrieben. Momentan gibt es Forschungen über den Wechsel von Nahrungsmittelpflanzen zu relativ unbekannten Biokraftstoffpflanzen." Sie warf ihm einen Blick zu. „Nicht die üblichen Biokraftstoffpflanzen, denn die erweisen sich als nicht nachhaltig."

„Ach." Mehr konnte er nicht sagen. Er wusste weder etwas über übliche noch unübliche Biokraftstoffpflanzen. „Du solltest mit Tariq darüber sprechen. Ich bin sicher, er wäre interessiert."

„Und das bedeutet, du bist es nicht?"

„Mich interessiert, dass es dich interessiert. Sagen wir es so."

Sahmir lehnte sich gegen den Türpfosten und blickte auf die Reihe wilder Pistazienbäume, die den Eingang zum Wadi markierten, das sich den Talboden hinauf und schließlich in die Hügel schlängelte. Er wandte seinen Blick wieder Rory zu.

Die Nachmittagssonne stand tief und fiel durch die Bäume auf sie. Sie stand da und schmuste mit einer weißen Stute, sprach leise mit ihr, während das Pferd geräuschvoll atmete, als würde es ihr antworten. Rorys dunkles Haar fiel ihr ins Gesicht und über die Schultern, die roten Highlights schimmerten im Licht.

Wann war es passiert, fragte er sich? Wann hatte es sich von dem Bedürfnis, jemanden zu retten, dahin gewandelt, dass er das Gefühl hatte, er selbst müsste gerettet werden, wenn überhaupt? Ihre ätherische Schönheit ließ nichts von ihrer praktischen Kompetenz erahnen. Es zeigte sich in der Art, wie sie das Pferd durch ihre Berührung und den Klang ihrer Stimme beherrschte. Es zeigte sich in ihrem Gang, unbefangen, ausschreitend, sich umschauend, als wäre sie in ihrer kühnen Art zu allem bereit.

Tariq hatte Recht gehabt. Er hatte gedacht, er würde einen verletzten Vogel retten. Er hatte bis jetzt nur nicht erkannt, dass er einen wilden, hellbraunen Falken gerettet hatte, der einen scharfen körperlichen Appetit auf alles hatte. Er fragte sich, wie weit das ging. Der Gedanke trug nichts dazu bei, seine Libido zu beruhigen.

Er stieß sich von der Tür ab. „Komm. Lass uns die Pferde bis morgen in Ruhe lassen. Wir werden dann genug von ihnen sehen. Aber jetzt gibt es andere Teile des Schlosses, die ich dir zeigen möchte."

Sie küsste das Pferd auf die Nase und ging zu ihm hinüber, den Kopf schräg gelegt. „Wirklich? Und glaubst du, diese anderen Teile werden mir gefallen?"

„Es gibt Essen."

Sie grinste. „Führe mich."

‚Gefallen' war eine Untertreibung. Sie saßen auf einer Terrasse mit Blick auf die umgebende Wüste und die Bäume um das Wadi. Eine warme Brise wehte aus der

Wüste herauf und brachte die Geräusche nachtaktiver Vögel mit sich. Zu beiden Seiten der Terrasse wuchsen hohe Bäume, die den dunklen Ausblick einrahmten. Blumen und Sträucher quollen aus übergroßen Töpfen. Sie liebte ihr Anwesen, aber kein Teil davon konnte sich mit der kargen Pracht und Schönheit von Qusayr Zarqa messen.

Und Qusayr Zarqa war nicht das einzig Erstaunliche. Sie schaute auf ihren Teller und löffelte den letzten Bissen des köstlichsten Desserts, das sie je gegessen hatte, und lehnte sich seufzend zurück. „Das war köstlich."

„Weißt du, ich habe noch nie jemanden gesehen, der so schlank ist wie du und so viel isst. Du erinnerst mich an etwas."

Sie versuchte ein Lächeln zu unterdrücken, aber bezweifelte, dass es ihr gelungen war, wenn das Funkeln in Sahmirs Augen ein Hinweis war. „Wirklich? An was genau?"

Er nahm einen Schluck von seinem Getränk und grinste, als er das Glas wieder auf den Tisch stellte. „Eine Schlange. Eine von diesen Schlangen, die ihre Beute im Ganzen verschlingen."

Sie lachte. „Charmant!"

„Eine sehr schöne Schlange", fügte er hinzu.

„Zu wenig, zu spät, fürchte ich, Sahmir. Du kannst mich nicht eine Schlange nennen und dann so tun, als wäre es ein Kompliment."

Er zuckte mit den Schultern. „Einen Versuch war's wert."

Er grinste und Rory fragte sich, wie oft dieses charmante Lächeln ihn schon aus schwierigen Situationen gerettet hatte. Sie bezweifelte, dass irgendjemand dagegen immun sein könnte – sie am allerwenigsten. Sie hatte den ganzen Abend ihr Bestes gegeben, die sexuelle Spannung zu ignorieren. Sie begann zu denken, dass ihr Bestes nicht gut genug war. Sie räusperte sich.

„Also, glaubst du, ich werde hier vor den Paparazzi sicher sein? Sicher vor dem langen Arm der russischen Mafia?"

Er nippte an seinem Champagner, bevor er antwortete, und ihr wurde klar, dass er nicht vollständig für ihre Sicherheit garantieren konnte. „Hier bist du sicherer als irgendwo sonst. Es ist abgelegen, niemand weiß, dass du hier bist, und meine Männer werden immer bei dir sein."

„Ich bin nirgendwo sicher, oder?"

„Du bist hier so sicher, wie man nur sein kann, in einer Festung mitten in der Wüste. Es bräuchte schon eine mongolische Horde, um dich hier herauszuholen."

„Hoffen wir, dass er keine kennt." Sie sprang plötzlich nervös auf.

Sahmir stand auf und ging zu ihr, legte seine Hände auf ihre Schultern. „Es ist okay. Mach dir keine Sorgen. Wenn Vadim sich bewegt, werde ich es wissen."

„Du lässt ihn überwachen?"

„Natürlich. Jetzt... setz dich und entspann dich."

Sie setzte sich, aber der Gedanke an Entspannung war lächerlich. Sie schüttelte den Kopf. „Es tut mir so leid. Ich habe dir das alles eingebrockt. Ich werde gehen. Sobald ich kann, werde ich gehen, und dein Leben wird wieder normal sein."

Er lachte. „Normal? Was ist das? Ich mache nicht in ‚normal'."

„Aber werden diese Lügen über mich nicht deinem Ruf schaden?"

„Natürlich. Aber mein Ruf ist mir egal." Er seufzte. „Es ist der Ruf meines *Landes*, die Zukunft meines *Landes*, um die ich mich sorge. Und er zielt darauf ab, beides zu beschädigen, indem er meine Ehe mit Safiyeh durch diese Paparazzi-Fotos gefährdet."

„Dann bleibe ich also hier. Aus deinem Weg. Aus Safiyehs Weg, aus dem Weg der Paparazzi."

„Das hat auch Tariq vorgeschlagen." Er seufzte und zuckte mit den Schultern. „Es ist nicht das, was ich will, Rory, aber es ist das Beste."

„Und du glaubst, deine Verlobte wird damit einverstanden sein?"

„Ich habe mit Safiyeh gesprochen, sie versteht, dass zwischen dir und mir nichts ist, dass wir nur Freunde sind."

*Nichts.* Sahmir hatte Recht. Nichts war genau das, was zwischen ihnen war, trotz der Gefühle, die aus dem Nichts aufwirbelten, wann immer er sie ansah. „Natürlich. Nur Freunde." Sie nahm ihr Champagnerglas und schwenkte es.

Er beugte sich vor, während die dunkle Nacht sich vertiefte, sein Haar vom warmen Wind zerzaust, sein Blick – warm und interessiert – hielt den ihren fest.

Die Flammen der Fackeln, die die Terrasse säumten, flackerten, und die Blätter der tropischen Pflanzen hoben und senkten sich in den wechselnden Luftströmungen. Die Terrasse wirkte lebendig und ließ *sie* sich lebendiger fühlen als je zuvor.

Er hob sein Glas. „Ein Toast. Auf Aurora, die wie aus einem Märchen in mein Leben gefallen ist."

Was war es an ihm, das sie alles vergessen ließ außer dem Versprechen in seinen Augen? Sie hob ihr Glas zu seinem, die Bläschen tanzten zur Oberfläche. „Auf Sahmir, meinen Scheich in glänzender Rüstung."

„Auf ‚nur Freunde'„, fügte er leise hinzu.

Ihre Gläser berührten sich und ihre Blicke trafen sich in einem stillen Moment, der wie ein Atemholen inmitten eines Rennens war – ein Moment, in dem alles, was sie gesagt hatten, wahr erschien. Und dann lachten sie beide, als hätte jemand einen Witz erzählt. Rory wusste nicht, wer zuerst gelacht hatte. Vielleicht waren es beide gleichzeitig gewesen, aber der Zauber war gebrochen. Ob das Lachen aus Erleichterung, Verlegenheit oder aus der Freude über einen besonderen Moment kam, hätte sie nicht sagen können.

Aber während sie sich zurücklehnten und zusahen, wie sich die Nacht um sie herum ausbreitete, während sie Geschichten über Kindheitsabenteuer und Missetaten austauschten, blieb etwas von diesem Moment bestehen. Es zeigte sich in den gelegentlich verstohlenen Blicken und darin, wie Sahmir es gewissenhaft vermied, sie zu berühren, als hätte er Angst, sie zu verscheuchen. Er lag halb richtig und halb falsch. Sie hatte keine Angst.

Nein, als sie später in ihre getrennten Zimmer gingen, dachte sie bei sich, dass sie keine Angst vor Sahmir haben konnte. Er war der zuvorkommendste, warmherzigste Mann, den sie je getroffen hatte. Doch sie musste von ihm getrennt bleiben. Sie hatte keine Wahl. Was auch immer er sagte, ihre Anwesenheit würde seinem Ruf schaden - und dem seines Landes - und seiner Zukunft. Und das konnte sie dem Mann nicht antun, der alles riskiert hatte, um sie zu retten.

∼

Als Rory am nächsten Morgen erwachte, brauchte sie einen Moment, um zu verstehen, warum sie sich so aufgeregt fühlte. Dann erinnerte sie sich und sprang aus dem Bett, um die Holzläden zu öffnen. Es war etwas kühler als am Vortag, und kleine Wolkenbällchen tupften den Himmel – ein perfekter Tag zum Reiten.

Erst nach ihrer Dusche, als sie sich vor dem Spiegel die Haare kämmte, bemerkte sie, dass der blaue Fleck auf ihrer Wange zu verblassen begann. Ihr wurde plötzlich bewusst, dass sie bis zu diesem Moment nicht an den Russen gedacht hatte. Weil Sahmir das Unmögliche geschafft hatte – sie fühlte sich hier tatsächlich sicher.

Das Blut pochte in ihren Adern, als Rory sich in den Galopp über die trockene Ebene entspannte. Sie fühlte sich, als würde sie schweben, so gut war das Pferd. Heiße Luft rauschte vorbei, und sie war dankbar, dass Sahmir ihr vorgeschlagen hatte, das rot karierte Beduinentuch über ihrem Hut zu tragen, um Nase und Mund vor Staub und Sand zu schützen, während die Sonnenbrille ihre Augen schützte.

Sie war auf gleicher Höhe mit Sahmir und blickte zu ihm hinüber, während sie gleichzeitig den Hals ihres Pferdes tätschelte. Er saß völlig entspannt im Sattel. Trotz seines mangelnden Interesses an Pferden wirkte er in seinem Element. Ihr Wettkampfgeist erwachte plötzlich und sie rief zu Sahmir hinüber, zeigte auf einen Baum und trieb ihr Pferd an, bis sie vor ihm war.

Sie erhob sich leicht aus dem Sattel, diese kleine Bewegung reichte aus, um ihr Pferd schneller galoppieren zu lassen. Für einige lange Sekunden dachte sie, sie hätte es geschafft. Aber dann zog Sahmir mühelos an ihr vorbei, würdigte sie nicht einmal eines Blickes, als sie den Baum passierten. Die geschmeidigen Muskeln seines Pferdes glänzten im Licht wie eine gut geölte Maschine. Trotz ihrer Reitkunst war sie Sahmir nicht gewachsen.

Sie galoppierten weiter, sie leicht hinter ihm, durch die Wüste. Falls es einen Pfad gab, konnte sie ihn nicht erkennen. Aber die Pferde und Sahmir schienen zu wissen, wohin sie mussten. In mittlerer Entfernung konnte sie gerade noch einen grau-grünen Fleck einer Oase erkennen.

Sie erreichten sie früher als erwartet, das Wüstenlicht ließ Entfernungen täuschend erscheinen. Die Pferde trabten in den Schatten unter den ausladenden Bäumen, und Rory und Sahmir sprangen ab. Sie tätschelte ihr Pferd, das kurz an ihr schnupperte, bevor es dem anderen Pferd zum kleinen Wasserbecken im Zentrum der Oase folgte.

„Das ist wunderschön", sagte sie und blickte zu den Dattelpalmenfronden hinauf, deren Blätter sich nur leicht in der sanften Brise bewegten und willkommene, tanzende Schatten auf den sandigen Boden warfen.

„Es heißt Ein Khadra. Es ist die nächstgelegene Oase zu Jabal al Noor."

Sie folgten den Pferden zum Wasser, wo diese zufrieden tranken. Sie lehnte sich gegen den rauen Stamm eines Baumes und schloss die Augen, genoss die willkommene kühlende Brise, die vom Wasser her wehte. Sie leckte sich über die trockenen Lippen. „Wo ist also dieses Essen und Trinken, das du mir versprochen hast?"

Er zog ihr spielerisch den Hut ins Gesicht. „Du bist

sehr anspruchsvoll für einen Wildfang. Hat dir das schon mal jemand gesagt?"

Sie schob ihren Hut wieder hoch und grinste. „Häufig. Als Papa weg war und Maman sich nicht für das Anwesen interessierte, habe ich die Arbeiter organisiert. Sie haben sehr deutlich gemacht, wie anspruchsvoll sie mich fanden. Sie haben die Arbeit trotzdem gemacht."

„Und jetzt organisierst du einen Prinzen. Wie es der Zufall will, habe ich deine Ansprüche vorausgeahnt. Folge mir." Sie ging ihm zu einer kleinen Steinhütte nach, die etwas erhöht stand, ein Stück vom Wasser entfernt, im Schatten eines Pfirsichbaumhains.

„Wer würde an so einem Ort leben?"

„Die Beduinen. Aber sie wird nicht mehr bewohnt. Wir halten sie für uns und andere Bedürftige in Stand. Ich habe die Vorräte heute Morgen aufgefüllt."

Er öffnete die Tür und sie trat ein. Es war dunkel und kühl, mit wenig Einrichtung außer Gestellen, auf denen Matratzen aufgerollt waren, und Schränken, die zweifellos andere Dinge für spontane Übernachtungen enthielten. Aber es war ein großer Kühlschrank, der leise in der Ecke summte und von Solarpanelen auf dem Dach der Steinhütte mit Strom versorgt wurde, der Rorys Aufmerksamkeit auf sich zog. Sie ging hinüber.

„Es gibt kein Schloss." Sie öffnete ihn. „Jeder könnte hier ran. Könnte sich eine Flasche" - sie beäugte das Etikett im schwachen Licht - „Bollinger nehmen. Ich bin überrascht, dass du Alkohol trinkst."

„Ich bin leider nicht sehr fromm. Ich habe zu lange im Westen gelebt." Er trat hinter sie und nahm die Flasche. „Die sind nur für uns. Niemand sonst kommt hierher." Er zeigte auf andere Schüsseln im Kühlschrank. „Und da ist dein Essen."

„Vielleicht Pâté de foie gras?"

„Seltsamerweise nein. Ich dachte, ich beeindrucke dich mit ein wenig beduinischer Küche. Ein paar Salate und Brot. Und" - er sah zu ihr auf - „Wein oder Wasser?"

„Wasser."

„Du bist so vernünftig." Er reichte ihr das Essen und die Wasserflaschen.

Draußen, unter dem Schatten eines Baumes, saßen sie sich auf Steinsitzen gegenüber, während sie das Essen auf dem verwitterten Tisch arrangierte. Sie seufzte, als die Magie des Ortes begann, ihre Abwehr zu durchdringen. Das durfte sie nicht zulassen. In einem Monat wäre sie weg, wenn nicht früher. Dies *war nicht* und würde *nie* ihr Zuhause sein, erinnerte sie sich.

Sie drehte den Deckel vom Wasser und trank zu hastig, das Wasser schwappte über den Rand der Flasche und lief ihr übers Kinn. Sie ließ es gewähren. Sie war so durstig und so heiß, dass sie das Wasser, das ihr Oberteil durchnässte, ignorierte. Erst als sie fertig war, bemerkte sie, dass Sahmir noch nicht zu trinken begonnen hatte. Seine Flasche schwebte noch in der Luft, seine Augen auf sie und den sich ausbreitenden Wasserfleck auf ihrem Oberteil gerichtet. Sie wischte vergeblich daran herum. Die Luft zwischen ihnen knisterte vor sexueller Spannung.

Er nahm einen schnellen Schluck und stellte die Flasche dann auf den Tisch. „Vielleicht sollten wir warten, bis es etwas kühler ist, um unsere Reise fortzusetzen. Uns vielleicht in der Hütte etwas ausruhen."

Sie schüttelte den Kopf, fest entschlossen, die Reaktionen ihres Körpers auf diesen Mann zu verleugnen, der, egal was er tat - mit Kindern spielen, reiten oder einfach nur Wasser trinken - das Flirten scheinbar zur Kunstform erhoben hatte. „Vielleicht sollten wir das nicht."

Er zuckte mit den Schultern, lächelte und begann zu essen. „Eine halbe Stunde dann. Etwas essen, den Pferden eine Chance zum Ausruhen geben."

Am Ende war es eher eine Stunde, bis sie wieder auf ihren Pferden saßen und über die Ebene zur Goldmine galoppierten. Die Spannung hatte trotz Rorys bester Bemühungen nicht nachgelassen. Sie war in jedem beiläufigen Blick von Sahmir und jeder zufälligen Berührung präsent, als er ihr half, ihr Pferd zu beruhigen, das durch unebenen Boden nahe der Mine erschreckt wurde, als sie zum Gipfel eines Hügels ritten. Dort hielten sie an und was sie sah, verdrängte alles andere aus ihrem Kopf.

Es war ein unheimlicher Anblick. Der riesige Tagebau war still wie ein Grab. Die wenigen Großmaschinen, die nicht weggebracht worden waren, standen bewegungslos da wie übergroße Gottesanbeterinnen, die über dem Land schwebten, bereit zuzuschlagen, aber in der Zeit erstarrt.

„Wow." Mehr fiel Rory nicht ein. Sie hatte noch nie solche Verwüstung gesehen. Sie liebte das Land, liebte die Landwirtschaft, und Land so verwüstet zu sehen, traf sie bis ins Mark. Sie sprang von ihrem Pferd und kauerte sich hin, den Blick über das zerstörte Land schweifen lassend. „Wow", wiederholte sie.

Sahmir sprang neben ihr ab. „Viel mehr gibt es nicht zu sagen. Wir - Tariq und ich - arbeiten schon lange daran, die Kontrolle über dieses Land zurückzugewinnen. Und jetzt haben wir sie."

„Und ihr wollt daraus einen Stausee machen, sagst

du?" Sie stand auf, schob ihren Hut zurück und sah sich in der Umgebung um. Sie standen hoch über einer flachen Landschaft. In einer Richtung konnte sie in der Ferne die Oase sehen und dahinter die Wüstenburg, Qusayr Zarqa, in der anderen Richtung lag die wellige Wüste, gesäumt von Bergen, die zu einem fernen Meer hin abfielen. In der Nähe sah sie Gruppen von Häuschen, die meisten schienen verfallen zu sein, aber offensichtlich gelang es einigen Menschen, zwischen ihnen ein Leben zu führen. Eine Wäscheleine war zwischen zwei baufälligen Häuschen gespannt und flatterte in bunten Farben. „Es ist schwer sich vorzustellen, dass dieses Land einmal fruchtbar war."

„Wenn das Wadi wieder in seinen ursprünglichen Lauf umgeleitet wird, *wird* es das wieder sein." Er zeigte auf eine Stelle. „Siehst du die Lücke in den Bergen? Das ist der ursprüngliche Pfad des Flusses. Er wird hier herunterfließen, vom Stausee aufgefangen und von hier in ein System von Wasserwegen gepumpt werden. Es wird der Wüste wieder Leben bringen."

Sie wandte sich von der Aussicht ab, um Sahmir anzusehen. Etwas hatte sich verändert. Es lag in der Art, wie er von diesem Land sprach. Es bedeutete ihm wirklich mehr, als er zugab. „Du liebst es, nicht wahr?"

Er nickte, sprach aber nicht sofort. „Ja. Aber ich liebe viele Dinge im Leben. Anders als bei Tariq ist dies nicht mein ganzes Ich."

Er wandte sich der Sonne zu, das Licht vertiefte seinen Hautton, brachte die Tiefen in seinen Augen zur Geltung, sein weißes Hemd flatterte in der Brise, die hier oben auf dem Grat kräftig war. Sie hatte noch nie jemanden wie ihn getroffen - nicht in ihrer Heimat, bei den Landpartys ihrer Jugend, noch an der Universität in Paris, wo sie sich mit Männern aus anderen Ländern und anderen Verhältnissen als ihren eigenen umgeben hatte. Sie schuldete ihm so viel und sie würde Ma'in bald verlassen. Plötzlich wusste sie, wie sie es ihm zurückzahlen konnte.

„Ich kann hier helfen, Sahmir. Ich kann *wirklich* helfen. Ich weiß viel über solche Dinge, ob du es glaubst oder nicht. Ich bin sicher, Tariq arbeitet mit den üblichen internationalen Beratern zusammen, aber ich habe Kontakte zu Universitätsakademikern, die fortgeschrittene Forschung zur Wüstenregeneration betreiben. Das ist hochmodernes Zeug. Ich weiß, es ist schwer vorstellbar, aber wenn ich mir das ansehe, sehe ich das Potenzial. Ich kann mir vorstellen, wie es sein wird."

Genau in diesem Moment erhob sich der Gesang eines Mannes aus dem Dorf unter ihnen. Die Haare in Rorys Nacken stellten sich auf. Es lag etwas in der Kombination der fremden Sprache, den ungewohnten Rhythmen und Kadenzen, das sie berührte. Sie lebte ihr Leben so sicher, so praktisch, und doch war sie hier in einem fremden Land und hörte Musik, die sie bewegte. Es war wie der letzte Teil der Szene in ihrem Kopf. Menschen, die ein zurückgewonnenes Land bewohnten und darin lebten. Sahmir spannte sich neben ihr an.

„Was siehst du? Erzähl es mir."

Sie schloss ihre Augen. So war es leichter zu sehen. Sie wartete einige Momente, während die Stimme des Mannes in einer leidenschaftlichen Aneinanderreihung von Worten auf und ab schwang, deren Bedeutung sie nicht im Geringsten verstand. Sie wusste nur, dass es sie ansprach und bewegte. Sie schluckte ihre Gefühle hinunter. Sie war *nicht* emotional, war es nie gewesen. Sie war es *nicht*, sagte sie sich streng, während die eindringlichen Klänge eines Saiteninstruments das Auf und Ab der Stimme des Mannes widerspiegelten.

„Ich sehe ein Netzwerk von Kanälen, beschattet von Bäumen, die dem Boden neue Nährstoffe zuführen werden. Ich sehe Obstgärten und Felder" - die Stimme des Fremden verweilte auf einem Ton, bevor sie verklang - „und Familien, die dort leben." Sie öffnete ihre Augen. „Das ist es, was ich sehe."

„Das sehen wir auch so. Wenn wir in die Stadt zurückkehren, musst du das mit Tariq besprechen. Du hast Recht. Er arbeitet mit mehreren Organisationen zusammen, um diesen Ort wiederzubeleben. Aber er ist so misstrauisch gegenüber Menschen. Ich weiß, dass er auf dich hören wird."

„Warum denkst du, dass er auf mich hören wird?"

„Weil *ich* dir vertraue, und ich einer der wenigen Menschen bin, denen *er* vertraut." Er nahm ihre Hand und strich mit seinem Daumen über ihren Handrücken. Sie spürte die Wirkung in ihrem ganzen Körper. „Danke."

Sie lächelte ihn an. „Das ist das Mindeste, was ich tun kann, um mich für das zu revanchieren, was du für mich getan hast."

„Du musst dich nicht revanchieren."

„Doch, das muss ich."

Er brummte und schüttelte den Kopf. „Na gut. Du kannst dich revanchieren, indem du hier sitzt und kurz wartest. Ich möchte ein paar Worte mit den Männern da unten wechseln. Ich werde nicht lange brauchen."

Bevor er sich umdrehen konnte, zeigte sie dorthin, wo die Berge im Blau des Meeres ausliefen. „Ist das dort drüben Ma'in?"

„Nein, das ist Hadramout. Ein Nachbarland.“

Sie wartete darauf, dass er fortfuhr, aber er tat es nicht. Es lag an ihr, die Verbindung herzustellen. „Das Land, aus dem deine zukünftige Frau kommt?“

„Genau.“

„Und diese Boote dort draußen auf dem Meer?“

„Das ist die Stadt und der Haupthafen. Der Handel wird für die Wiederbelebung dieses Landes nützlich sein.“ Er blickte zurück zu den Männern, die auf ihn warteten. „Ich werde nicht lange brauchen.“

Rory warf noch einen Blick auf den Hafen, bevor sie zur anderen Seite des Grats ging. So nah von hier. Es wäre in Reitdistanz. Sie könnte durch die Wüste reiten, über die Grenze und auf einem Schiff nach Frankreich segeln, ohne dass es jemand bemerken würde. Ein Fluchtweg, falls sie ihn bräuchte. Aber wenn sie sich leicht vorstellen konnte, in die eine Richtung zu gehen, was war mit Menschen, die in die andere Richtung kamen? War sie wirklich so sicher, wie Sahmir sich das vorstellte?

Sie sprang auf einen schmalen Pfad hinunter, unter dem eine Straße verlief. Sie schaute sich um, konnte aber weder Sahmir noch die Männer sehen. Also ging sie den Pfad ein Stück weiter hinunter. Bevor sie die Straße erreichte, sprang ein junger Beduinenjunge hervor. Sie lachte. „Du hast mich erschreckt!“

Der Junge lächelte nicht. Stattdessen schaute er sich um und runzelte die Stirn, als ob er versuchte, sich an etwas zu erinnern. „Der Mann, er sagt... er wird dich bald sehen“, sagte er in gebrochenem Englisch.

„Was?“

Der Junge runzelte noch stärker die Stirn. „Nein, er sagte... bald wird er... oder so ähnlich.“

„Wovon redest du?"

Der Junge zuckte mit den Schultern, drehte sich um und rannte zu einer Gruppe kichernder Jungen, wie eine Bergziege den Berghang hinunter springend. Sie versuchte ihm zu folgen. Aber die Steine waren wie Geröll, rutschten unter ihren Füßen weg, und sie musste sich mit ihnen bewegen, in langen Sprüngen nach unten springen, bis sie den Fuß des Hügels erreichte. Der Junge war nirgends zu sehen. Er war wie in der Wüste verschwunden. Er könnte überall in der Ansammlung von Minenhütten sein, überall in der Wüste getarnt, oder zurück in seinem Zuhause.

„Rory!", hörte sie Sahmir rufen.

„Hier unten!"

Sie sah ihn und er kam zu ihr herunter. „Was machst du hier unten?"

Sie öffnete ihren Mund, um es Sahmir zu erzählen, aber er war trocken vor Schreck. Sie leckte sich über die Lippen und schluckte. „Da war ein junger Junge." Sie zuckte mit den Schultern. „Ich vermute, er gehört zum Dorf."

„Rory, was ist los? Du siehst aus, als hättest du einen Geist gesehen."

Sie schüttelte den Kopf. Sie war kurz davor, ihm zu erzählen, was der Junge gesagt hatte, hielt sich aber zurück. Die Worte des Jungen waren sinnlos, als sie sie in ihrem Kopf wiederholte. Sie musste ihn missverstanden haben. Die Worte des Jungen könnten alles Mögliche bedeutet haben. Nur ein Scherz unter Jungen. Das musste es sein. „Nichts ist falsch."

# KAPITEL 7

„Rory." Sahmir reichte ihr ein Getränk. „Du hast dich fürs Abendessen schick gemacht. Ein Shameez. Es steht dir gut."

Rory fühlte sich seltsam geschmeichelt. Sie hatte sich für Sahmir schick machen wollen und hatte spontan den hellrosa Shameez gewählt. „Es ist bequem", murmelte sie und schaute wieder auf die Papiere vor sich.

Er spähte über ihre Schulter. „Was schaust du dir da an?" Sie versuchte, die Karte des Gebiets zusammenzufalten, aber er hatte seine Hand darauf. „Die Mine?"

Sie nickte und nahm einen Schluck Wein. „Ich überlege nur, was ich brauche, um anzufangen."

„Du wirst zuerst mit Tariq sprechen müssen. Er hat die Ingenieure, die ihn bezüglich des Stausees beraten, aber die Ratschläge, die er bisher fürs Land bekommen hat, waren meines Wissens nach ziemlich konventionell. Ich bin mir sicher, er wird an deinen Ansichten und Kontakten interessiert sein."

„Wenn meine Vermutung stimmt, werdet ihr einige

Optionen haben, die alle dazu beitragen werden, dem Land wieder Leben einzuhauchen."

„Ich kann dir gar nicht sagen, was das sowohl für Tariq als auch für mich bedeutet. Besonders für Tariq." Er stand auf. „Aber jetzt, Rory, schlage ich vor, dass du deine Arbeit beiseite legst und mit mir kommst." Er streckte ihr seine Hand entgegen und wieder spürte sie, wie ihre Abwehr ein wenig schmolz.

Sie nahm seine Hand. „Wohin?"

„Vertrau mir. Du wirst es mögen. Ich beginne zu verstehen, was dir gefällt."

Und das tat sie. Das Abendessen war hervorragend. Gang um Gang kleine, schmackhafte Gerichte der ma'inesischen Küche. Erst als der Kaffee serviert wurde, erhob sie sich von ihrem Stuhl und schaute sich um. „Das muss wohl die ungewöhnlichste Umgebung sein, in der ich je gegessen habe."

„Das Personal würde dir da wohl zustimmen. Es war für sie ein ziemlicher Marsch von der Küche hierher. Aber ich hatte mir das schon immer als eine Art Speisesaal vorgestellt."

„Römische Bäder als Speisesaal. Definitiv ungewöhnlich."

„Einzigartig. Unberührt. Qusayr Zarqa war etwas, an das mein Vater nicht herankam. Es gehörte ganz und gar meinem Großvater und wurde von ihm geführt. Tariq hat es modernisiert und nutzbar gemacht, aber ansonsten hat er nur Historikern erlaubt, für kurze Zeit hier zu bleiben. Es war nie für die Öffentlichkeit zugänglich, wurde nie ausgebeutet."

„Es ist wunderschön." Sie ging zum Rand des Bades, das still und tintenschwarz in der Dunkelheit lag. Sie raffte ihren Shameez – sie hatte sich noch immer nicht an die langen Röcke gewöhnt – zur Seite, kniete sich hin und tauchte ihre Hand ins Wasser. „Es ist warm!"

„Thermal. Das Wadi folgt einer Verwerfungslinie von Nord nach Süd durch Ma'in." Er erhob sich und ging zu den Säulen, die das gerippte, gewölbte Dach trugen. „Siehst du hier?" Er strich mit der Hand über jahrhundertealte Schnitzereien. „Sie zeigen die Dinge, die die Kalifen von einst hier getan hätten. Weintrauben."

Sie trat zu ihm und folgte der Linie seiner Finger, die die Schnitzereien nachzeichneten. „Um Wein zu machen. Zum Trinken."

„Und hier, der Steinbock in vollem Galopp."

„Die Jagd. Wir jagen auch auf meinem Anwesen..."

Er warf ihr einen mitfühlenden Blick zu. Sie biss sich auf die Lippe. Wann würde sie aufhören, es als *ihr* Anwesen zu bezeichnen? Wahrscheinlich nie.

„Und hier" – er wandte sich wieder der Säule zu – „ein Fest."

„So wie wir gerade eines hatten."

Er grinste sie an. „*Du* zumindest."

Sie wollte ihn spielerisch boxen, aber er schnellte vor und packte ihre Hand. Er drehte sie in seiner um, sein Daumen strich über ihre Handfläche.

„Du bist eine Wilde, Aurora. Eine Wilde mit einem Märchennamen und dem Aussehen eines Engels."

Ihr Atem beschleunigte sich. „Nicht so wild wie du." Sie schaute zurück zu der Säule, die er untersucht hatte, und bemerkte die nächste Reihe von Schnitzereien. „Und auch nicht so wild wie deine Leute. Sieht so aus, als hätten sie hier nicht nur gebadet."

Er folgte ihrem Blick auf die Schnitzerei, die eine

sexuelle Orgie um die gestuften Seiten der Bäder herum darstellte. „Ah, da hast du mich erwischt. Meine Familie. Mein Stamm. Wir mussten ja irgendetwas tun in den langen, dunklen Nächten in der Wüste."

„Ihr hättet ein Buch lesen können?"

„Nicht so lustig." Ihre Hände waren noch immer ineinander verschlungen, seine Finger rieben gegen ihre. „Hast du Lust zu schwimmen?"

„Was, hier? Jetzt?"

„Warum nicht?"

„Na ja, erstens habe ich keinen Badeanzug dabei."

„Niemand wird hereinkommen. Ich nehme an, du trägst Unterwäsche? Das sollte dich anständig bedeckt halten."

Sie zog ihre Hand aus seiner und ging zum Wasserrand. Es sah sehr verlockend aus. Sie hatte Sport schon immer geliebt, ob Reiten oder Schwimmen. Sie schaute zu ihm zurück. „Was ist mit dir?"

„Ich bin bereit, mit der jahrhundertealten Tradition zu brechen und Kleidung zu tragen." Er warf einen Blick auf die Fresken um sie herum. „Ich kann förmlich spüren, wie sie über meine Hemmungen die Stirn runzeln."

„Hemmungen?" Sie grinste, während sie ihren Shameez auszog und ein T-Shirt und Shorts zum Vorschein kamen – neu und wesentlich anständiger als ihre alte Kleidung. „Ich glaube nicht, dass du irgendwelche Hemmungen hast. Soweit ich das beurteilen kann, hast du nur einen einzigen großen Makel."

„Ach ja? Und welchen?"

Sie trat auf einen Vorsprung, der gerade unter der Wasseroberfläche lag und Wellen auf der Oberfläche des Beckens erzeugte. „Du bist zu verdammt anständig für dein eigenes Wohl." Rorys Lächeln erstarb auf ihren Lippen, als sie in ein Gesicht blickte, das ihr Lächeln nicht erwiderte. Es mussten die Schatten im schwach beleuchteten Badehaus gewesen sein, die sein Gesicht vorübergehend verdunkelten. Nur ein Flackern im Licht, das vom Becken reflektiert wurde, als die Wellen die gegenüberliegende Seite trafen und zu ihr zurückprallten. Sie schaute nach unten und bewegte das Wasser mit ihrem Fuß, während sie versuchte herauszufinden, was sie gesagt hatte, das die unbeschwerte Atmosphäre zerstört hatte. Dann spürte sie eine Berührung an ihren Schultern.

„Da irrst du dich, weißt du."

Er setzte sich neben sie und sie blickte plötzlich auf ihre eigenen Füße, sich schmerzlich bewusst, dass er jetzt nur in Boxershorts gekleidet war und sein nackter Oberschenkel ihren fast berührte. Sie wünschte sich plötzlich, das Wasser wäre kalt. Sie holte tief Luft. „Ich glaube nicht." Sie schaute entschlossen geradeaus auf die Fresken an der gegenüberliegenden Wand und auf das Licht, das über sie floss und flackerte, während sich das Wasser darunter bewegte. „Der Letzte im Wasser ist ein anständiger Mensch." Sie wartete seine Antwort nicht ab, sondern glitt lautlos ins Wasser. Es war tiefer als erwartet, und sie konnte den Boden gerade noch berühren. Sie stieß sich leicht ab und drehte sich um, um Sahmir zu sehen, der immer noch am Rand saß und sie beobachtete. Sie trieb auf dem Rücken an der Wasseroberfläche und beobachtete, wie er sie beobachtete. Es war das Sinnlichste, was sie je getan hatte. Sie berührten sich nicht, aber sie konnte spüren, wie seine Augen sie in sich aufsogen, jeden Zentimeter von ihr, bedeckt oder entblößt. Und ihr Körper reagierte darauf. Sie sah kurz seine körperliche Reaktion, bevor er sich umdrehte und ins Wasser glitt.

Sie bewegte ihre Füße und schwamm gemächlich von ihm weg zur gegenüberliegenden Wand, an der die Schnitzereien nahe der Wasseroberfläche abgenutzt waren. Sie liebte das Gefühl der Freiheit, das sie im Wasser hatte.

Er machte keine Anstalten, zu ihr hinüberzuschwimmen, sondern fand eine Art Sitzgelegenheit auf der anderen Seite und setzte sich, seine untere Hälfte unter der Wasseroberfläche verborgen.

„Ah", sagte sie, während sie sich im Wasser bewegte und das sinnliche Gleiten an ihrem Körper genoss. „Versteckte Sitzplätze."

„Du glaubst doch nicht, dass die Kalifen und ihre Freunde hier nur zum Schwimmen herkamen?" Er legte seine Ellbogen auf die Steinmauer hinter sich. „Sie hatten wichtige Staatsangelegenheiten zu besprechen."

„Hier drin?"

„Natürlich hier drin. Und wenn sie davon müde waren, gab es immer noch die Liegen für... *andere* Angelegenheiten."

„Liegen?"

Er zeigte auf lange, flache, halb untergetauchte Bänke, die der Form eines Körpers... oder zweier Körper angepasst waren. „Sie waren mit Kissen und Stoffen ausgelegt, wo sie in aller Bequemlichkeit der Liebe frönen konnten."

Sie verzog das Gesicht, während sie den Bereich inspizierte. „Aber..."

„Aber?"

„Das Wasser, es hätte... es hätte... na ja, gewechselt werden müssen, um es vorsichtig auszudrücken."

Er warf den Kopf zurück und lachte. „Du bist so wunderbar praktisch veranlagt, Rory."

„Hmph." Sie stieß sich wieder ab und beobachtete, wie er lachte. Sie mochte praktische Dinge sagen, sie mochte praktische Gedanken *denken*, aber in ihrem Inneren brannte sie vor Verlangen nach ihm. Noch mehr, wenn er so lachte. Es lag keine Andeutung von Flirt darin, nichts offensichtlich Sexuelles, einfach nur er. Amüsiert. Es war verführerischer als alles andere, was er hätte tun können. „Wie tief ist es?"

„Tief, an dieser Stelle."

„Ich finde es heraus."

„Nein! Tu das nicht!" Er hatte sich von der Seite abgestoßen und sie schwamm lachend weg, als sie sah, dass er ihr nachkam.

Also wollte er ein Spiel spielen? Sie war schon immer eine schnelle Schwimmerin gewesen und dachte, sie könnte ihn leicht austricksen, aber da hatte sie sich getäuscht. Nach wenigen Zügen hatte er ihren Fuß gepackt und zog sie zu sich. Sie lachte und versuchte zu tauchen, aber er packte sie fest an den Schultern und zog ihr Gesicht zu seinem. „Nein! Rory. Ich meine es ernst. Das ist Thermalwasser, das tief aus der Erde kommt. Es besteht immer die Gefahr von Bakterien. Tauche nicht mit dem Kopf unter."

Von solchen Dingen hatte sie schon gehört. Aber nicht diese Information ließ sie innehalten. Es waren seine Hände auf ihren Schultern, die sie fest hielten. Er hatte nie seine Stärke gezeigt, nie seine Macht über sie ausgeübt bis jetzt... bis er sie beschützen musste. Sie ließ zu, dass die Strömung des Wassers ihren Körper nah an seinen trieb. Sie stieß kurz gegen ihn und trieb dann wieder weg.

Es war nur kurz, aber lang genug, um zu spüren, wie sehr er sie begehrte. Und wie sehr sie ihn begehrte.

Sie atmete zitternd aus, drehte sich um und schwamm im Brustschwimmstil zurück zur Seite. Sie zog sich hoch und setzte sich auf den Rand. Als sie sich umdrehte, stand er vor ihr. Nah.

„Rory, es tut mir leid. Du bist eine wunderschöne Frau."

„Mit sehr nasser Kleidung."

„Mit oder ohne Kleidung. Du bist wunderschön. Ich müsste aus Stein sein, um nicht auf dich zu reagieren. Das kann ich nicht ändern. Aber ich würde nie etwas tun, was du nicht willst."

Sie nickte und lächelte. Er dachte, seine Erregung hätte sie erschreckt. Er irrte sich. Es war ihre eigene Erregung, die ihr Angst machte. „Ja, ich weiß." Sie neigte den Kopf zur Seite, nickte immer noch und fühlte sich unglaublich unbeholfen, aber auch gerührt. „Weil... du ein unglaublich anständiger Mann bist." Sie grinste. „Siehst du? Ich hatte die ganze Zeit Recht."

Sie sprang auf und ging zu dem Stapel Handtücher, die auf der Steinplattform lagen, und wickelte sich eines um, sich der zunehmenden Durchsichtigkeit ihrer Oberbekleidung bewusst. Sie wollte nicht von ihm verführt werden; sie brauchte keine Affäre mit ihm. Sie würde Ma'in verlassen, sobald sie konnte. Sie würde die Arbeit erledigen, die sie zugesagt hatte. Aber danach? Würde sie gehen. Denn trotz Sahmirs Behauptungen war sie nirgendwo vor dem Russen sicher, also konnte sie genauso gut in dem Land sein, das sie liebte. Nein, eine Affäre kam nicht in Frage.

Sie zog das lange weiße Handtuch fest um sich und

drehte sich zu Sahmir um, der sich ein Handtuch tief um die Hüften geschlungen hatte.

„Ich bin müde, Sahmir."

Er nickte zu schnell. Er wusste, dass es eine Ausrede war. „Sicher."

„Ich glaube, ich gehe jetzt ins Bett. Aber danke für einen schönen Abend."

„Gern geschehen. Brauchst du noch etwas?"

Sie schluckte und konnte ihren Blick nicht von den Wassertropfen abwenden, die im gedämpften Licht auf seiner nackten Brust glitzerten. *Es gibt so vieles, was ich will*, dachte sie.

*Ich will, dass du mir versprichst, dass ich den Russen nie wiedersehen werde. Ich will frei sein und wieder auf meinem Anwesen leben können. Aber am meisten will ich dich. Jetzt.*

Sie schaute auf und ihre Blicke verfingen sich für einige herzstillstehende Momente, als sie den Mund öffnete, um zu sprechen. Aber keine Worte kamen heraus und sie erinnerte sich an ihr Zuhause, so weit weg von diesem exotischen Ort. Sie konnte die Dinge nicht noch komplizierter machen. Sie schüttelte den Kopf. „Nein. Nein danke. Alles gut."

„Gut. Wir brechen morgen früh in die Stadt auf. Ich habe ein Treffen mit Tariq arrangiert. Er ist sehr interessiert."

„Gut."

„Und dann haben Tariq und ich ein Treffen mit Safiyeh."

Sie spürte einen Stich von etwas wie Eifersucht. „Um eure Verlobung zu bestätigen."

Er zögerte, sein Gesichtsausdruck im schwachen Licht unlesbar. Er seufzte und schaute weg. „Ja." Er seufzte.

„Zum Glück für uns stecken ihr Vater und ihr Bruder auf irgendeinem Flugplatz im Fernen Osten fest."

„Was machen sie dort?"

„Handelsverhandlungen, bis ihr Flugzeug Motorprobleme hatte. Jedenfalls werde ich dich nach deinem Treffen mit Tariq in ein Restaurant bringen, das ich kenne, für unseren letzten gemeinsamen Abend."

Sie stieß ein kleines Lachen aus. „Du lässt es klingen wie ein romantisches Stelldichein."

Er schwieg einen Moment, bevor er die Hand nach ihr ausstreckte und langsam, oh so langsam, mit seinem Finger über ihr nasses Haar strich. Dann, als sie glaubte, den Atem nicht länger anhalten zu können, sah er sie mit einem Ausdruck an, der sie nach Luft schnappen ließ. „Ist es das nicht? Ein bisschen?"

Sie schüttelte den Kopf und trat zurück. „Nein, das geht nicht. In ein paar Tagen kehre ich allein hierher zurück und werde dich nicht wiedersehen. So muss es sein."

Er seufzte. „Ja, natürlich."

„Gut, ich bin müde. Ich gehe wohl ins Bett. Gute Nacht."

Sie drehte sich um, verließ das Badehaus und tapste mit feuchten Füßen über den alten Flur.

„Schlaf gut", rief er ihr nach.

Das bezweifelte sie.

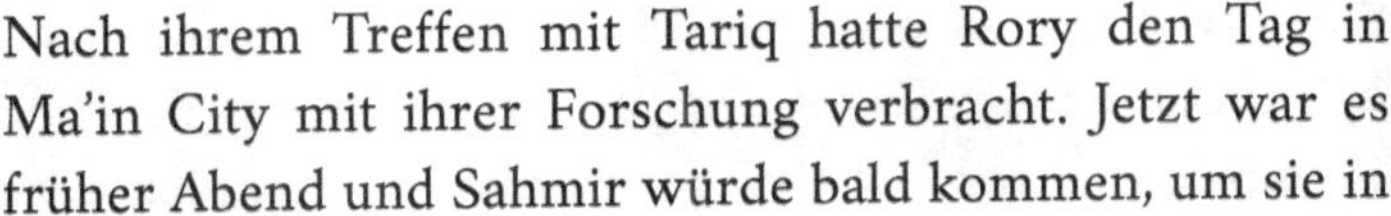

Nach ihrem Treffen mit Tariq hatte Rory den Tag in Ma'in City mit ihrer Forschung verbracht. Jetzt war es früher Abend und Sahmir würde bald kommen, um sie in ein Restaurant zu bringen, von dem er ihr erzählt hatte. Er wollte ihr etwas von der Küste zeigen, einen Kontrast zur Wüste.

Sie blickte vom Computerbildschirm auf – dessen wissenschaftliche Fakten, Zahlen und Diagramme begannen vor ihren Augen zu verschwimmen – und von den Karten, die über den Schreibtisch verstreut waren, stand auf und streckte sich. Sie ging zum Fenster, öffnete es und trat auf den kleinen Balkon, der auf die Gärten hinausging. Obwohl sie vom ganztägigen Arbeiten etwas verspannt war, fühlte sie sich wirklich gut. Zum ersten Mal seit langem war sie zu der Arbeit zurückgekehrt, die sie liebte, und fühlte sich nützlich. Sie fühlte sich nicht nur nützlich, sie wusste, dass sie hilfreich war. Während Tariq bereits Berater eingestellt hatte, um die Umwandlung von Wüste zu fruchtbarem Land zu beginnen, war er sehr interessiert an ihren Ideen und denen ihrer Kontakte und hatte ihr grünes Licht für zusätzliche Forschung gegeben.

Rory musste zugeben, dass Tariq bei ihrem zweiten Treffen nicht ganz so einschüchternd gewesen war. Das könnte damit zusammenhängen, dass sie diesmal tatsächlich nützlich war und keine unangenehme Überraschung. Aber sie vermutete, es lag mehr an der Abwesenheit der Frau, die bei einem kürzlichen Treffen als Übersetzerin dabei gewesen war – Cara Devlin –, die Gerüchten zufolge mehr als nur übersetzt hatte. Auf jeden Fall sprachen Tariqs Kinder von ihr als einer Freundin. Und noch deutlicher war, dass Tariq sie vermisste. Sie ertappte ihn dabei, wie er aus dem Fenster starrte, seine Gedanken offensichtlich weit weg. Er war nicht mehr derselbe Mann, den sie vor Caras Weggang kennengelernt hatte.

Aber was auch immer in seinem Privatleben los war, er hatte sich auf das anstehende Geschäft konzentriert, und das Ergebnis war, dass sie bei ihrer Rückkehr nach Qusayr Zarqa am nächsten Tag mit der Forschung beginnen sollte. Sie freute sich darauf, dorthin zurückzukehren. Aber sie freute sich nicht darauf, von Sahmir getrennt zu sein. Sie kannte ihn erst so kurz, aber es machte Spaß, mit ihm zusammen zu sein.

Sie atmete tief die duftende Luft ein. Wen versuchte sie zu täuschen? Er war *mehr* als nur Spaß. Wenn sie bei ihm war, konnte sie nur an *ihn* denken. Wie er sich bewegte, wie er aussah, der Ausdruck in seinen Augen, wenn er sie ansah – bewundernd und fragend zugleich. Welche Frage auch immer er stellte, sie konnte sie nicht beantworten.

Sie seufzte und lehnte sich an das Geländer, genoss die Aussicht auf den Garten unter ihr, den ein kürzlich beschnittener Baum nun freigab. Plötzlich nahm sie geflüsterte Stimmen wahr. Ihr Balkon befand sich am äußersten Ende des Gebäudes, getrennt vom Rest des Palastes. Der Garten unter ihr wäre der privateste Teil des Gartens gewesen, besonders bevor der Baum beschnitten wurde.

Das Flüstern wurde lauter. Sie lehnte sich über das Geländer und fragte sich, ob es die Kinder waren, in diesem Fall würde sie sie rufen. Aber dann sah sie sie. Hand in Hand, der große Mann zog die zierliche Frau, ihre Gewänder wehten hinter ihr her, während sie rennen musste, um mit ihm Schritt zu halten. Dann bogen sie um eine Mauerecke und unter dem Schutz der sie umgebenden Bäume zog er sie fest an sich und küsste sie.

Für einen kurzen Moment wollte Rory fast rufen, da

sie sich fragte, ob die Frau gegen ihren Willen dort war. Ihre eigene kürzliche Gefangennahme erzeugte eine unmittelbare, instinktive Reaktion auf die Szene. Aber dann sah sie die Bewegung der Frau, ihre Hände krallten sich in sein Hemd, ihre Hüften pressten sich an ihn, während ihre Lippen sich mit gleicher Leidenschaft gegen die des Mannes bewegten. Rory war wie erstarrt. Sie waren dicht unter ihr, offensichtlich in dem Glauben, ungestört zu sein, und ahnten nicht, dass das Zimmer darüber gerade bewohnt war. Wenn sie sich bewegte, würde man sie bemerken.

Das Paar hörte auf zu küssen, die Hände des Mannes umfassten den Po der Frau, zogen den Stoff hoch, während auch ihre Hände beschäftigt waren, außer Sicht. Rory konnte ihre Wirkung im Gesicht des Mannes sehen, als er die Augen schloss und vor Vergnügen stöhnte. *Mon Dieu!* Würden sie dort unten Liebe machen?

Als hätte er Rorys Gedanken gehört, zog der Mann die Hände der Frau weg. „Nein, nicht hier."

„Wo dann, wann?", die Stimme der Frau war leise und drängend.

„Wenn ich dich als meine Eigene beanspruchen kann."

„Du weißt, dass das nicht geht. Nicht jetzt."

Er zog sich zurück, packte ihre Schultern und hielt sie auf Armeslänge. „Du kannst das nicht weitermachen. Du kannst nicht tun, was andere dir sagen."

„Ich habe keine Wahl. Das *weißt* du."

Der Mann drehte sich und Rory keuchte. Sie erkannte ihn. Es war Gabriel, Sahmirs Cousin – einer der Zwillinge, die in England aufgewachsen waren, aber jetzt nach Ma'in zurückgekehrt waren. „Wie sehr ich wünschte, wir könnten die Zeit zurückdrehen."

Die schöne Frau wurde weicher. Ihre Schultern sackten herab und Gabriel zog sie an sich und hielt sie an seine Brust, seine Hände über ihren Rücken gespreizt, hielt sie fest, als wolle er sie nie gehen lassen. „Wohin, zu wann?"

„Nach Cambridge. Zum Tag, an dem wir uns kennenlernten. Zu der Zeit, als ich mich in dich verliebte."

Erst als Rory das leise Schluchzen hörte, wurde ihr klar, dass die Frau weinte. Ihr Herz tat ihr weh. Die Frau rollte ihren Kopf an seiner Brust und zog sich dann zurück. „Gabriel, ich kann das nicht weitermachen. Ich muss gehen."

Sie versuchte wegzugehen, aber Gabriel hielt ihre Hand. „Was, wenn ich dich nicht lasse?"

„Das wirst du", sagte sie leise. „Das musst du."

„Und woher bist du dir so sicher?"

„Weil du mich liebst und mir nie wehtun würdest."

Seine Hand entspannte sich und sie zog ihre Finger langsam aus seiner, bevor sie sich umdrehte und aus dem Garten rannte.

Gabriel stand noch einige Momente da und fuhr sich mit den Fingern durchs Haar, bevor er aufblickte. Für einen schrecklichen Moment dachte Rory, er hätte sie gesehen. Und vielleicht hätte er das auch, wenn sein Blick nicht offensichtlich von der Frau erfüllt gewesen wäre, die gerade gegangen war. So konnte sie frei das Leiden in seinem Gesicht beobachten, und sie schloss die Augen, spürte den rohen Schmerz, als wäre es ihr eigener. Als sie sie wieder öffnete, war er verschwunden.

Die Szene der Liebenden ging ihr immer noch durch den Kopf, als sie mit Sahmir im Restaurant ankam. Trotz des Risikos von Paparazzi schien Sahmir entschlossen, sie an ihrem letzten gemeinsamen Abend auszuführen.

„Du bist so still", bemerkte Sahmir, als er die niedrige Tür des Sportwagens öffnete.

Sie trat in die erfrischende Meeresbrise hinaus, die Sonne stand tief am Horizont. „Ich habe gerade an deine Familie gedacht."

„Warum? Ich dachte, du hättest heute genug von ihnen gehabt. An wen besonders?"

Er bot ihr seinen Arm an und sie nahm ihn, während sie in ein langes, niedriges Gebäude gingen, das am Ende einer Landzunge auf Felsen thronte.

„Deine Cousins."

„Die Zwillinge?"

„Ja. Sie schienen mir etwas unwohl zu sein."

„Kein Wunder nach allem, was sie durchgemacht haben."

„Wirklich, was denn?"

Sahmir zuckte mit den Schultern. „Ach, nur Familienkram. Du weißt schon."

Und das tat sie. Vielleicht nicht die Einzelheiten, aber sie hatte keinen Zweifel daran, dass es kompliziert wie die Hölle sein würde und genauso heiß. Rory begann zu verstehen, wie komplex die königliche Familie von Ma'in mit ihren Verbindungen – erlaubten wie unerlaubten – und ihrer Geschichte von Familienzwisten, Gier und Übernahmen im Ausland war.

Sie blieb vor der Tür stehen. „Sie werden sich sicher eingewöhnen. Ich habe Gabriel heute mit einer Frau gesehen, an der er interessiert schien." Interessiert war dabei noch stark untertrieben. Aber sie vermutete, wenn Gabriel seine Beziehung vor der Welt verbergen wollte, schloss diese Welt zweifellos auch Sahmir ein. Und als sie sich an den Schmerz in seinem Gesicht erinnerte, wusste sie, dass sie den Wunsch des Paares nach Privatsphäre respektieren musste.

„Eine Frau? Das ist unwahrscheinlich." Er überlegte einen Moment. „Wer war es?"

Rory zuckte mit den Schultern. „Ich weiß es nicht."

„Wie sah sie aus?"

„Ich konnte sie nicht richtig sehen." Aber Rory hatte das auffällige Merkmal der Frau gesehen – eine reinweiße Strähne im ansonsten schwarzen Haar. „Warum ist das unwahrscheinlich?"

„Weil er gerade erst angekommen ist. Er war noch nie hier und ich bezweifle, dass er jemanden kennt." Sahmir zuckte mit den Schultern. „Wie auch immer, Aurora, darf ich vorschlagen, dass wir uns heute Abend auf uns konzentrieren?"

„Uns?" Sie versuchte ein Lächeln zu unterdrücken, scheiterte aber. Unbewusst drehte sich Rory hin und her und genoss das sanfte Rascheln des geblümten Seidenkleides, das sich wie Chiffon an ihren nackten Beinen anfühlte.

„Ja, uns. Du siehst wunderschön aus." Sahmir sprach leise und ignorierte die Tatsache, dass der Maître d' geduldig an der Tür wartete, die zu einer Terrasse mit Meerblick führte.

Rory versuchte vergeblich, ein Verlangen zu unterdrücken, das wie eine warme Brise ihren Rücken hinunterlief. „Ich *fühle* mich wunderschön. Ich verstehe immer noch nicht, wie du meine Kleidergröße erraten konntest."

Ein langsames Lächeln, das man nur als unanständig

bezeichnen konnte, breitete sich auf Sahmirs Gesicht aus. „Ich habe ein gutes Auge."

„Ein geübtes Auge, zweifellos."

„Zweifellos", stimmte er zu. Er ließ seine Hand sanft ihren Arm hinuntergleiten, und sie musste sich auf die Lippe beißen, um ein Keuchen zu unterdrücken, als sich unter seiner Berührung eine Gänsehaut ausbreitete. Ein Funke des Verlangens entflammte in ihr. Trotz ihrer größten Bemühungen musste sie ihre Reaktion verraten haben, wenn man nach Sahmirs sehr zufriedenem Gesichtsausdruck ging.

Es war, als hätte er sie getestet und sie hätte bestanden, oder er hätte bestanden, und er nahm ihre Hand in seine, und sie gingen Hand in Hand durch die Halle. Als sie an einer Spiegelwand vorbeikamen, erhaschte Rory einen Blick auf sie beide und wandte sich schnell ab, unfähig zu glauben, was sie sah. Sie sahen einfach... richtig zusammen aus. Beide groß, er umwerfend gut aussehend in einem perfekt maßgeschneiderten Anzug, und sie, nun, so hatte sie sich noch nie gesehen. Das Kleid war eine traumhaft romantische Kreation, die hohen Absätze von Laboutin eine Offenbarung, was für eine Wirkung sie auf ihre langen Beine hatten, und ihr Haar - nun, eine Zofe hatte es geglättet und zu filmstarmäßiger Perfektion frisiert. Ihr wurde klar, dass sie sich zum ersten Mal für jemanden schön gemacht hatte. Und sie sah in seinen Augen, dass es ihr gelungen war.

Sie traten auf die steingepflasterte Terrasse hinaus, hinter der nur noch die Felsen und das Meer lagen. Sie ging zum Rand der Terrasse und sah sich um. Die Sonne sank langsam am Horizont und warf ein reiches Licht über die Bucht.

Das Restaurant war auf einem felsigen Vorsprung am äußersten Punkt einer hufeisenförmigen Bucht erbaut, und das Meer wurde von einer warmen, frischen Brise vom Land her belebt. Kleine weißgekrönte Wellen klatschten gegen die felsige Küste.

Die Mangroven, die auf der anderen Seite der Bucht wuchsen, ragten dunkel vor der untergehenden Sonne auf, ihre seitlichen Wurzeln sahen aus wie Seeungeheuer, die sich im seichten Wasser wanden. Dahinter funkelten die Stadtgebäude in der späten Sonne.

Sie blickte zu Sahmir, als er sich neben sie stellte. „Was für ein unglaublicher Ort. Es ist so schön." Sie wollte wieder zur Aussicht schauen, konnte aber ihre Augen nicht von ihm lösen.

Sahmir verengte seinen Blick, als er über die Bucht schaute, und die gemeißelten Ebenen seines Gesichts wirkten im tiefer werdenden kupferfarbenen Licht noch attraktiver. Er lehnte seine Unterarme auf das Geländer, das die Terrasse säumte, während die schnelle Brise sein Haar und sein Hemd zerzauste. Wenn sie zurechtgemacht worden war, um wie ein Filmstar auszusehen, kam es bei ihm ganz natürlich. Dann wandte er sich ihr zu und fing ihren Blick auf, seine Lippen kräuselten sich zu einem köstlichen Lächeln, das Schauer über ihren Rücken jagte.

„Fast so schön wie du."

Das ließ sie sich abwenden. „Das, Sahmir, war zu glatt, zu routiniert. Hast du das der letzten Frau auch gesagt, mit der du hier warst?"

„Ja, das habe ich. Und warum nicht? Denkst du, du hast ein Monopol auf Schönheit?"

„Du neckst mich, Sahmir, und ich weigere mich,

darauf anzuspringen. Ich sage nur, erzähl mir keine Märchen. Das wird nicht funktionieren."

Sahmir starrte weiter zum Horizont, wo der obere Rand der Sonne noch sichtbar war. „Fair genug. Bei meiner Tante hat es auch nicht funktioniert."

Rory funkelte ihn an, aber Sahmir erwiderte ihren Blick mit einem Lächeln, während er ihren Stuhl für sie zurückzog. „Etwas zu trinken?"

„Gerne. Ich glaube, ich brauche einen." Sie sah sich im leeren Restaurant um, während sie sich setzte. „Aber wo sind alle? Warum ist ein so schöner Ort so verlassen?"

Er zögerte und beobachtete, wie der Kellner den Champagner einschenkte, mit mehr Interesse als gewöhnlich. Nachdem der Kellner gegangen war, sah er wieder zu Rory. „Normalerweise ist er das nicht."

Sie runzelte die Stirn. „Wo sind dann alle?"

„Ich habe das ganze Restaurant reserviert."

„Nur für uns?"

Er nickte. „Nur für uns."

„Lass mich raten. Es sind weitere Fotos von uns aufgetaucht?"

„Keine von dir, schließlich haben wir ihnen keine weitere Chance gegeben. Aber sie haben in meinen alten Fotos gewühlt, um die anrüchigsten zu finden, die sie kriegen konnten, und ein paar von der heiligen Safiyeh hinzugefügt."

„Deiner Verlobten."

Er nippte an seinem Wein und schüttelte den Kopf, als er das Glas wieder auf den Tisch stellte. „Noch nicht." Er grinste und sie schmolz wieder ein wenig dahin. Welche Chance hatte sie gegen ihn, wenn er sie nur anlächeln musste?

„Dann lass uns mal diese anrüchigen Fotos von dir sehen."

„Du willst sie nicht sehen."

Sie verschränkte die Arme auf dem Tisch und lehnte sich vor. „Doch." Sie blickte auf sein Handy und streckte die Hand aus. „Zeig sie mir."

Er schob das Handy über den Tisch zu ihr. „Ich bin Wachs in den Händen einer dominanten Frau."

Sie schüttelte den Kopf. „Das bezweifle ich." Sie nahm das Handy, tippte ein paar Mal auf den Bildschirm und sah das Bild einer undurchschaubar wirkenden Frau, die sie zunächst nicht erkannte. Ihre Gesichtszüge waren steif, ihr schwaches Lächeln förmlich und ihre Augen distanziert und aristokratisch. Aber es war der Schimmer des weißen Haars, der sie verriet.

Rory drehte das Handy zu Sahmir. „Wer ist das?"

„Das, Rory, ist die Frau, die ich heiraten soll."

Rory konnte für einen Moment nicht sprechen, als das Bild von Safiyeh und Gabriel in ihrer leidenschaftlichen Umarmung durch ihren Kopf schoss. „Also das ist die..." Sie runzelte die Stirn. „Die Heilige, wie du sie nanntest – Safiyeh?"

„Ja. Sie hat nie einen Fehltritt begangen, anders als ich. Beste Absolventin in Cambridge, kein Skandal."

Rory betrachtete das Handy, musterte das von Paparazzi aufgenommene Gesicht der Frau. „Hmm", brummte sie unverbindlich und gab das Handy zurück. „Eine schwer zu übertreffende Vorgabe."

Sahmir warf noch einen Blick auf das Handy, bevor er es einsteckte. „Allerdings. Aber lass uns nicht von Safiyeh sprechen. Ich habe viel interessantere Themen, über die ich reden möchte."

„Ach wirklich?"

„Ja, wirklich."

„Und worüber möchtest du reden?"

„Nicht *worüber*, sondern über *wen*." Seine charmant spielerische Haltung änderte sich schlagartig. Das Lächeln verschwand und seine Augen verdunkelten sich, wurden plötzlich intensiv und forschend. „Über dich."

Sie atmete zittrig aus. „Du weißt doch sicher schon genug über mich?"

Seine Augen wichen nicht von ihren. „Bei weitem nicht genug. Wenn ich dich schon nicht haben kann, Rory, dann erzähl mir wenigstens alles über dich – deine Kindheit, deine Familie. Deine besonderen Erinnerungen... Lieben, Abneigungen. Ich will alles wissen."

Sie schluckte, während sie versuchte, das Verlangen zu unterdrücken, das seine Worte und Blicke zu erschreckenden Flammen anfachten.

„Alles", wiederholte er. „Füll mich mit deinen Worten und Erinnerungen. Alles, was mich davon abhält, den Tisch zwischen uns umzustoßen und diese winzigen Träger herunterzuschieben, die dein Kleid halten."

Wieso schien die Brise plötzlich aufzuhören, die Luft sich zu erhitzen und alles, woran sie denken konnte, waren seine Hände auf ihrem Körper? „Sahmir, ich..."

Er schüttelte den Kopf. „Versuch es nicht zu leugnen, Rory. Ich erkenne Verlangen, wenn ich es sehe. Es zeigt sich in deiner geröteten Haut, der Dunkelheit in deinen Augen, dem Heben und Senken deiner Brüste. Wenn die Umstände anders wären, weißt du, was ich tun würde?"

Sie schüttelte den Kopf, unfähig auch nur eine Silbe zu äußern, wie gebannt, als er sich nach vorne lehnte und seine Unterarme auf den Tisch stützte.

„Ich sollte mir natürlich Zeit lassen, aber ehrlich gesagt wäre ich in Eile, dich ohne Kleidung zu sehen. Diese Brüste" – er schüttelte den Kopf, während sein Blick zu ihren Brustwarzen wanderte, von denen sie spüren konnte, wie sie sich unter dem dünnen Stoff aufrichteten – „ich glaube, ich habe in meiner Vorstellung jeden Zentimeter von ihnen mit meiner Zunge erkundet." Er seufzte und sie konnte sehen, wie sich die Hitze in seinen Augen weiter verstärkte. „Dann würde ich –"

Sie streckte die Hand aus und legte sie auf seinen Arm. „Nein! Bitte hör auf." Sie lehnte sich schnell zurück, rutschte auf ihrem Sitz hin und her und versuchte, das pochende Gefühl zwischen ihren Beinen zu lindern. „Ich erzähle dir stattdessen von meiner Kindheit." Sie grinste kurz. „Ich denke, das ist sicherer."

Er nickte. „Definitiv sicherer. Also sag mir, bist du nackt im Meer schwimmen gegangen?"

„Sahmir!", sagte sie in warnendem Ton.

„Tut mir leid. Es fällt mir schwer umzuschalten. Aber fang von vorne an und erzähl mir alles. Ich muss dich kennenlernen, Mademoiselle Aurora, damit ich dich nie vergesse."

Rory schluckte den Kloß hinunter, der sich bei seinen Worten gebildet hatte, und holte tief Luft. Sie würde ihm ihre Lebensgeschichte erzählen, denn sie musste zugeben, dass sie nicht wollte, dass er sie vergaß.

Der Abend verging schnell und Rory hatte es irgendwie geschafft, Sahmir auf Abstand zu halten. Vielleicht war es das Bild von Safiyeh – einer Frau, die einen Menschen liebte, aber dazu bestimmt war, mit einem anderen zusammen zu sein – das Rory bei Sinnen hielt. Das reichte aus, um sie daran zu erinnern, dass sie bald von hier fortgehen würde, weg von Sahmir. Egal wie sehr sie es auch wollte, es gab keine Möglichkeit, ihr Leben noch komplizierter zu machen, indem sie eine Affäre mit ihm begann.

Sie waren schweigend vom Restaurant zurückgekehrt und zu ihren Zimmern gegangen, beide in ihre eigenen Gedanken versunken.

„Gute Nacht." Sie begann den Türgriff zu drehen und sah zu ihm auf.

Er seufzte. „An einem anderen Ort, zu einer anderen Zeit, würde ich dich nicht so leicht durch meine Finger gleiten lassen. Aber hier und jetzt habe ich keine andere Wahl, als höflich ‚Gute Nacht' zu sagen und gehorsam zu meinem Zimmer zu gehen."

„Du wirst dich verloben."

„In der Tat. Und die Familie meiner Verlobten hat darum gebeten, dass ich keine weiteren Gerüchte und Klatsch über dich und mich aufkommen lasse. Und es gibt nur einen Weg, wie ich das tun kann."

„Mich nach Qusayr Zarqa abschieben?"

Er seufzte. „Ich habe keine Wahl. Mit dir hier, im Nebenzimmer, wird es nur eine Frage der Zeit sein, bis, nun ja..."

„Ja, ich weiß. Es ist das Beste. Und du bleibst hier?"

„In der Stadt. Arbeiten. Ein guter Prinz sein."

Trotz allem, was sie gesagt hatte, fühlte sie sich enttäuscht. „Und du wirst überhaupt nicht in Qusayr Zarqa sein? Nicht einmal um die Arbeit in der Mine zu überprüfen?"

„Nenn es nicht die Mine. Die Aurus-Gruppe nannte es prosaisch ‚Goldmine I'. Ihr wahrer Name ist Jabal al Noor – Berg des Lichts."

„Jabal al Noor", flüsterte Rory und genoss sowohl die Nähe seines Gesichts zu ihrem als auch das Gefühl der Worte auf ihrer Zunge. „Wunderschön."

„Ja. Das bist du." Bevor sie sich bewegen konnte, küsste er sie auf die Lippen. Zu schnell zog er sich zurück und strich eine Haarsträhne beiseite. „Gute Nacht. Und danke, dass du mir alles über dich erzählt hast."

Sie lächelte und versuchte, die Atmosphäre aufzulockern. „Das war nur, damit du mich nicht vergisst."

Aber sein Blick war nicht weniger intensiv als zuvor. „Das werde ich nicht."

Sie schaute von seinen Lippen zu seinen Augen und öffnete mit aller Willenskraft, die sie aufbringen konnte, die Tür hinter sich und trat ins Zimmer zurück. Er bewegte sich nicht. Nicht einmal, als sie die Tür zwischen ihnen geschlossen hatte. Nicht einmal, als sie sich gegen die Tür lehnte und lauschte, sich seiner Präsenz auf der anderen Seite bewusst.

Erst als sie über den Marmorboden ging, ihre Stilettos leise klackerten, hörte sie seine Schritte den Korridor hinuntergehen und die Tür zu seinem eigenen Zimmer sich öffnen und dann schließen.

Sie hatte getan, was sie tun musste, hatte getan, was sie für richtig hielt. Aber warum fühlte es sich nicht richtig an?

# KAPITEL 8

Als sie am nächsten Morgen ihr Zimmer verließ, war von Sahmir keine Spur zu sehen. Sie schaute den Korridor hinauf, aber seine Tür war geschlossen und aus seinem Zimmer drang kein Laut. Er musste bereits in Besprechungen sein. Vielleicht versuchte er auch, ihr aus dem Weg zu gehen. Bei all seiner Aufmerksamkeit musste es eine Erleichterung sein, die Frau, die ihm solche Kopfschmerzen bereitet hatte, endlich los zu sein. Sie hatten sich bereits verabschiedet, aber trotzdem... sie hatte gehofft, ihn ein letztes Mal zu sehen.

Sie ging nach unten. Der Ort war ungewöhnlich leer. Sie ging zur Tür und blickte hinaus, fühlte sich absurd enttäuscht. Sahmir war nicht da. Aber anstatt zum wartenden Auto zu gehen, ließ sie etwas innehalten und sie drehte sich langsam um, um Sahmir in den Schatten stehen zu sehen, die Hände in den Taschen, zurückgelehnt an die Säule - alles an ihm war lässig... außer seinen Augen. Unter seinem ruhigen Blick konnte sie sich nicht bewegen.

Dann stieß er sich von der Säule ab und trat aus ihrem Schatten heraus.

„Versuchst du, dich ohne Abschied davonzuschleichen?"

„Ich dachte, wir hätten uns verabschiedet."

„Weißt du was? Das bezweifle ich irgendwie." Er warf einen Blick auf die Tasche, die sie noch hielt. „Hier, lass mich dir damit helfen. All diese Jeans und T-Shirts müssen ja tonnenschwer sein." Er deutete nach vorn. „Nach dir."

Seine Augen brannten sich in ihren Rücken. Seine lässige Haltung, die beiläufigen Worte, täuschten sie nicht. Sie spürte die Intensität, die unter seiner Konversation lag, sie sah sie in der Anspannung seines Gesichts und der wilden Hitze seiner Augen.

Er übergab ihre Tasche dem Fahrer und wandte sich ihr zu. Seine Augen suchten ihr Gesicht ab, genau wie ihre die seinen. Keiner sprach zunächst.

„Wenn du irgendetwas brauchst, ruf mich einfach an."

„Ich werde nichts brauchen."

„Ruf trotzdem an."

„Nein."

„Dann werde ich dich anrufen."

Sie schüttelte den Kopf, konnte ihm aber nicht sagen, er solle es nicht tun.

„Rory... ich-"

„Nein, du musst nichts sagen. Ich möchte dir nur für alles danken, was du getan hast. Es ist viel mehr, als du hättest tun sollen, viel mehr, als ich verdiene."

„Ich würde es morgen alles wieder tun. Das weißt du."

Sie nickte langsam. Sie *wusste* das. Ihre Blicke trafen sich und hielten sich - all die Worte und Gefühle, die sich keiner von beiden zu äußern erlaubte, lagen in diesem Blick. Es war Rory, die zuerst die Augen schloss und wegschaute, den Kopf schüttelnd. „Du solltest besser gehen."

„Ich werde dich erst verabschieden."

„Willst sichergehen, dass ich auch wirklich gehe?", sagte sie in dem Versuch, das Gespräch aufzulockern, aber er lächelte nicht.

„Du weißt, dass ich das nicht will."

„Eure Königliche Hoheit", unterbrach eine Stimme.

Rory trat zurück, aber Sahmir wandte seinen Blick nicht von ihr ab. „Du solltest gehen, Sahmir", sagte sie leise. „Mir geht's gut."

Ein weiteres diskretes Räuspern von hinten. „Seine Majestät bat mich, Sie an die heutige Besprechung zu erinnern."

Sahmir seufzte, wandte sich aber immer noch nicht ab. „Pass auf dich auf, Rory. Ich rufe dich heute Abend an, und wenn du in der Zwischenzeit irgendetwas brauchst, ruf mich an."

Sie nickte, da ihr klar wurde, dass Sahmir nicht gehen würde, wenn sie nicht zustimmte.

„Versprichst du es?"

Sie nickte wieder. „Ich verspreche es."

Er nickte. „Gut", und wandte sich mit einem charmanten Lächeln zu Aarif, Tariqs Assistent. „Ich gehöre ganz dir, Aarif."

Rory sah ihnen nach, wie sie weggingen - Aarif in seiner Robe und mit förmlichen Manieren, Sahmir, die Hände in den Hosentaschen, seine Augen schweiften durch die Eingangshalle, sein Haar zerzaust, lässig, während er Leute begrüßte. Rory fragte sich kurz, ob sie bereits vergessen war. Sahmir war das Bild lässiger Sorglosigkeit, ohne eine Sorge in der Welt. Und dann drehte er sich um, kein Lächeln, kein Winken, nichts als ein langer, verweilender Blick, der ihren Magen zum Flattern und vor Verlangen zum Verkrampfen brachte. Dann bog er mit Aarif um eine Ecke und war verschwunden.

Als Rory sich abwandte, bemerkte sie aus den Augenwinkeln eine Bewegung in den Schatten. Es war ganz still in der Eingangshalle und aus den Schatten trat eine Frau hervor. Sie erkannte sofort die weiße Strähne in ihrem Haar.

Die Frau kam mit Anmut und Zielstrebigkeit auf sie zu. Sie trug traditionelle Gewänder, stand aufrecht und ihre Augen waren weit, ernst und intensiv.

„Mademoiselle Aurora?"

Rory schluckte. „Ja, Sie müssen..." Wie sollte sie sie ansprechen? Ihre Königliche Hoheit? Safiyeh? Sahmirs Verlobte?

„Ich bin Safiyeh. Bitte begleiten Sie mich für ein paar Schritte in den Garten." Safiyehs Gesicht wurde weicher mit der Andeutung eines Lächelns, vielleicht aus Mitgefühl, vielleicht aus Verständnis. Rory nickte, unfähig ihre Stimme zu finden. Safiyeh deutete auf die offene Tür.

Im Garten streckte Safiyeh Rory ihre Hand entgegen und Rory ergriff sie, blickte auf die zarte Hand hinab, die mit extravaganten Diamanten und Saphiren geschmückt war. „Bitte, nennen Sie mich Rory."

„Rory." Safiyeh deutete an, dass sie spazieren gehen sollten und Rory ging neben ihr her. „Ich wollte Sie treffen, bevor Sie abreisen."

„Nun, ich..."

Safiyeh streckte die Hand aus und berührte Rorys

Arm. „Es ist in Ordnung, Sahmir und ich verstehen einander. Unsere Ehe wird arrangiert sein, rein aus Zweckmäßigkeit für unsere Länder."

„Und das genügt Ihnen?" Rory wurde plötzlich bewusst, was sie gesagt hatte. „Es tut mir leid, es ist nur..."

„Sie verstehen das nicht? Natürlich nicht, warum sollten Sie auch? Es geht um Pflicht und Liebe, Liebe für mehr als eine Person. Es ist nicht wie im Westen, wo man tun kann, was einem gefällt."

Safiyeh sprach in einem festen, sicheren Ton, und Rory wurde plötzlich klar, dass Safiyeh nicht die unterdrückte, schwache Frau war, die sie sich vorgestellt hatte. Sie wusste genau, was sie tat und warum, und sie hatte dem zugestimmt. Sie verstand plötzlich, warum Sahmir Safiyeh bewunderte und respektierte. Wie ihr Charakter waren ihre Gesichtszüge klar definiert – ihre Augen groß und fast wild aussehend, ihre Haut makellos. Und mit der weißen Haarsträhne war sie atemberaubend. Sie spürte einen Anflug von Eifersucht, als sie auf den Weg hinunterblickte, dem sie folgten.

Sie gingen ein paar Augenblicke schweigend nebeneinander her, dann blieb Safiyeh stehen und wandte sich ihr zu. „Ich wollte Ihnen danken, dass Sie die Stadt verlassen, dass Sie Sahmir verlassen. Das wird es für ihn und für uns einfacher machen. Aber für Sie ist es sicher nicht leicht."

Rory war von Safiyehs Offenheit und Verständnis überrascht. „Ich... ich meine, Sahmir war sehr gut zu mir, er hat mir geholfen, als Freund. Er ist nicht mehr als ein Freund, wissen Sie."

Wieder erschien dieses Lächeln, das keines war, in ihren Augen, bewegte aber kaum ihre Lippen. Safiyeh berührte sanft Rorys Arm. „Ich weiß, dass Sie nicht miteinander schlafen. Mein Personal hat mich darüber informiert. Und dafür danke ich Ihnen auch. Aber ich weiß auch aus der Art, wie Sie einander ansehen, dass Ihre Beziehung intim geworden wäre, wenn unsere bevorstehende Hochzeit nicht wäre. Ihre Gefühle füreinander sind stark. Das konnte ich in Sahmirs Augen sehen, als er sich von Ihnen verabschiedete.“

„Es tut mir leid... ich weiß nicht, was ich sagen soll.“

„Sie müssen nichts sagen. Ich möchte nur, dass Sie wissen, dass ich in Ihrer Schuld stehe, und wenn es jemals etwas gibt, das ich für Sie tun kann, zögern Sie nicht zu fragen.“

„Sie sind nicht böse auf mich?“

Safiyeh runzelte die Stirn, und ihre starken Augenbrauen und intensiven Augen ließen sie noch wilder aussehen. „Warum sollte ich?“

„Weil ich in den letzten Tagen in Sahmirs Gesellschaft war.“

Safiyeh zuckte mit den Schultern. „Und jetzt gehen Sie, also ist alles gut.“

„Das macht Ihnen wirklich nichts aus?“

„Überhaupt nicht, warum sollte es? Aber zum Wohle unserer Länder musste es jetzt aufhören. Und das hat es.“

Die Erinnerung an Safiyehs und Gabriels Umarmung kam Rory in den Sinn.

„Und Sie sind glücklich mit dieser Vereinbarung? Mit dieser Ehe?“

„Glück spielt dabei keine Rolle. Ich muss den Wünschen meines Vaters gehorchen. Ich liebe meinen Vater, Rory, sehr. Meine Familie ist eng verbunden und wir arbeiten zusammen zum Wohl des Landes. Mein

Vater ist nicht der Tyrann, als der er in den Medien dargestellt wird. Wenn ich dieser Ehe wirklich widersprechen würde, dann würde er mich nicht dazu zwingen. Mein Bruder auch nicht, der nach meinem Vater König sein wird. Mein Bruder ist mein engster Freund. Wir sind nur zu dritt in unserer Familie, und jeder von uns kennt seine Pflicht und wird sie erfüllen. Ich weiß, was ich zu tun habe. Ich kenne meine Pflicht. Es geht hier nicht um mich, nicht um Sahmir, nicht um unser individuelles Glück."

Rory war von Safiyehs Selbstlosigkeit berührt.

Plötzlich sah Safiyeh nach oben und Rory bemerkte, dass sie direkt unter ihrem Schlafzimmerfenster standen, an derselben Stelle, wo Safiyeh und Gabriel sich getroffen hatten. Safiyeh blickte zum Fenster hinauf und runzelte die Stirn, offensichtlich wurde ihr erst jetzt bewusst, dass der Ort, an dem sie sich mit Gabriel getroffen hatte, einsehbar war. „Ich frage mich, wessen Fenster das ist?" Safiyeh sah Rory an und Rory konnte sehen, dass Safiyeh sich an ihr Treffen mit Gabriel erinnerte. Safiyeh zuckte mit den Schultern. „Was macht das schon?" Ihre schönen Augen verdunkelten sich vor Schmerz. „Was macht das alles schon?"

Rorys Herz öffnete sich für sie. Eine Frau, die sich freiwillig das Vergnügen versagte, mit dem Mann zusammen zu sein, den sie liebte, für das größere Wohl. „Und wenn es jemals etwas gibt, das *ich* tun kann, bitte fragen Sie", sagte Rory.

„Danke. Jetzt muss ich zurück, ich treffe mich heute Vormittag mit Tariq und Sahmir. Leider können mein Vater und mein Bruder nicht an dem Treffen teilnehmen, weil sie immer noch auf der Landebahn des Flughafens von Thayet festsitzen."

„Thayet?"

„Es überrascht mich nicht, dass Sie noch nie davon gehört haben. Ein kleines Land mit begrenzten Ressourcen. Mein Vater muss sein eigenes Privatflugzeug benutzen, und leider hat das Motorprobleme, die ihn ein paar Tage aufhalten werden. Also treffe nur ich mich mit König Tariq. Die offizielle Verlobung muss noch etwas warten, bis mein Vater zurück ist." Safiyeh hielt inne, blickte noch einmal zum Fenster hinauf, sah zurück zu Rory und presste ihre Lippen bedauernd zusammen. „Ich muss gehen. Es hat mir gefallen, mit Ihnen zu sprechen. Vielleicht hätten wir in einer anderen Zeit und an einem anderen Ort Freundinnen sein können. Ich hätte Sie gerne als Freundin gehabt."

„Und ich Sie. Ich hoffe, es wird alles gut für Sie, Eure Königliche Hoheit", sagte Rory und meinte jedes Wort.

„Bitte, nennen Sie mich Safiyeh." Dann lächelte sie, ihr erstes echtes Lächeln, das perfekte weiße Zähne enthüllte und sie in eine exotische Schönheit verwandelte. „Schließlich würden das Freunde tun."

Rory wartete ein paar Augenblicke und folgte dann Safiyeh. Als sie in die Eingangshalle kam, war von Safiyeh keine Spur zu sehen, nur ihr Fahrer wartete auf sie. All ihre Taschen waren bereits im Kofferraum des Autos verstaut. Sie ging hinüber und stieg ein, lehnte sich zurück und dachte über die schöne, traurige Frau mit dem starken Pflicht- und Verantwortungsgefühl nach.

Plötzlich erschien ihr eigenes Los im Leben gar nicht mehr so schwierig. Ein Monat in der Wüste erwartete sie, aber es würde ein Monat interessanter Arbeit sein, an einem wunderschönen Ort mit herrlichen Pferden. Es gab Schlimmeres, wie sie wusste... wie zum Beispiel, wenn einem die Heimat und das Land, das man über alles liebt, weggenommen wird. Ja, auf eine seltsame Weise verstand sie Safiyehs Entscheidung.

*Eine Woche später...*

Sahmir verglich die Pläne der Mine mit den Computergrafiken und sah dann zu Tariq auf. „Siehst du, hier, das ist der Punkt, wo uns Rorys Kontakte helfen können."

Das Telefon klingelte und Tariq ging zu seinem Schreibtisch, drehte sich aber zu Sahmir um, als er nach dem Telefon griff. „Ja, sie hatte absolut recht mit ihrer Einschätzung über die Lage der Dörfer." Er nahm den Hörer ab. „Ja?"

Sahmir studierte weiter die vorläufigen Pläne, die Rory und ihr Team erstellt hatten, und musste zugeben, dass Tariq recht hatte, die Pläne wären perfekt. „Hmm, sie weiß, was-"

„Bist du sicher?" Tariqs gedämpfter Ton ließ Sahmir mitten im Satz innehalten. Er drehte sich abrupt um und war schockiert von Tariqs Gesichtsausdruck.

„Was?"

Tariq hob die Hand zu seinem Bruder, während er aufmerksam zuhörte. „Gut, natürlich. Und wenn es irgendetwas gibt, das wir tun können... Wir werden so schnell wie möglich da sein. Und, Safiyeh, es tut mir so leid."

„Tariq? Was ist los?"

Sahmir wurde noch besorgter, als Tariq zum Getränkeschrank ging und ihnen beiden großzügige Portionen Whiskey einschenkte. Er reichte Sahmir einen davon.

„Sag mir, was ist passiert? Ist Rory etwas zugestoßen? Oder Cara?"

Sie sahen sich einen langen Moment an, als ihnen bewusst wurde, was hinter Sahmirs Nennung dieser Frauen steckte – die beiden Frauen, die ihnen am meisten bedeuteten und die beide nicht mehr in ihrem Leben waren.

Tariq schüttelte den Kopf. „Nein. Es hat nichts mit den beiden zu tun." Er nahm einen schnellen Schluck von seinem Whiskey. „Es geht um Safiyehs Vater und Bruder. Sie sind tot. Bei einem Flugzeugabsturz ums Leben gekommen."

„Was?" Sahmir konnte es nicht glauben.

„Sie waren sofort tot, als das Flugzeug es nicht über die Berge schaffte."

„Die arme Safiyeh." Sahmir stellte sein Glas ab und fuhr sich mit den Fingern durchs Haar, während er zum Fenster ging. „Armes Mädchen. Sie hat beide so sehr geliebt. Aber wie konnte das nur passieren?"

„Anscheinend wurde der Jet nicht richtig repariert. Manche sprechen von Sabotage." Tariq zuckte mit den Schultern. „Wer weiß? Eines ist sicher, es wird die Lage in Hadramout destabilisieren." Er seufzte. „Ich habe erstmal gesagt, dass wir so bald wie möglich zu ihr kommen werden."

„Natürlich."

„Die Beerdigung ist für nächste Woche angesetzt."

Sahmir runzelte die Stirn. „Aber was bedeutet das jetzt?"

Tariq schüttelte den Kopf. „Es wird nicht gut für

Hadramout sein und könnte Instabilität in der Region verursachen. Wir werden es nächste Woche besser einschätzen können, wenn wir Safiyeh sehen."

„Und was ist mit uns? Safiyeh und mir? Ich nehme an, es wird wichtiger denn je sein, dass wir uns so schnell wie möglich verloben."

„Das denke ich auch, aber Safiyeh klang unbestimmt, was verständlich ist. Sie sagte aber, es gäbe Dinge, die sie besprechen müsse."

Sahmir runzelte die Stirn. „Könnte alles Mögliche bedeuten."

„Und alles zugleich. Sie wird unsere Hilfe jetzt mehr denn je brauchen."

Sahmir wandte sich von Tariq ab und versuchte, seine Enttäuschung zu verbergen. Für einen kurzen Moment hatte er gedacht, er müsste Safiyeh vielleicht nicht heiraten. Aber natürlich musste er das. Eine alleinstehende Frau auf dem Thron würde jede Unterstützung brauchen, die sie bekommen konnte.

Seine Gedanken schweiften zu Rory. Er würde sie bald anrufen. Seine Tage schienen sich nur noch darum zu drehen, mit ihr Kontakt aufzunehmen. Für einen kurzen Moment, inmitten des Schocks über die Neuigkeiten, hatte er sich erlaubt, von einer Zukunft mit Rory zu träumen. Er schüttelte den Kopf. Verrückt. Nichts hatte sich geändert. Es war sogar noch wichtiger geworden, dass er Safiyeh heiratete.

Er zog das Telefon aus seiner Tasche und trank den Rest seines Whiskeys. „Ich muss noch ein paar Dinge erledigen und dann treffe ich dich vorne. Ich werde Aarif informieren, was los ist."

Als Sahmir den Korridor zu seiner Suite entlangging,

wurde ihm plötzlich klar, dass Safiyeh, sofern sie keinen gewaltsamen Widerstand in ihrem Land erfuhr, Königin von Hadramout sein würde. Und er würde König sein. Es würde kein Leben in Ma'in geben, keine häufigen Reisen nach Europa und in die Staaten. Sein Herz sank. Er fühlte sich mehr denn je an ein Land gebunden, das nicht seins war, und an eine Frau, die er nicht liebte.

*Eine Woche später...*

Jemand fuhr durch die Wüste in Richtung Jabal al Noor. Rory schob ihren Hut nach oben und kniff die Augen gegen die Helligkeit zusammen. Ein Geländewagen aus Richtung Qusayr Zarqa. Sahmir? Sie wandte sich ab, wagte es nicht zu hoffen, wollte nicht hoffen.

Sie hatte seit einer ganzen Woche nichts von ihm gehört. In der ersten Woche hatte er nicht aufgehört, sie anzurufen – morgens und abends und zwischendurch. Die Telefonate waren mit jedem Tag länger geworden, persönlicher, schwieriger zu beenden. Dann kam der letzte Anruf vor einer Woche, um ihr mitzuteilen, dass Safiyehs Vater und Bruder tot seien und er für absehbare Zeit in Hadramout bleiben würde.

Es war ein schwieriges Telefonat gewesen – steif und mit zu viel Ungesagtem – und sie war wie betäubt zurückgeblieben, als wäre ein kleiner Teil von ihr gestorben. Sahmir hatte versucht, ihr zu sagen, dass es diesmal wirklich das Ende ihrer Freundschaft war. Und jetzt das?

Sie wandte sich von dem näherkommenden Fahrzeug ab und ging den steinigen Grat entlang. Sie würde bald genug erfahren, ob er es war. Und wenn er es war? Wahrscheinlich war er gekommen, um sich endgültig zu verabschieden, bevor er für immer nach Hadramout zurückkehrte. Welchen anderen Grund könnte es schon geben?

Sie verließ den Grat und machte sich auf den Weg zum Hauptgebäude, wo ihre Kollegen und der Rest des großen Teams von Ingenieuren und Agronomen stationiert waren.

Sie erreichte die Büros genau als der Geländewagen vorfuhr. Sie sprang auf den Weg hinunter und lief los, um Sahmir zu begrüßen.

Sahmir stieg aus und schlug die Tür zu.

„Rory!" Er lächelte sie an mit einem Lächeln, das die Wochen überbrückte.

Sie lächelte zögernd zurück, unfähig, ihre Abwehr so leicht fallen zu lassen. Immerhin würde er in kurzer Zeit weg sein – Stunden, vielleicht Minuten, soweit sie wusste. Diesmal für immer fort. „Sahmir! Das ist eine Überraschung."

Er kam mit großen Schritten auf sie zu. „Es ist schön, dich zu sehen."

„Dich auch." Die Worte kamen heiserer heraus, als ihr lieb war.

„Wie geht es dir?"

Sie öffnete den Mund, um ihm zu sagen, wie es ihr ging – wie schlecht es ihr ging, um genau zu sein – aber dann schloss sie ihn wieder. Sie konnte ihre wahren Gedanken nicht aussprechen, wie sehr sie ihn vermisst hatte, weil es nicht fair wäre. Weder ihm noch ihr gegenüber. „Gut", sagte sie hastig, verzweifelt bemüht, das Gespräch auf ein weniger persönliches Thema zu lenken. „Und du? Ein ungeplanter Besuch. Gibt es einen bestimmten Grund?"

„Ja", war seine einzige Antwort.

Sie sog die Luft ein und versuchte, ihr schlagendes Herz zu beruhigen, während sie mit ihren Stiefeln über den Boden scharrte. „Oookaaaay." Das würde offensichtlich nicht einfach werden. Er hatte ihr etwas zu sagen und, untypisch für ihn, kam er nicht direkt damit heraus. „Möchtest du dich umsehen? Es hat sich einiges verändert in den Wochen, die du weg warst."

„Sicher." Aber er bewegte sich nicht, sondern sah sie nur weiter mit einer Intensität an, die ihr Herz nicht ruhiger schlagen ließ, bis er schließlich seufzte und sich umsah, die Augen im hellen Licht zusammenkneifend.

„Möchtest du zuerst die anderen kennenlernen?"

Er runzelte die Stirn, als hätte er Schwierigkeiten zu verstehen, was sie sagte. „Wen?"

„Die anderen Wissenschaftler. Die Ingenieure. Sie sind da unten." Sie zeigte auf ein Gebäude unter einer Gruppe schattiger Bäume, umgeben von breiten offenen Zelten, unter denen man Menschen arbeiten sehen konnte.

„Nein. Ich meine, später. Die Sonne geht langsam unter, lass uns spazieren gehen."

„Irgendwohin Bestimmtes?"

Er sah sie wieder an, seine Augen glühend. „Nein. Einfach weg von den Menschen."

Ihr Magen wurde warm und machte einen Salto. Sie holte schwer Luft. „Okay. Lass uns zum Bergrücken hochgehen und ich zeige dir, welche Fortschritte gemacht wurden. Und dann stelle ich dich den anderen vor. Sie haben den härteren Teil der Arbeit, sitzen vor Computern und machen all die wichtigen Sachen."

Sie fielen in einen gemeinsamen Schritt, als sie den

Pfad zum Bergrücken hinaufgingen. „Während du draußen bist und dir zweifellos die Hände mit den Bodenproben schmutzig machst, oder so was in der Art."

„Gute Vermutung. Ja, ich bin viel lieber draußen. Außer in der Mittagshitze, dann sind wir alle unter Dach."

Sie traten auf den Bergrücken und in eine willkommene Brise. „Die Bagger sind fast fertig, wie ich sehe", sagte Sahmir. „Es sieht ganz anders aus als noch vor ein paar Monaten."

Von ihrem Aussichtspunkt aus konnten sie ganz Jabal al Noor überblicken. Die verbliebenen Maschinen der Goldmine waren entfernt worden, ersetzt durch die Bagger der Landschaftsgärtner.

„Es wird nicht mehr lange dauern, bis der Fluss wieder in seinen ursprünglichen Verlauf umgeleitet werden kann. Die Arbeiten am alten Wadibett werden in ein paar Monaten abgeschlossen sein."

Sahmir nickte und betrachtete die Überreste der Mine. „Und dann wird all diese Hässlichkeit von Wasser bedeckt sein."

„Und all das" - sie drehte sich um und blickte auf die Wüste, die sich vor ihnen wie ein goldenes Meer bis zum Horizont erstreckte, wo Hadramout lag, die fernen Boote gerade noch sichtbar im schmalen Streifen blauen Meeres - „wird wieder so sein wie früher."

Sie schaute zu ihm auf und auch er blickte in Richtung Hadramout.

„Warst du die ganze Zeit hier in Jabal al Noor?"

„Hauptsächlich. Ich habe auch die Gegend erkundet."

„Zu Pferd, nehme ich an."

„Ja, jede Ausrede ist recht zum Reiten."

Er deutete zur Grenze nach Hadramout. „Ich hoffe, du

hattest Wachen dabei und bist nicht zu nah an Hadramout herangekommen? Es ist sicherer, sich von dort fernzuhalten. Ich bezweifle zwar, dass der Russe es wagen würde, auf mein Land zu kommen, aber trotzdem ist es besser, Abstand zu halten."

Sie runzelte die Stirn. „Die Wachen begleiten mich überall hin - wie du angeordnet hast - aber ich bin Hadramout ferngeblieben." Sie erzählte ihm nicht, dass sie das sowieso getan hätte, auch ohne seine Warnungen. Jedes Mal, wenn sie in diese Richtung schaute, fühlte sie sich unheimlich, und Schauer liefen ihr über den Rücken, als würde sie jemand beobachten. Sie wusste, dass es lächerlich war, aber irgendwie fühlte es sich immer besser an, sicherzustellen, dass sie nicht allein war.

Er sah sie scharf an. „Und wohin, Mademoiselle Aurora, wandern deine Gedanken, dass du so ängstlich aussiehst?"

Sie zuckte mit den Schultern. Es war albern, eine grundlose Angst zu äußern. Die Nachricht von dem Jungen, die sie vor all diesen Wochen erhalten hatte, könnte alles Mögliche bedeutet haben, und das tat sie sicherlich auch. Es hatte keinen Sinn, Sahmir wegen etwas zu beunruhigen, das nicht existierte. „Ich denke, es liegt nur daran, dass ich bald abreise und" - sie schaute sich um - „dieser Ort ist mir ans Herz gewachsen."

Er griff nach ihrer Hand und zog sie zu sich. „Ist das dieselbe Frau, die ich vor zwei Wochen in Qusayr Zarqa zurückgelassen habe? Lass mich sehen." Er hob ihr Kinn und tat so, als würde er ihr Gesicht inspizieren. „Hmm, ein paar mehr Sommersprossen und eine dunklere Bräune." Er strich über ihre Wange, wo keine Spur mehr von dem blauen Fleck zu sehen war. „Aber kein blauer Fleck.

Vielleicht sind alle blauen Flecken und Verletzungen jetzt verschwunden?"

„Fast. Dank dir."

Sie waren jetzt zu nah, als dass Rory ihre Gedanken und Gefühle hätte verbergen können. Und als die Stille sich vertiefte, zog sie sich zurück, verzweifelt darauf bedacht zu wissen: „Wie geht es Safiyeh?"

Er presste bedauernd die Lippen zusammen und seufzte. „Sie ist am Boden zerstört, aber hält sich tapfer. Sie ist eine sehr starke Frau. Sie weiß, was sie will."

Plötzlich konnte Rory es nicht mehr ertragen, das zu hören. „Ja, da bin ich mir sicher. Sie erkennt das Beste, wenn sie es sieht." Sie versuchte, den Hauch von Bitterkeit und Eifersucht aus ihrer Stimme herauszuhalten, aber sie hatte wahrscheinlich versagt, wenn Sahmirs langsames Lächeln ein Anzeichen dafür war.

„Du hast sie in den wenigen Momenten, die ihr miteinander verbracht habt, erstaunlich gut kennengelernt." Er machte eine Pause. „Safiyeh hat mir von eurem Gespräch erzählt. Sie ist eine gute Frau."

„Ja, nun. Jedenfalls, möchtest du jetzt die anderen kennenlernen?"

Er streckte die Hand aus und legte sie sanft auf ihren Arm. „Du hast Recht mit Safiyeh. Sie erkennt das Beste und ist entschlossen, es zu bekommen."

Rory biss sich auf die Lippe. Warum tat er ihr das an? Ihre kurze gemeinsame Zeit hatte eine Anziehung geschaffen, die sie nach besten Kräften zu leugnen versuchte, aber die folgenden Wochen mit Telefonaten hatten die Flammen ihres Verlangens geschürt, bis sie vor Sehnsucht nach ihm brannte. Hinter ihren Augen pochte es. Gott, sie konnte nicht weinen. Nicht hier. Nicht vor

Sahmir. „Ich weiß, Sahmir. Du hast mir alles darüber erzählt. Und-" Sie blinzelte, die Tränen schienen entschlossen zu sein, selbst in der trockenen Hitze der Wüste zu erscheinen. „*Und*", wiederholte sie, diesmal fester, „ich will nichts mehr davon hören. Du wirst sie heiraten-"

„Werde ich nicht", sagte Sahmir leise.

„Und ich wünsche euch beiden alles Gute. Das tue ich wirklich. Safiyeh ist-"

Sahmir packte ihre Arme. „Rory, hör mir zu. Safiyeh und ich werden uns *nicht* verloben, heiraten oder in irgendeiner Weise verbinden."

Sie wirbelte herum, um ihn anzusehen. „Was? Aber du hast gesagt..."

„Ich habe viele Dinge gesagt. Dinge, die auf Tariqs und meiner Annahme basierten, was Safiyeh wollen würde, was sie brauchen würde."

„Und sie braucht dich nicht?"

„Nein. Sie geht ihren eigenen Weg. Sie hat die Unterstützung der Regierung und gute Berater, und sie will es allein versuchen."

„Ah." Rory erinnerte sich an Safiyehs Gesichtsausdruck, als sie zu Gabriel aufblickte. Während sie sicher war, dass Safiyeh ihren Vater und Bruder sofort wieder zum Leben erwecken würde, wenn sie könnte, war sie auch sicher, dass Safiyeh beschlossen hatte, von nun an ihre eigenen Entscheidungen zu treffen, einschließlich wen sie heiraten würde. Sie schaute zu Sahmir auf und lächelte, wobei sie die Augenbrauen hob. „Wo stehen wir dann also, Prinz Sahmir?"

Sahmir löste seinen Griff von ihrem Arm und nahm stattdessen ihre Hand. „Wo immer du willst, Mademoiselle Aurora." Er strich mit dem Finger über ihre Wange. „Ein Staubkorn."

Sie verengte ihre Augen. „Ein Staubkorn? Wirklich?"

„Natürlich! Glaubst du, ich würde diese alte Masche benutzen, um dein Gesicht zu berühren" - er hob seinen Finger wieder an ihr Gesicht - „um die Linie um deine Augen nachzuzeichnen - die übrigens eine ziemlich verstörende Schattierung von Blau haben - und dann über deinen Wangenknochen, hinunter in die Wangenhöhle - ähm, wie Seide - bis zum Mundwinkel?"

„Das könnte ich mir vorstellen."

Er verengte seine Augen und ihre verführerische Intensität machte sich in ihrem Bauch bemerkbar, und tiefer. „Und warum das?"

Sie bewegte ihr Gesicht so, dass sein Finger nicht mehr an ihrem Mundwinkel war, sondern auf ihren Lippen. Sie öffnete ihren Mund und leckte sich über die Lippen, wobei sie gleichzeitig seinen Finger leckte. „Hmm, ich denke, du könntest, weil meine Gedanken einen ähnlichen Weg eingeschlagen haben."

„Wirklich?" Er holte tief Luft. „Und wo endet dieser Weg?"

„Das, Prinz Sahmir, ist unmöglich zu beantworten."

„Dann sollten wir vielleicht diesen Weg beginnen und sehen, wohin er führt?"

Was zum Teufel dachte sie sich dabei? ‚Nirgendwohin' war offensichtlich die Antwort. Trotzdem ertappte sie sich dabei, wie sie zustimmend nickte.

„Mademoiselle Aurora, möchten Sie eine Mitfahrgelegenheit zurück nach Qusayr Zarqa?"

Sie sollte nicht. „Gerne."

# KAPITEL 9

Es war spät, als sie die Gespräche mit den Wissenschaftlern beendet hatten und sich auf den Rückweg nach Qusayr Zarqa machten. Die Sonne war untergegangen und die kurze Dämmerung neigte sich dem Ende zu. Als sie die Oase passierten, bat Rory ihn anzuhalten. Sie parkten in einer Wolke aus Sand und Staub.

„Warum wolltest du hier anhalten?"

Sie konnte es nicht wirklich sagen. „Ich war seit dem Tag mit dir, als wir anhielten, damit die Pferde trinken konnten, nicht mehr hier."

„Hättest du selbst Lust auf einen Drink? Ich habe mehr als nur Wasser im Angebot. Ich habe einen der Ingenieure überredet, mir eine Flasche Moët zu überlassen. Außerdem ist die Oase im Mondlicht ein magischer Ort."

„Klar, warum nicht? Aber es gibt gar keinen Mond."

„Noch nicht."

Da der Mond noch nicht aufgegangen war, war es unter dem ausladenden Blätterdach der Bäume dunkler.

Rory erschauderte, teils weil sie sich fragte, was sie hier eigentlich tat, und teils weil sie genau wusste, was sie tat.

Als sie zum Wasser kamen, wich die Dunkelheit dem Licht, da das Wasser den Himmel widerspiegelte, der noch eine Erinnerung an den Sonnenuntergang in sich trug, und die Sterne, die durch das dunkler werdende Blau zu stechen begannen. Es war kühl nach einem heißen Tag und Rory verspürte den Drang hineinzuspringen. „Können wir darin schwimmen?"

„Nicht in der Oase selbst, aber es gibt einen kleinen Pool, in den das Wasser genau für solche Gelegenheiten umgeleitet wurde. Komm, ich zeig's dir."

Als sie vorsichtig um die Oase herum hinter die Steinhütte gingen, sah sie, was ihr bei ihrem vorherigen Besuch entgangen war - ein neu gebauter Whirlpool seitlich vom Pool selbst. Sie spähte hinein. „Er ist leer."

„Dafür gibt es ja Pumpen."

Sie saß am Rand und schaute sich um, während sie darüber nachdachte, wie seltsam friedlich und glücklich sie sich fühlte, während Sahmir in der Hütte verschwand und das Brummen eines Motors einsetzte. Sahmir war noch in der Hütte, als das Wasser begann, den Pool zu füllen. Schnell streifte sie ihre Kleidung ab, behielt nur BH und Slip an und sprang in den Pool. Sie keuchte auf, als die leichte Kühle ihren heißen Körper traf. Sie fand einen Sitz und setzte sich dann hin, während das Wasser sanft über ihren Körper stieg.

Sahmir kam mit einer Flasche Champagner und zwei Gläsern heraus. Er trug noch seine Hose - das bemerkte sie sofort - aber keine Schuhe oder Socken. Er sah halbbekleidet noch attraktiver aus. Der Gedanke huschte durch ihren Kopf, wie viel attraktiver er wohl nackt aussehen würde.

Er blickte auf ihren Kleiderhaufen und sah sie an. „Sind Sie nackt da drin, Mademoiselle?"

Sie schaute grinsend zu ihm auf. „Ich hab's mir überlegt, aber nein."

„Bitte, behalte die Unterwäsche nicht meinetwegen an. Außerdem ist es ziemlich dunkel, ich werde kaum etwas bemerken."

Sie lachte. „Keine Chance."

„Hier." Er hielt ihr die Flasche und die Gläser hin. „Halt die mal, während ich zu dir komme."

Sie wollte gerade antworten, als er begann sich auszuziehen. Sie schaute geradeaus. Gott sei Dank für die Dunkelheit.

Sie beobachtete, wie seine Silhouette sich ihr auf der anderen Seite des Pools anschloss. Das Wasser hatte aufgehört zu pumpen und schwappte nun um ihre Brust. Rory tauchte ein wenig tiefer, um ihre Brüste zu bedecken.

„*Shucram!* Rory. Danke für alles, was du getan hast. Ich hätte nie gedacht, dass ich das mal sagen würde, aber ich bin froh, dass du diese verschneite Straße entlang gerannt und in meine Arme gelaufen bist."

Sie lachte. „Nicht *direkt* in deine Arme."

Er nippte an seinem Champagner. „Das ist kein Moment, um pingelig mit der Wahrheit zu sein. Schau dir diese Sterne an. Es ist viel zu romantisch."

Sie nahm einen Schluck vom Wein und genoss das Gefühl der Blasen, die ihren Hals kitzelten, und den Rausch des Alkohols nach Wochen mit nichts als alkoholfreien Getränken und Wasser. „*Du* bist viel zu romantisch.

Ich kann die Ereignisse nicht vergessen, die zu diesem Moment geführt haben. Dieser, dieser... *Mann*." Sie schauderte und konnte nicht weitersprechen. Mit nur diesen Worten änderte sich die Atmosphäre.

„Hat er dich gezwungen, Rory?"

„Was?" Für einen Moment konnte sie nicht verstehen, was er meinte. Sahmir war normalerweise so cool und unbesorgt, dass der Ernst in seiner Stimme sie plötzlich erkennen ließ, was er wissen wollte. Er wollte wirklich wissen, ob sie mit dem Russen geschlafen hatte. „Du meinst, ich, der Russe. Haben wir..."

„Na ja, ja. Je besser ich dich kennenlerne, desto weniger ertrage ich den Gedanken an dich mit ihm, dass du dich ihm hingeben musstest."

Sie schüttelte den Kopf. „Nein. Das habe ich dir schon einmal gesagt."

„Ich war mir nicht sicher. Du hättest es auch aus einem anderen Grund sagen können."

„Nein. Ich habe es gesagt, weil es die Wahrheit war. Er hat versucht, mit mir zu schlafen. Er hat mich gefesselt." Ihre Hand ging automatisch zu ihrem Handgelenk, wo die Male gewesen waren. „Das weißt du. Du hast die Seile gesehen; du hast die Male an meinen Handgelenken gesehen."

„Ja." Die knappe Antwort verriet die Wut, die hinter der einsilbigen Erwiderung lag.

„Aber er konnte nicht... er konnte nichts tun. Deshalb ist er ausgerastet und hat mich geschlagen."

„Aber die anderen Männer. Sie schienen zu denken..."

„Weil er ihnen erzählt hat, dass er... du weißt schon." Plötzlich war es ihr peinlich, genau zu sagen, was der

Russe seinen Männern erzählt hatte. „Er würde ihnen ja wohl kaum erzählen, dass er keinen Sex haben konnte."

Sahmir seufzte und bewegte sich im Pool, wobei das Wasser um sie herum schwappte. „Ich ertrage den Gedanken nicht, dich mit ihm zu sehen."

Sie betrachtete weiter die Sterne. Sie konnte ihn nicht ansehen. Wenn sie es täte, wäre sie für ihre Handlungen nicht verantwortlich. Sie nahm noch einen schnellen Schluck Wein. Gefolgt von einem weiteren. Das Glas war plötzlich leer.

In diesem Moment ging der Mond hinter den Bergen auf und filterte sein Licht durch die Bäume.

Sie wandten sich einander zu und sie konnte ihn zum ersten Mal richtig sehen, seit sie die Oase betreten hatten. Die flirtenden Blicke, das Lächeln waren verschwunden. Er sah sie mit einer Sehnsucht an, die sie erwiderte und die zweifellos deutlich zu erkennen war.

„Rory."

„Sahmir, ich..."

Seine Augen glitten zu ihren Brüsten hinab, die durch den nassen BH deutlich zu sehen waren, und sie tauchte tiefer ins Wasser. Er blickte wieder auf, jetzt mit Belustigung in den Augen. „Sieht aus, als wäre dein Champagner alle. Möchtest du noch mehr?"

Sie biss sich auf die Lippe und nickte. Er streckte sich im Wasser aus und füllte ihr Glas nach, bevor er sich neben sie setzte. Er rutschte nach unten und lehnte seinen Kopf gegen den glatten Felsen.

Sie nahm noch einen Schluck Champagner und stellte das Glas ab, wobei ihr zu spät bewusst wurde, als eine sinnliche Lethargie sie überkam, dass sie auf nüchternen Magen zu schnell trank. Sie tauchte unter Wasser und streckte sich aus, genoss das Gefühl des warmen Wassers auf ihrer Haut. Sie seufzte und legte den Kopf zurück, sodass sie zum Nachthimmel aufschaute. „Was schaust du an?", fragte sie.

„Die Sterne."

Sie zeigte auf einen besonders hellen Stern. „Ihr habt hübsche Sterne in Ma'in." Sie wackelte mit den Fingern. „Funkelnd."

Er sah sie scharf an. „Sind Sie beschwipst, Mademoiselle Aurora?", sagte er mit gespielt strenger Stimme.

„Überhaupt nicht", erwiderte sie entrüstet. „Na ja", überlegte sie. „Vielleicht ein bisschen. Aber das macht diesen Stern da oben nicht weniger funkelnd."

„Ich glaube, Sterne funkeln überall auf der Welt."

Sie ignorierte ihn. „Wie heißt dieser da?"

„Ibet al-Jauza."

Sie blickte ihn beeindruckt an. „Was für ein schöner Name."

Er lachte.

„Worüber lachst du?"

„Es bedeutet übersetzt ‚Achselhöhle des Mittleren'."

Sie lachte und zeigte auf einen anderen. „Und der?"

Er kniff die Augen zusammen, als würde ihre Frage die Grenzen seines Wissens strapazieren. „Das ist ein Planet, wenn ich mich nicht irre. Al-zahra, oder Venus, wie du es nennen würdest."

„Wow, ich mag deinen Namen lieber, er ist wunderschön!" Sie winkte zu einem anderen. „Und der?"

Er schaute jetzt nicht einmal mehr zu den Sternen. Stattdessen starrte er intensiv auf ihren Arm. „Al-zahra der Zweite."

„Du hast gar nicht geschaut, wohin ich zeige!"

Er zuckte mit den Schultern. „Ein Stern, ein Planet, gleicht dem anderen."

„Du hast dir die Namen ausgedacht!"

„Vielleicht. Sie kommen mir irgendwie bekannt vor. Ich bin sicher, es sind die Namen von irgendetwas."

Sie grunzte und setzte sich auf, brachte ihr Gesicht nahe an seines. Er lehnte sich vor und nahm die implizite Herausforderung an. „Irgendetwas? Was bist du denn für ein Prinz, der nicht mal die Namen der Sterne über seinem Land kennt?"

„Es sind auch deine Sterne!"

„Ja, aber wir nennen sie anders."

„Nicht so sehr anders. Die meisten sind von arabischen Namen abgeleitet."

„Wirklich?"

„Ja, wirklich."

Sie seufzte und tauchte wieder unter Wasser, dann schob sie ihre Unterlippe vor und blies nach oben, um die Haare aus ihrem Gesicht zu bekommen.

Er lehnte sich herüber und hob die störende Haarsträhne an, lachend dabei.

„Du, Prinz Sahmir, lachst mich aus."

„Nur ein bisschen."

„Na gut." Sie lehnte sich vor, um ihm in die Brust zu stupsen. „Das lasse ich mir nicht gefallen." Aber irgendwie rutschte sie aus und er packte ihre Schulter. Und als sie ihren Kopf hob, war er nah an seinem. Seine Lippen. So nah... Irgendwie brauchte es keine weitere Bewegung von ihr, bevor sich ihre Lippen trafen.

Sie wusste nicht, wer überraschter war - er oder sie. Was als spielerische Geste begonnen hatte, verwandelte sich augenblicklich in etwas völlig anderes.

Sobald ihr Mund Sahmirs berührte, war es wie ein Funke am Zündpapier. Leidenschaft flammte zwischen ihnen auf und er öffnete seinen Mund unter ihrem, als sie seine Zunge mit ihrer eigenen fand. Ihr Körper schmolz gegen seinen und seine Hände glitten um ihren nackten Rücken, bevor sie an ihrer Taille ruhten, nicht weiter, während der Kuss sich vertiefte.

Als sich ihre Münder endlich trennten, zog sie sich zurück. „Tut mir leid. Ich weiß nicht, wie das passiert ist."

Er lachte und griff nach ihrer Hand und küsste sie. „Rory! Ich schon. Ich wollte diese Lippen von dir küssen, seit ich dich zum ersten Mal getroffen habe."

„Wirklich? Ist das der Grund, warum du mich gerettet und nach Ma'in gebracht hast?"

„Nein, natürlich nicht. Ich hätte jedem in deiner Lage geholfen - ob mit schönen Lippen oder nicht." Er machte eine Pause. „Aber ich hätte sie nicht geküsst." Er zuckte mit den Schultern. „Eigentlich hätte ich sie vielleicht nicht nach Ma'in gebracht." Es folgte eine lange Stille. „Und ich würde nicht in diesem Pool mit sehr wenig Kleidung mit jemandem sitzen, der keine schönen Lippen hat."

Sie tauchte wieder unter Wasser. „Also haben mich meine Lippen gerettet. Wer hätte gedacht, dass sie so mächtig sein könnten?"

„Ich hatte nie Zweifel daran, dass deine es sein würden. Und ich hatte Recht. Gerade eben, wie sie sich gegen meine bewegten."

Die sich ausbreitende Wärme in Rorys Bauch und anderswo wurde stärker. Sie rutschte auf dem Steinsitz hin und her, plötzlich sehr bewusst eines sehnsüchtigen Pochens zwischen ihren Beinen. „Ich bin mir nicht sicher, was du meinst."

„Wirklich?" Mit einem Wasserschwall saß er neben ihr. „Vielleicht sollte ich es dir zeigen."

Sie öffnete den Mund um zu antworten, aber bevor sie sprechen konnte, war sein Mund auf ihrem und alle Gedanken, alle Worte, flohen aus ihrem Kopf. Alles konzentrierte sich auf die Bewegung seiner Lippen gegen ihre, seinen Atem in ihrem Mund, seine Zunge, die ihre berührte und ihr Inneres flüssig machte. Er zog sich zu früh zurück.

„Du hattest Unrecht", sagte sie mit Mühe, während sie versuchte, ihren Atem unter Kontrolle zu bringen. „Es sind nicht meine Lippen. Es sind deine, die die Macht haben. Die Macht, mich alles vergessen zu lassen."

„Auch dass du praktisch nackt bist?" Er streifte ihre Lippen mit seinen. „Und dass deine Hände um meinen Nacken liegen und deine Brüste gegen meine Brust gepresst sind?"

Erschrocken schaute sie auf und zog sich zurück, tauchte erneut unter Wasser. „Ja. Ich ruhe meinen Fall."

Sie schloss ihre Augen gegen die Sterne, während seine Finger an ihrem Bein hinauf wanderten, über ihre Hüfte bis zu ihrem Bauch. „Möchtest du noch etwas trinken?"

Sie schüttelte den Kopf. Sie wagte nicht zu sprechen, aus Angst, es würde wie ein Stöhnen der Ekstase klingen.

„Willst du zurück nach Qusayr Zarqa?"

Wieder schüttelte sie den Kopf.

„Was dann?"

Sie ergriff seine Hand, als diese eine sanfte Linie um den oberen Rand ihres BHs zog, über ihre sich schnell hebende und senkende Brust. Kurz hielt sie seine Hand fest und dann, ihre Hand auf seiner, bewegte sie sie, bis seine Handfläche ihre Brust bedeckte, nur der durchnässte, dünne Stoff ihres BHs trennte ihre Haut von seiner. Nun war es an ihm, die Augen zu schließen.

„Oh, Rory." Er kam näher, seine Lippen fanden erneut ihre, während seine Hände unter ihren BH glitten und ihre Brust liebkosten.

Sie keuchte unter seinem Mund und drehte sich unter seinem Körper, als er sich gegen sie presste. Ihre Beine öffneten sich wie von selbst unter dem Druck seiner Schenkel und sie rutschte von dem Sitz, wobei sie beide plötzlich unter Wasser gerieten und prustend und lachend wieder auftauchten. Er küsste sie noch einmal.

„Lass uns von hier verschwinden." Er streifte mit seinen warmen Lippen über ihre. Sie öffnete ihre in Erwartung. Stattdessen berührte er ihre Lippen mit seinem Finger. „Komm." Er erhob sich und das Wasser rann an ihm herab, über seine Schultern, Brust, Bauch und tiefer, wo seine Shorts seine Erregung kaum verbargen. Sie stand auf und er nahm ihre Hand und half ihr heraus. Sie stolperte über den steinigen Boden und wurde sofort in seine Arme gehoben.

Sie schmiegte sich an seine Brust. „Hmm, du riechst gut", sagte sie, während sie an seiner Haut schnupperte.

Er lachte. „Du bist wie ein Tier, Rory, ein Tier, das an mir schnüffelt, um zu sehen, ob ich als Paarungspartner geeignet bin." Er lachte wieder, als er ihren Hals küsste und sein kitzelnder Atem Schauer über ihren Rücken jagte. Sie wand sich in seinen Armen, seine Hand verstärkte den Griff unter ihrem Po. Sie wand sich erneut und hob ihren Kopf zu seinem, der nun im Mondlicht hell leuchtete.

„Wie kommt es, dass du mich immer herumträgst?"

„Ich bin wohl einfach diese Art von Mann. Ich ignoriere die gewöhnlichen Mädchen, die laufen können, und fühle mich stattdessen unwiderstehlich zu einer Frau hingezogen, die es nicht kann oder will."

„Hmm." Sie vergrub ihre Lippen und Nase wieder an seiner Brust. „Unwiderstehlich, bin ich?", murmelte sie, während sie federleichte Küsse auf seine Haut hauchte.

Er sah auf sie herab, seine Augen intensiv und voller Verlangen, so nah an ihren. „Das weißt du doch."

„Ich weiß gar nichts dergleichen. Aber... ich werde nicht mit dir streiten, weil ich gerne unwiderstehlich für dich wäre."

Er hielt am Eingang der Steinhütte an. „Wirklich? Und warum das?" Er lockerte seinen Griff und sie stand, sich an ihn lehnend, spürte jeden Zentimeter seines harten Körpers an ihrem.

„Weil ich will, dass du mit mir schläfst." Sie spürte seine Reaktion als Stöhnen, das durch seinen Körper in ihren überging – eines voller Verlangen und Frustration. Sie rieb sich leicht an ihm und seine Hände glitten über ihren nassen Slip und umfassten ihren Po, zogen sie noch enger an sich. „Hier, jetzt."

„Ich würde dir gerne den Gefallen tun, aber wir haben keine Kondome. Ich habe den Champagner von einem der Ingenieure geliehen und wollte nicht auch noch nach Kondomen fragen. Ich dachte an deinen Ruf."

Sie lächelte, während sie seine Brust küsste. „Nein, das hätte keinen guten Eindruck gemacht. Aber... wir könnten trotzdem hier schlafen. Es ist so romantisch, die Oase... die Sterne... die leere Wüste..." Sie schluckte, während sie versuchte, ihr Verlangen zu zügeln. „Außerdem sind wir beide vernünftige Menschen mit

Selbstbeherrschung. Wir können dafür sorgen, dass wir nicht zu weit gehen."

„Ich glaube, Rory, du könntest mich zu fast allem überreden." Er atmete sanft aus und schlang seine Arme um sie, zog sie eng an sich, streifte mit seinen Lippen über ihre. „Lass uns die Selbstbeherrschung feiern. Und wir können damit anfangen, uns ein Bett unter den Sternen zu machen. Wir haben alles, was wir brauchen, im Auto." Er küsste sie erneut. „Wenn ich alles sage, meine ich ein paar Decken."

„Nur Decken?"

„Ja. Das ist alles, was wir brauchen werden. Eine zum Draufliegen und eine zum Zudecken... danach..."

„Danach?"

„Nachdem ich jeden Zentimeter deines Körpers geküsst habe. Nachdem ich mit dir geschlafen habe, ohne mit dir zu schlafen."

Während Sahmir die Decken holte, ging Rory zu einer Stelle, wo drei Bäume in einem schützenden Halbkreis um eine kleine Lichtung standen. Das einzige Geräusch außer Sahmirs sich schließender Autotür war das Rascheln der Palmwedel über ihnen und der Ruf einer Eule. Sie blickte zum Nachthimmel, wo der Mond aufgegangen war und sein Licht die Sterne verdunkelte, griff hinter sich und öffnete ihren BH, warf ihn zur Seite.

Sie wollte nackt sein, wenn er zu ihr kam. Sie wand sich aus ihrem Slip und warf ihn auf ihren BH. Wenn Sahmir sich wegen fehlender Kondome zurückhielt, sie nicht. Wenn sie nicht auf Reisen war oder unter Stress stand, waren ihre Perioden immer pünktlich wie ein Uhrwerk. Sie war absolut sicher. Sie wollte ihn und sie würde ihn haben.

Sie schloss ihre Augen und spürte, wie sich ihre Haut mit Gänsehaut überzog und ihre Brustwarzen sich aufrichteten, nicht wegen der Kühle in der Luft, sondern weil sie wusste, dass Sahmir gerade die Lichtung betreten hatte.

Sie hörte das sanfte Aufschlagen der Decken auf dem Boden und dann stand er vor ihr. Seine Hände glitten an ihrem Körper hinauf und um ihre Brüste, liebkosten sie, während seine Lippen die ihren fanden. Sie schlang ihre Arme um ihn und zog seinen Körper fest an ihren. Ihr Atem ging schwer und sie lösten sich voneinander.

„Oh, Rory", murmelte er, als seine Lippen ihren Hals fanden und tiefer wanderten, zu ihren Brüsten. Er hob sie beide an, bis ihre Fülle betont wurde, und nahm erst die eine in seinen Mund und saugte daran, dann die andere.

Wellen purer Lust durchströmten ihren Körper und steigerten ihr Verlangen noch mehr. Sie versuchte, ihm die Boxershorts herunterzuziehen, aber er hielt ihre Hand fest und küsste sie erneut auf die Lippen. „Wenn du sie ausziehst, sind alle Wetten ungültig. Jetzt leg dich hin." Seine Stimme klang rau und befehlend, und sie hatte keinen anderen Gedanken, als zu gehorchen.

Sie setzte sich auf die Decke und ihr Blick glitt über seinen langen, sehnig-muskulösen Körper zu seiner Shorts, die zu viel von dem verdeckte, was sie sehen wollte. „Was nun? Soll ich dir mit deiner Shorts helfen?"

„Nein! Ich will, dass du dich benimmst. Leg dich hin und lass mich dich ansehen."

Sie lehnte sich zurück, legte die Arme lässig unter ihren Kopf und sah zu ihm auf. Wenn er dachte, er wäre hier der Boss, dann hatte er sich getäuscht. Sie kreuzte elegant ihre Knöchel. Sie wusste, dass ihm gefiel, was er sah, als sich die Seide seiner Boxershorts bewegte. Er wollte sie genauso sehr wie sie ihn, tief in sich.

Statt gehorsam zu sein, setzte sie sich auf, kniete vor ihm und fuhr mit ihren Nägeln an seinen Beinen hoch, umkreiste seine Knie, bevor sie schnell unter seine Boxershorts glitt und sie herunterzog. Bevor er sie aufhalten konnte, umschloss sie seine Erektion mit ihren Händen, strich über seine Haut, erkundete mit ihren Fingern Form und Beschaffenheit und neckte mit den Fingerspitzen den festen, schweren Hodensack.

Er murmelte Worte, die sie nicht verstand, als sie ihn in ihren Mund gleiten ließ, ihn kostete und so tief wie möglich in ihren Mund saugte, bevor sie sich zurückzog und die im Mondlicht glänzende Spitze leckte. Nun war sie es, die stöhnte. So sehr sie es auch genoss, seinen Körper mit ihrer Zunge zu erkunden, sie wollte das, was sie in ihren Händen hielt, an einer ganz anderen Stelle spüren.

Sie ließ ihre Hand zwischen ihre Beine gleiten, fühlte wie feucht sie für ihn war, und hob ihren feuchten Finger, um ihn über ihn zu streichen. Dann sah sie zu ihm auf. Er hatte jede ihrer Bewegungen beobachtet. Er schüttelte den Kopf. „Was machst du nur mit mir, Rory?" Seine Stimme war rau vor Verlangen.

„Ich verführe dich." Sie stand auf, hielt seine Erektion in ihren Händen und rieb sie gegen sich. Sie keuchte und schloss die Augen angesichts der intensiven Lust, die das auslöste. Sie hob ein Bein, das er mit seiner Hand fing, während sie ihn näher dorthin führte, wo sie ihn haben wollte, ihn durch ihre feuchten Falten gleiten ließ, während sie ihn küsste, ihre Zunge erst seine Lippen und dann seinen Mund umkreiste.

Er zog sich als Erster zurück, seine Augen vor Verlangen brennend, als er sie in seine Arme hob und tief in sie eindrang, ohne den Blick von ihren Augen zu lösen. Sie schloss die Augen und keuchte, als seine Größe und Länge sie vollständig ausfüllte.

Noch immer verbunden trug er sie zur Decke, ihre Münder fanden jedes Stückchen Haut, das sie erreichen konnten, küssend, kostend, während sie sich fest an ihn klammerte.

Sie sanken gemeinsam zu Boden. Er zog ihre Hände nach oben, hielt sie über ihrem Kopf fest und glitt aus ihr heraus. Sie schlang ihre Beine um ihn, hob ihre Hüften an und er drang erneut tief in sie ein.

Mit jedem Stoß in sie hinein steigerte sich die Spannung, bis sie sich nicht länger zurückhalten konnte und ihre lauten Schreie die Nacht erfüllten. Er erstickte ihre Schreie mit seinem Mund und zog sich dann zurück, um sich auf den Rücken zu rollen.

Sie verlor keine Zeit und rollte sofort auf ihn, setzte sich rittlings auf ihn.

„Rory", warnte er.

Sie lächelte und beugte sich vor, sodass ihre Brüste vor seinen Lippen hingen. Er stöhnte und kostete erst die eine, dann die andere Brust, saugte ihre Brustwarzen hart. Er zog seinen Mund zurück und beobachtete sie, während ihre Hände sich mit ihm beschäftigten. Sie bewegte sich und wollte sich gerade auf ihn schieben, als er ihre Hüften fest umfasste, sodass sie sich nicht auf ihn setzen konnte.

„Nein!", rief sie, verzweifelt danach verlangend, ihn in sich zu spüren.

„Wir können nicht, Rory. Wir haben keine Kondome dabei."

Sie wollte nichts davon hören, was sie benutzen sollten oder nicht. Alles, was sie wusste, war, dass sie nichts zwischen ihnen haben wollte. In diesem Moment wollte sie einfach nur seine Frau sein, vollständig und komplett. Sich ihm hingeben für alles, was er ihr gegeben hatte und noch geben könnte.

„Nein!", sagte sie noch bestimmter, nahm ihn in die Hand und rieb ihn gegen ihre feuchten Falten.

Wieder diese gemurmelten Worte, die sie zwar nicht verstand, deren Bedeutung sie aber kannte. Sie setzte sich auf und glitt langsam über seine Länge, bis er vollständig in ihr war. Sie saß da, die Augen geschlossen, und ließ die köstlichen Empfindungen durch ihren Körper strömen. Dann bewegte er sich leicht und exquisite Gefühle durchzuckten sie. Sie stöhnte und umklammerte seine Schultern, öffnete die Augen und sah seinen Blick auf sich ruhen, der sie in sich aufnahm.

Seine Haut war dunkel, vom Mondlicht durch ihren Körper beschattet, während sie sich auf ihm auf und ab bewegte. Das einzige Helle waren seine Augen - das Unanständigste an ihm. Es war das Erotischste, was sie je gesehen hatte. Sie umklammerte seine Schultern fester, während sie sich hob und senkte, immer wieder, ihr Haar über seine Schultern und Brust streichend, ihre Lippen und Brüste knapp über ihm schwebend, sich senkend und ihn fast berührend und dann wieder von ihm weg. Seine Hände lagen um ihre Hüften, hielten sie aber nicht mehr zurück, sondern führten sie, hielten sie still und ließen sie dann los im Takt ihres eigenen Rhythmus... und seinem.

Die Empfindungen beherrschten ihren Körper und

Geist vollkommen. Sie war wie eine Sklavin der Gefühle, die sein Körper in ihrem auslöste. Ihre ganze Welt konzentrierte sich auf diesen einen Moment, diese eine Empfindung, die ihren Körper völlig in ihrem Bann hielt. Sie machte weiter, bewegte sich bis zum Ende seiner Länge, bewegte sich leicht, bevor sie sich auf ihn herabsenkte, ihn ganz in sich aufnahm, belohnt von einem Ausdruck schmerzhafter Ekstase, als er kurz die Augen schloss.

Seine Hände verließen ihre Hüften, ließen sie tun, was sie wollte, und er streichelte ihre Brüste, während sie sich weiter bewegte, die sich aufbauenden Empfindungen in ihr zunehmend. Ihre Bewegungen wurden schneller, bis sie auf ihm auf und ab pumpte und laut aufschrie, als sie von einem überwältigenden Orgasmus erfasst wurde. Sie brach auf ihm zusammen und er schlang seine Arme um sie und küsste sie.

Langsam normalisierte sich ihre Atmung und sie rollten sich zur Seite. Er strich ihr das Haar aus dem Gesicht und küsste sie, dann begann er sich zurückzuziehen.

„Nein!", sie rutschte noch weiter auf seine harte Form. „Geh nicht."

„Das ist nicht richtig."

„Aber ich liebe dein Gefühl." Sie griff nach unten und streichelte um ihn herum und unter ihn, zog sich von ihm herunter und dann wieder auf ihn.

Er stöhnte. „Viel mehr davon und es gibt kein Zurück mehr." Er zog sich aus ihr zurück. „Nein, Rory." Aber sie blieb hartnäckig, berührte, küsste, bewegte sich gegen ihn, brachte ihn dazu, sie genauso zu wollen wie sie ihn. Und es funktionierte.

Er stöhnte, rollte sie auf den Rücken und stieß in sie. Sie hob ihre Hüften und schlang ihre Beine um ihn, hielt sich an seinen Schultern fest, während er unerbittlich und wiederholt in sie stieß, bis er kam. Sie legte ihre Hände auf seinen Po, spürte die kleinen Stöße, als er seinen Samen tief in sie ergoss.

Er murmelte etwas Unverständliches und rollte von ihr herunter, küsste sie vollständig und meisterhaft und zog sich dann zurück. „Rory...“

Sie kuschelte sich enger an ihn. „Ja?“ Sie lächelte an seiner Brust und küsste ihn. Es fühlte sich so richtig an in seinen Armen zu liegen, ihr Körper angenehm müde, ihr Geist zum ersten Mal ruhig.

Er seufzte und ihr Name entwich mit diesem Seufzer „Rory...“

Sie war weggedämmert und öffnete plötzlich die Augen. „Hmm?“ Ihr Bewusstsein driftete wieder weg und sie öffnete die Augen, bevor sie diese flattern und zuklappen ließ, und ihr Atem sich seinem Rhythmus anpasste – dem Muster des Schlafes.

Die Nacht verging in einem Rausch aus Liebemachen und Schlafen, bis sie im frühen Morgenlicht erwachte und Sahmir halb angezogen dasitzen und sie beobachten sah.

„So viel zur Selbstbeherrschung“, sagte er. „Es tut mir leid, Rory. Ich hätte nicht-“

Sie rollte sich zu ihm und brachte ihn mit ihren Lippen zum Schweigen. „Entschuldige dich nicht. Es war meine Schuld. Du warst so galant und hättest deine Selbstbeherrschung bewahrt, wenn ich mich dir nicht aufgedrängt hätte. Ich entschuldige mich. Trotz meiner großen Worte war ich noch nie gut in Selbstbeherrschung. Meine Mutter hat immer gesagt, ich sei viel zu eigensinnig für mein eigenes Wohl.“

„Also hätte ich dir nicht glauben sollen, als du sagtest, du seist ein vernünftiger Erwachsener.“

„Leider gar nicht.“ Sie griff nach seiner Hand. „Ich schätze, das war Wunschdenken meinerseits.“ Sie setzte sich auf.

„Wenn du baden möchtest, gibt es eine mobile Dusche außerhalb der Hütte.“

„Perfekt.“

Sie ging zur Hütte, drehte die Dusche auf und stellte sich darunter, drehte sich unter dem warmen Wasser und hatte vage das Gefühl, sie sollte sich schuldig fühlen, sich schämen oder irgendetwas. Aber das tat sie nicht. Alles, was sie fühlte, war Hunger nach mehr.

Sie kamen vor der Morgendämmerung in Qusayr Zarqa an, angelockt von der Aussicht auf Kondome. Sahmir fuhr direkt in die Garage.

„So, Rory.“ Er begann sie zuzudecken. Sie stöhnte und ließ ihre Hand sein Bein hochgleiten. Er fluchte und zog ihre Hand weg. „Rory, konzentriere dich.“ Er zog ihren Schal um sie. „Überall werden Angestellte sein.“

„Aber ich will dich.“

Er küsste sie viel länger als beabsichtigt. Und als er sich zurückzog, war er wieder am Anfang, mit Rorys geöffnetem Reißverschluss der Shorts und ihrem aufgeknöpften Oberteil. Er erinnerte sich vage daran, ihre Knöpfe geöffnet zu haben. Er küsste sie noch einmal, diesmal keuscher. „Sobald wir an den Bediensteten vorbei sind, können wir tun, was wir wollen."

Sie seufzte. „Du meinst, du willst nicht, dass ich halb ausgezogen durch die Halle laufe und aussehe, als hätte ich gerade wilde, leidenschaftliche Liebe in der Wüste gemacht."

„Genau. Du hast es erfasst." Er richtete ihr Oberteil, strich ihr erfolglos durchs Haar und lachte. „Irgendwie glaube ich, sie werden es sowieso erraten. Ich kann nichts gegen deinen Gesichtsausdruck tun, noch gegen diese Lippen." Er drückte seinen Finger gegen sie, während er die Stirn runzelte. „Geschwollene Lippen." Er fluchte wieder.

Sie packte sein Hemd und hielt ihn fest an sich. „Ich weiß, ich hätte nicht darauf bestehen sollen, aber mit dir so Liebe zu machen war... nun ja, perfekt."

Sein Gesicht wurde weicher. „Das war es. Aber es hätte nicht passieren dürfen. Nicht ohne Kondom."

„Nein. Aber ich kann es nicht bereuen."

Er küsste sie. „Ich auch nicht. Jetzt lass uns hoch ins Schlafzimmer gehen. Dort gibt es genügend Kondome."

Mit einer schnellen Bewegung richtete sie ihre Kleidung, schnappte ihre Sachen und stieg aus dem Auto.

Viel später lagen sie Seite an Seite und lauschten den morgendlichen Geräuschen des Schlosses, das seiner täglichen Routine nachging, und Rory bewegte ihren Arm, der über Sahmirs Brust lag. Sie hatte gedacht, er würde schlafen, bis er ihren Arm wieder packte und ihn zurück auf seine Brust legte, einmal darauf klopfte und seine Hand dort ließ, damit sie ihn nicht wieder bewegen konnte. Und das tat sie nicht.

Als Sahmirs Atem wieder in den Schlaf überging,

schob Rory ihre andere Hand hinter ihren Kopf und schaute hinaus, durch den Raum, durch das gewölbte Fenster, das dem bewaldeten Wadi folgte, dessen Blaugrün am frühen Morgen lebendiger wirkte. Es war wirklich ein wunderschöner Ort. Aber es war nicht ihr Zuhause. Nicht ihr Heim. Und das würde es nie sein.

Als sie zuerst in Ma'in angekommen war, war sie erleichtert gewesen. Sie war dem Russen entkommen. Alles, was er hatte tun können, war, ein paar Fotos von ihnen machen und veröffentlichen zu lassen. Mehr nicht. Hier war sie außerhalb seiner Reichweite. Selbst jetzt, mit der Gewissheit des Rückblicks, wusste sie, dass sie es nie alleine geschafft hätte, nie herausgekommen wäre, wenn es nicht wegen Sahmir gewesen wäre. Sie drehte ihren Kopf, um ihn anzusehen.

Er war so ein gütiger Mann, so unterhaltsam, so liebevoll und so verdammt sexy. Sie verstand immer noch nicht wirklich, wie er es geschafft hatte, in letzter Minute eine nächtliche Spielrunde mit dem Russen zu arrangieren. Sahmir hatte ihr erzählt, dass er, als er entdeckt hatte, dass sie aus dem Hotel entführt worden war, ein Spiel mit dem Russen arrangiert hatte. Sie hatte seine Worte für bare Münze genommen, aber jetzt begann sie sich zu fragen, wie er das in so kurzer Zeit hatte bewerkstelligen können.

Sie seufzte. Zweifellos konnte jemand mit Sahmirs königlichen Verbindungen alles erreichen. Selbst ohne die Verbindungen, dachte sie zärtlich, während sie seine gutaussehenden Züge bewunderte, könnte er jeden zu fast allem überreden.

„Hör auf, mich so anzusehen." Er öffnete ein Auge.

Sie stützte sich auf einen Ellbogen und schaute ihn weiter an. „Wie hast du das gemacht?"

„Ich bin äußerst clever." Er setzte sich im Bett auf und gab ihr einen kurzen Klaps auf den Hintern, bevor er aufstand und sich streckte. „Das solltest du besser über mich wissen, bevor du erwägst, mich zu täuschen. Nun, Mademoiselle Aurora. Zeit aufzustehen. Wir haben einen langen Tag vor uns."

„Solange wir draußen auf Pferden sind und es viel zu essen gibt, wird es mir gut gehen."

Sie stand auf und umarmte ihn, drückte ihren nackten Körper leicht gegen seinen. Seine Reaktion kam sofort. Sie zog eine Augenbraue hoch, als sie nach unten sah, dann wieder zu ihm hoch, während sie sich zurückzog. Er griff nach ihr, verfehlte sie aber. „Okay, mein äußerst cleverer Prinz. Werd damit fertig. Ich gehe duschen." Sie schloss und verriegelte die Tür gerade noch, bevor er sie erreichte.

„Warte nur. Das kriegst du zurück."

Sie lachte, während sie die Dusche anstellte. Sie war sich sicher, dass er das würde. Und sie war sich genauso sicher, dass es ihr gefallen würde.

Rory hatte sich noch nie so müde gefühlt, oder so entspannt, so... befriedigt.

Die Badezimmertür wurde aufgeschoben und Sahmir kam heraus, ein Handtuch locker um die Hüften gebunden. „Sieh dich an, Rory! Du siehst aus wie eine Liebesgöttin."

Sie blickte an ihrem Körper hinunter, der bis auf ein weißes Laken, das sich um ihr eines Bein geschlungen hatte, nackt war. Sie wackelte mit dem Po. „In dem Fall solltest du wohl herkommen und mich anbeten, bevor ich noch eine Dusche nehme."

Er schüttelte lachend den Kopf, während er nach seinem Hemd griff. Aber sie konnte an der Bewegung unter seinem Handtuch sehen, dass ihre Worte die gewünschte Wirkung hatten. „Du, Mademoiselle, bist unersättlich."

„Da bin ich anderer Meinung. Ich denke, einmal noch würde reichen."

„Nein. Ich habe heute Morgen Besprechungen in der Stadt. Ich habe keine Zeit."

Sie schmollte, die Herausforderung in seinen Worten gab ihr die nötige Energie. Sie rollte sich auf den Bauch und als er am Bett vorbeikam, griff sie nach seinem Handtuch und warf es quer durchs Zimmer, sodass er nur noch mit einem offenen Hemd und einer deutlichen Erektion dastand. „Komm her, ich kann dir damit helfen."

Sie streckte die Hand aus, aber bevor sie ihn berühren konnte, packte er sie, strich mit seinen Händen über ihren Po, glitt unter ihre Hüften und zog sie zu sich.

Sie schrie überrascht auf und quietschte dann, als er ihren Po gegen seinen Körper manövrierte und sie ihn dort spürte, wo sie ihn wollte, zwischen ihren Beinen.

„Du, Aurora" - während er mit einer schnellen Bewegung in sie eindrang und ihr Lachen in Stöhnen verwandelte - „bist *eine*" - er stieß wieder zu und betonte seine Worte - „sehr" - noch ein Stoß - „ungezogene" - noch ein Stoß - „Frau" - noch ein Stoß.

Jeder Stoß brachte sie näher an den Rand und dann hielt er inne, tief in ihr, während er vorne mit seinen Fingern spielte. Sie keuchte und wand sich gegen ihn. Dann zog er seine Finger zurück.

„Tut mir leid", keuchte sie, „was hast du gesagt?"

Er wiederholte seine Aktionen nicht einmal, sondern zweimal. Sie hatte das Gefühl, er hätte den ganzen Tag so weitermachen können. Aber das brauchte er nicht. Mit dem letzten Stoß kamen sie beide und rollten zusammen aufs Bett. Sie lag in seinen Armen, immer noch mit dem Rücken zu ihm.

Er streichelte ihren Bauch und ihre Brüste, während er ihren Nacken und Rücken küsste. „Ich muss gehen. Aber ich komme heute Abend wieder."

Er rollte vom Bett und ging ins Bad.

Das Wort ‚heute Abend' wärmte sie und sie rollte sich auf die Seite und schaute aus dem Fenster in den hellen Himmel. Es würde einen Abend und ein Morgen mit Sahmir geben. Und wer weiß, welche Möglichkeiten danach. Sie seufzte, schloss die Augen und driftete in den Schlaf.

*Zwei Tage später...*

Rory schaute auf den schlafenden Sahmir hinab und dachte, sie sei noch nie so glücklich gewesen. Er war genauso körperlich wie sie... genauso unersättlich wie sie. Mit jedem Tag wurden ihre Gefühle für ihn stärker, obwohl sie versuchte, sie im Zaum zu halten. Schließlich würde sie nicht für immer hier bleiben.

Sie vermisste ihre Familie. Sie sprach oft mit ihnen und wusste, dass sie in Sicherheit und so glücklich wie möglich waren. Aber mit jeder Woche, die verging, ohne dass es Fortschritte bei der Rückeroberung ihres Besitzes von dem Russen gab, wuchs ihre Entschlossenheit, nach

Europa zurückzukehren, egal, welche Risiken sie auf sich nahm. Sie blickte wieder zu Sahmir. Und mit jedem Tag, den sie mit Sahmir verbrachte, vertieften sich ihre Gefühle für ihn und verstärkten ihre Verwirrung.

Sie küsste ihn und überlegte einen Moment, ob sie Zeit hätte, ihn zu wecken. Aber ein Blick auf die Uhr machte dieser Idee ein Ende. Sie hatte Arbeit zu erledigen.

Sie schwang ihre Beine aus dem Bett.

„Wo gehst du so früh hin?" Sahmir streckte verschlafen seine Hand aus und erwischte Rory, zog sie zurück.

„Schön für dich, wenn man Prinz ist, aber *manche* Leute müssen hier arbeiten, weißt du." Sie beugte sich hinunter und küsste ihn.

„Na ja", sagte er, als sie ihre ganze Selbstdisziplin zusammengenommen hatte und sich losreißen konnte. „Lass mich wenigstens zusehen, wie du dich anziehst."

Sie warf ihm einen Blick zu und ging ins Bad. „Keine Chance. Ich weiß, wohin das führen würde."

„Zurück ins Bett?", bot er hoffnungsvoll an.

Sie nickte. „Und dafür habe ich keine Zeit. Ich habe gesagt, ich würde Bodenproben an der Biegung des alten Wadis nehmen."

Sahmir setzte sich im Bett auf und runzelte die Stirn. „Ich hoffe, du gehst nicht allein."

Sie schüttelte den Kopf. „Ich erinnere mich an das, was du gesagt hast. ‚Nimm immer bewaffnete Wachen mit.' Und das tue ich."

Sahmir brummte, sah aber nicht zufriedener aus. „Das ist jetzt wichtiger denn je. Das alte Wadi verläuft nahe bei Hadramout. Safiyeh gibt ihr Bestes, aber das Land steht am Rande des Chaos." Er schwang seine Beine aus dem Bett. „Ich komme mit dir."

Sie drehte sich zu ihm um und ließ ihren Blick genüsslich über ihn wandern. Es hatte seine Wirkung. Er wollte nach ihr greifen, aber sie trat einen Schritt zurück. „Wenn du mitkommst, wird keiner von uns Arbeit erledigt bekommen. Es ist in Ordnung. Ich habe drei Wachen organisiert, die mitkommen. Mach dir keine Sorgen. Mir wird nichts passieren. Du hast sowieso heute Morgen das Treffen mit dem Außenminister in der Stadt. Das kannst du nicht verpassen."

„Nein", er zog sie trotzdem an sich, presste sich gegen ihren Rücken, seine Hände strichen über ihren Bauch und dann weiter, bis sie scharf die Luft einzog. „Das kann ich nicht verpassen. Ich komme heute Abend zurück. So früh ich kann. Und dann müssen wir uns etwas Dauerhafteres überlegen."

Sie runzelte die Stirn, schälte seine Hände ab und ging ins Bad. „Bis heute Abend dann." Sie schloss die Tür und lehnte sich einen Moment dagegen. Etwas Dauerhafteres? Was meinte er damit? Was wollte er? Wenn man es genau nahm, dachte sie, während sie anfing zu duschen, was wollte *sie*? Sie hatte immer nur eines gewollt - ihr Anwesen, Senlisse. Aber jetzt konnte sie es nicht haben. Trotzdem konnte sie sich nicht vorstellen, irgendwo anders zu leben, nicht einmal in diesem dramatisch schönen Land.

Sie hätte Sahmir nie erlauben sollen, sie zu küssen, nachdem sie aus dem Badezimmer gekommen war, dachte sie, während sie nach den Wachen auf dem kleinen Gelände Ausschau hielt, das rund um die Mine entstanden war.

*Das* war das Problem gewesen, entschied sie, als sie die Tür schloss und seufzte. Keine Wachen – sie waren bereits zu ihrem nächsten Einsatz aufgebrochen. Ihr Blick fiel auf einen Lastwagen. Nein, sie hatte Sahmir versprochen, nicht allein rauszugehen. Sie ging zurück ins Gebäude, setzte sich an ihren Schreibtisch, öffnete ein paar Akten und warf einen Blick in den Terminkalender. Verdammt. Einer der Ingenieure flog morgen zurück nach Europa und wollte die Proben vorher noch analysiert haben. Was sollte sie tun? Hier sitzen und Däumchen drehen, nur weil ein Mann überfürsorglich war? Oder es riskieren?

Sie schaute auf ihre Uhr. Wenn sie nicht jetzt losfuhr, würde es später zu heiß sein. Sie würde nicht lange brauchen. Sie musste nur ein paar Bodenproben holen, damit die Wissenschaftler heute ihre Arbeit beenden konnten. Wenn sie wartete, würde sich das Projekt verzögern. Sahmir war überfürsorglich. Ihr würde hier, so weit weg von Frankreich, nichts passieren. Wenn der Russe sie hätte verfolgen wollen, hätte er es längst getan. Und jetzt war er laut Sahmirs Ermittlungen in größere Angelegenheiten verwickelt – irgendwelche Probleme mit rivalisierenden Banden, wenn die Berichte des Privatdetektivs stimmten.

Außerdem würde Sahmir es nie erfahren. Sie grinste, nahm die Schlüssel vom Schreibtisch und ging zielstrebig zum Lastwagen.

Sahmir legte das Telefon auf und rieb nachdenklich seine Lippe. Er stand von seinem Schreibtisch auf und streckte sich. Sein überstrapazierter Körper erinnerte ihn an Rory. Er stöhnte leise auf, als er daran dachte, wie er mit ihr geschlafen hatte. Er konnte nicht genug von ihr bekommen. Doch dann verschwand sein Lächeln.

Er hatte sie angelogen.

Ja, er hatte ein Treffen mit dem Außenminister gehabt, aber nicht mit dem von Ma'in. Er hatte gerade sein Gespräch mit dem Außenminister von Roche beendet, dem Fürstentum, in dem Senlisse, Rorys Anwesen, lag. Es war nicht das erste dieser Gespräche gewesen, aber es sah danach aus, als wäre es das letzte. Sahmir hatte ihn schließlich davon überzeugt, dass die Regierung von Roche wirklich nicht wollte, dass die russische Mafia ein beträchtliches Anwesen innerhalb ihrer Grenzen besaß. Der Hinweis auf einige wenig bekannte Fakten über die *Solntsevskaya Bratva* hatte den Ausschlag gegeben. Der

Minister hatte zugestimmt, alle möglichen Gesetzeslücken auszunutzen, um zu verhindern, dass der Russe in den Besitz des Landes kam.

Er hatte Rory nichts davon erzählt, weil er nicht wollte, dass sie sofort zu ihrem geliebten Anwesen zurückkehrte. Da der Russe sich über dem Gesetz stehend sah, war es dort immer noch nicht sicher für sie. Aber er kannte sie, kannte ihre Verbundenheit zu ihrem Land. Und er musste sich auch eingestehen, dass er auf einer ganz egoistischen Ebene nicht wollte, dass sie ging.

Es war wirklich schön hier, dachte Rory, als sie zu den Blättern aufblickte, die sich in der leichten Wüstenbrise wiegten. Die einzigen Geräusche waren das Rascheln der Blätter und das Wasser, das über die Steine im Flussbett plätscherte.

Schön, aber irgendwie unheimlich. Sie wandte sich schnell wieder ihrer Arbeit zu und konzentrierte sich darauf, die Etiketten auf die Flaschen zu schreiben und sie wieder in ihre Tasche zu packen, als sie erstarrte – ihre Haut kribbelte am ganzen Körper und ein Schweißtropfen lief ihr den Rücken hinunter.

Sie schaute auf. Vor ihr standen zwei Männer, ihre Gesichter waren durch Tücher und Sonnenbrillen verdeckt. Aber ihre Augen fixierten die Waffen, die beide trugen. Nicht über die Schulter gehängt, sondern in den Händen, auf sie gerichtet.

„Hey! Wer seid ihr? Was wollt ihr?" Ihre Stimme war zittrig, nicht so stark, wie sie gehofft hatte.

Eine Reihe unbekannter Worte wurde ausgestoßen. Es

klang wie eine Frage. Aber keine freundliche. Sie hatte keine Ahnung, was sie gesagt hatten, aber sie waren nicht auf sie zugekommen. Sie machte einen Schritt rückwärts, in Richtung des geparkten Trucks. Sie schüttelte den Kopf. „Ich verstehe nicht, was ihr sagt."

Sie wiederholten die Worte. Aber bevor sie sich bewegen konnte, trat der größere Mann vorne einen Schritt vor. Er stieß sie mit dem Lauf seiner Waffe zurück und musterte ihr Gesicht. Sie stolperte rückwärts. Sie hielt ihre Arme weit ausgestreckt. „Ich habe nichts hier. Kein Geld, keine Drogen... nichts!"

Er sprach wieder in einer Sprache, die sie noch nie gehört hatte, aber sie verstand den Kern. Er war nicht freundlich. Er schaute nirgendwo anders hin als auf sie. Er stieß ihr wieder mit der Waffe in den Bauch und sagte etwas, als hätte er etwas Lustiges gesagt. Der andere Mann lachte, als der erste sie noch einmal mit der Waffe anstieß.

Sie stolperte zurück und drehte sich schnell um, entschlossen wegzurennen, nur um sich von einem weiteren Mann festgehalten zu finden, der von hinten aufgetaucht war. Auch er war in Gewänder und Tücher gehüllt. Nur die untere Hälfte seines Gesichts war sichtbar, und ein Großteil davon war von einem Vollbart bedeckt.

„Was wollt ihr?"

„Wollen?", wiederholte er mit stark akzentuiertem Englisch. „Sie natürlich." Dann spürte sie, wie der erste Mann ihr ein chemisch riechendes Tuch aufs Gesicht presste. Sie kämpfte, versuchte sich zu wehren, während der Griff der Männer sich verstärkte. Dann schien plötzlich alle Energie aus ihr zu weichen. Das Letzte, was sie sah, bevor sie das Bewusstsein verlor, war einer der Männer, der sie eindringlich anstarrte, sein widerlicher Atem in ihrem Gesicht. Dann wurde alles schwarz.

Sahmir wirbelte herum, ungläubig – Wut und Angst kämpften um die Vorherrschaft. „Ihr habt was? Was zum Teufel habt ihr euch dabei gedacht? Ihr hattet strikte Anweisungen-"

„Wisst ihr, wohin sie gegangen ist?", unterbrach Tariq die verängstigten Wachen.

„Ja, Eure Königliche Hoheit, wir haben den Truck gefunden, den sie benutzt hat."

Sahmir lief von einer Seite des kleinen Raums zur anderen. „Sonst nichts? Keine Spur?"

„Nichts. Außer ihrer Tasche mit Erd- und Wasserproben. Ihre Geldbörse war nicht da, aber der Rest, der zurückgelassen wurde, war definitiv von ihr."

Sahmir lehnte sich erschöpft gegen die Wand. „Sie wurde nicht ausgeraubt. Sie trug nie Geld oder Kreditkarten bei sich – oder überhaupt eine Brieftasche. Geld interessiert sie nicht, und in der Wüste braucht man es sowieso kaum. Es ging ihnen nicht ums Geld. Es ging ihnen um sie."

„Habt ihr die Beduinen-Fährtenleser einen Blick darauf werfen lassen?", fuhr Tariq fort.

„Ja, Eure Hoheit. Sie haben Pferdespuren über die Berge bis zur Grenze nach Hadramout verfolgt."

„Sieht aus, als würden sie zum Hafen wollen. Sie haben den langen Weg gewählt, um die Grenzwachen zu umgehen", sagte Sahmir. Er schloss die Augen und stellte sich die Szene vor – seine Rory, gefesselt und über den Rücken eines Pferdes geworfen, während unbekannte Männer sie immer weiter von ihm wegbrachten.

„Es scheint so, Eure Hoheit.“

Tariq nahm das Telefon. „Ich werde unsere Männer darauf ansetzen.“

„Und ich informiere Safiyeh“, sagte Sahmir. „Sie wird helfen, wenn sie kann. Ich mache das unterwegs.“

„Unterwegs wohin?“

„Nach Hadramout natürlich. Wir sollten sie auf ihrem Weg zum Hafen abfangen.“ Sahmir blickte zu Aarif. „Mach den Helikopter bereit. Wir fliegen sofort los.“

Rory wachte auf und stöhnte. Sie versuchte zu schlucken, aber ihr Mund und Hals waren ausgetrocknet. Sie öffnete ihre Augen und stellte fest, dass sie unter einem niedrigen überhängenden Felsen lag. An einer Seite des Überhangs konnte sie einen Streifen des dunkelblauen Abendhimmels sehen, der bereits mit Sternen übersät war. Sie versuchte ihre Hände und Füße zu bewegen, aber sie waren fest gefesselt und sie zuckte zusammen, als die Bewegung die Seile tiefer in ihre wunde Haut drückten.

Sie lag regungslos da und versuchte, ihre Lage zu erfassen. Sie musste mindestens acht Stunden bewusstlos gewesen sein, vielleicht länger. Sie hörte Stimmen aus der Ferne und das Knistern eines Feuers. Sie drehte den Kopf zur Seite und roch den Geruch von gebratenem Fleisch. Trotz ihrer Übelkeit knurrte ihr Magen. Zwischen zwei hohen Büschen bewegten sich lange Schatten um ein Feuer. Es schienen nur drei zu sein - wahrscheinlich dieselben drei, die sie gefangen genommen hatten. Ein Schauer durchlief ihren Körper und kalter Schweiß trat ihr auf die Stirn. Ihr war übel und sie fröstelte. Womit zum Teufel hatten sie sie betäubt?

Waren es nur die drei? Könnte sie entkommen? Sie sah sich um. Wenn sie aufstehen könnte, könnte sie sich irgendwohin schleppen. Aber wohin? Sie hatte keine Ahnung, wo sie war und in welche Richtung sie gehen sollte. Der Boden, auf dem sie lag, war felsig, und sie schienen sich am Grund eines V-förmigen Gebirgspasses zu befinden. Sie mussten in die Berge hinaufgestiegen sein, die die Grenze zwischen Hadramout und Ma'in markierten.

Sie rollte sich auf den Bauch und drückte sich mühsam hoch. Aber plötzlich ertönte ein Schrei und die Männer waren über ihr.

„Bleib stehen!"

„Runter!"

Zwei der Männer schrien sie an, als wäre sie ein Hund.

„Nein!", krächzte sie. „Wasser, gebt mir Wasser."

Der Mann, der sie gestern von hinten überrascht hatte und dessen Englisch besser war als das der anderen, nickte einem zu, der zum kleinen Lager zurückging und ihr eine Flasche Wasser brachte.

„Wohin bringt ihr mich?", fragte sie den ersten Mann. Er war offensichtlich der Anführer.

Er zuckte mit den Schultern. „Zu dem Mann, der uns bezahlt hat, dich zu finden, natürlich." Er grinste, ein faulzahniges Grinsen. „Du kannst nichts tun, also setz dich... trink."

Der zweite Mann kam mit der Flasche. Sie deutete auf ihre Hände, aber er schüttelte den Kopf. Stattdessen führte er die Flasche an ihren Mund, spritzte ihr Wasser ins Gesicht und dann in den Mund, lachend während sie würgte und das kostbare Wasser hinunterschluckte.

Sie drehte sich zur Seite und hustete. Die Männer wandten sich ab, als wollten sie zu ihren Plätzen am Lagerfeuer zurückkehren. „Wartet!", würgte sie zwischen

Hustenanfällen hervor. „Was auch immer dieser Mann euch zahlt, ich verspreche euch mehr."

Sie lachten. Der Boss sah sie fast mitleidig an. „Es gibt niemanden mit genug Geld, der mich dazu bringen könnte, diesen Mann zu hintergehen."

„Doch, den gibt es! Ich kann das arrangieren!"

Aber ihre Worte verhallten ungehört, während sie zu ihrer Mahlzeit und ihren Zigaretten zurückkehrten.

Sie blieb noch einige Minuten stehen, aber sie fühlte sich schwach und erschöpft, und ihre Knöchel pochten unter den engen Fesseln. Plötzlich wurde ihr klar, dass es eine sinnlose Energieverschwendung war, und sie setzte sich wieder hin. Sie würde ihre Energie sparen – das würde sie tun – und wenn es völlig dunkel war und sie schliefen, würde sie versuchen zu fliehen. Sie legte sich wieder hin. Was auch immer sie ihr gegeben hatten, es war starkes Zeug. Sie fühlte sich völlig erschöpft. Sie würde ihre Augen schließen... nur für eine Weile... ausruhen... dann würde sie fliehen.

Sie wurde durch das Unbehagen der holprigen Steine geweckt, auf denen sie lag. Und der Geruch. Jemand hatte eine ekelhafte Decke über sie geworfen, während sie geschlafen hatte. Sie konnte nicht entscheiden, ob der vorherrschende Geruch Schweiß oder Pferdemist war. Schweiß, entschied sie schließlich. Es war zu widerlich für Pferdemist.

Das Feuer war heruntergebrannt, aber sie konnte gerade noch die drei schlafenden Gestalten erkennen, dunkle Klumpen vor dem Licht der sterbenden Glut. Sie sollte sich jetzt bewegen, aber als sie versuchte, ihre geschwollenen Hände und Füße zu bewegen, wusste sie, dass sie nirgendwohin gehen würde. Stattdessen legte sie sich zurück und schaute zu den Sternen hinauf, von denen Sahmir ihr erst vor Wochen erzählt hatte.

Sie schluckte ein Schluchzen hinunter. Es waren dieselben Sterne, sagte sie sich. Irgendwo schaute Sahmir auf sie und fragte sich, wo sie war. Nein, nicht fragen, ermahnte sie sich streng. Er würde ihnen folgen. Er würde warten, bis es dunkel war, und dann würde er seinen Zug machen. Ihre Augen brannten, während sie versuchte, sie offen zu halten, zu lauschen, zu beobachten, auf Sahmir zu warten. Er *würde* kommen. Sie wusste, dass er kommen würde. Wenn sie die Sterne zählte, einen nach dem anderen, würde er ankommen, wenn sie bei hundert wäre... fünfhundert...

Sie schreckte hoch, ihr Herz hämmerte, ihre Augen waren wachsam. Sie schaute sich in der kleinen Lichtung um, in der sie ihr Lager aufgeschlagen hatten, und bemerkte, dass es bald dämmern würde. Sie spürte auch etwas... sie wusste nicht was. Aber sie fühlte sich gedrängt, sich aufzusetzen. Jemand war in der Nähe. Sie wusste es. Sie konnte es spüren. Es lag eine Spannung in der Luft. Es war dunkler als zuvor, da das Feuer ausgegangen war, aber die Drogen mussten aus ihrem System verschwunden sein, und sie spürte ein Kribbeln der Wahrnehmung ihren Rücken hinunterlaufen. Sie kämpfte sich zum Stehen und dann legte sich eine Hand um ihren Mund. Sie versuchte zu schreien, aber dann zog er sie an seine Brust und sie roch ihn, diesen wunderbaren Duft, von dem sie nie genug bekommen konnte.

Sie drehte ihren Mund zu seinem Gesicht und hauchte seinen Namen: „Sahmir...“

Selbst aus dieser Nähe konnte sie ihn nicht richtig sehen, aber er legte seinen Finger auf ihre Lippen und sie nickte zustimmend. Leise, ganz leise, hob er sie hoch und übergab sie an jemand anderen, der von der Szene wegging und weiter ging. Sie wand sich in den Armen dieses Mannes. Sie wusste, dass er einer von Sahmirs Männern war, aber sie wollte Sahmir nicht verlassen. Außer Sichtweite der Männer stellte er sie auf die Füße und durchschnitt ihre Fesseln. Sie rieb ihre Handgelenke und bewegte ihre Füße. Während die Aufmerksamkeit des Leibwächters von den anderen Männern abgelenkt war, die dort ebenfalls auf irgendein Signal warteten, schlich sie sich zurück, um zu sehen, was vor sich ging.

Das frühe Morgenlicht begann in die Lichtung zu sickern, und sie konnte deutlich sehen, dass die Männer zahlenmäßig weit unterlegen waren. Es hätte ihre Sorgen lindern sollen, aber stattdessen war sie außer sich vor Angst. Über den drei Männern stand, ganz allein, Sahmir.

Alles geschah so schnell. Plötzlich packte Sahmir den Anführer und zog ihn auf die Füße. Der Mann fing an, in seiner Sprache zu stammeln und verbeugte sich unterwürfig, jetzt, wo er wusste, dass er in der Unterzahl war, aber Sahmir wiederholte immer wieder dieselben Worte. Sie konnte sie nicht richtig verstehen. Was auch immer Sahmir sagte, es brachte den Mann nur zu weiterem zusammenhanglosen Gestammel. Sie ging etwas näher heran. Und dann hörte sie es zum dritten Mal.

„Haben Sie sie angefasst?"

Diesmal folgten den Worten ein Fausthieb gegen den Kiefer des Mannes. Er wurde ohnmächtig. Sahmir wandte sich den anderen Entführern zu, die von seinen Männern festgehalten wurden, und Rory konnte sehen, dass er im Begriff war, dieselbe Frage zu stellen. Sie trat hinter ihn und legte ihre Hand auf seinen Arm. Sahmir drehte sich um, und Rory wäre unter seinem wutentbrannten Blick fast zurückgewichen. Aber sie tat es nicht.

„Sahmir, ich bin's. Und nein, sie haben mich nicht angefasst. Mich nur gefesselt. Das ist alles. Sahmir?" Langsam verschwand die blinde Wut aus seinen Augen und Sahmir kniff die Augen fest zu, öffnete sie wieder und zog sie in seine Arme.

„Was zum Teufel hast du dir dabei gedacht, Rory?", fragte er wütend, während er ihr einen Kuss auf den Kopf gab.

Sie hätte nicht antworten können, selbst wenn sie gewollt hätte – so fest war sie an seine Brust gedrückt.

„Ich habe dir gesagt, du sollst nirgendwo ohne deine Leibwächter hingehen, aber du hast nicht gehört."

Sie war so eng an ihn gepresst, dass sie seinen Herzschlag durch ihren Körper vibrieren spürte – sein Blut pochte, als wäre es ihr eigenes. „Es tut mir leid", murmelte sie. „Bitte..." Sie drückte ihre Handflächen gegen seine Brust und versuchte, sich von ihm zu lösen. Es gelang ihr gerade so weit, dass sie sehen konnte, wie die Wut durch Tränen ersetzt worden war. Nein, er war nicht mehr wütend, er hatte Angst.

Er küsste sie wieder. „Tu das nie wieder, Rory. Du hättest sterben können."

„Aber das bin ich nicht. Ich bin nicht gestorben, Sahmir."

Ob ihre Worte ihn beruhigten oder nicht, hätte sie nicht sagen können. Er hob sie auf seine Arme und trug sie, ihren Kopf und Körper fest an sich gedrückt, den Weg zurück zu den Fahrzeugen, die inzwischen eingetroffen waren, um sie nach Ma'in zurückzubringen.

Sie erwachte durch ein sanftes Licht, das gegen ihre

geschlossenen Lider drückte. Sie öffnete die Augen und sah das helle Sonnenlicht des Palastes in Ma'in City, gefiltert durch zugezogene Vorhänge. Sie seufzte und streckte ihre Beine aus, kreiste ihre noch schmerzenden Knöchel und drehte sich um, um Sahmir zu sehen, der sie beobachtete. Er stand auf und setzte sich aufs Bett. „Guten Morgen, Schlafmütze."

Sie grinste und streckte sich. „Wie lange habe ich geschlafen?"

„Hoffentlich lang genug, um dich von deiner Tortur zu erholen."

Sie gähnte und fühlte sich sehr zufrieden. „Nein wirklich, wie lange?"

„Etwa sechs Stunden. Die Nachwirkungen der Droge, die sie dich einatmen ließen, vermute ich."

Sie begegnete seinem Blick und in diesem Moment waren ihre Ängste offensichtlich. „Es war erschreckend, Sahmir. Ich dachte, ich würde dich oder meine Familie nie wiedersehen. Ich dachte, der Russe hätte mich diesmal erwischt. Denn er war es, der dahintersteckte, oder?"

Sahmir nickte zustimmend. „Er war es."

„Aber warum? Ich verstehe nicht, warum er sich so viel Mühe gegeben hat, nur für meine Unterschrift." Sie schaute zu Sahmir hinüber, der die Stirn runzelte, der Ausdruck in seinen Augen ernster als je zuvor. „Sahmir? Was ist los? Gibt es etwas, das ich nicht weiß?"

Er zögerte, dann nickte er einmal. „Wir haben die Männer verhört, die dich entführt haben. Sie haben bestätigt, was ich bereits wusste. Es ging ihm nicht nur um deine Unterschrift. Erinnerst du dich an den Kampf, den du gesehen hast? Als der Russe ein Messer gegen jemanden zog? Er hat in dieser Nacht tatsächlich einen

Mann getötet und du warst Zeugin. Er wollte zuerst deine Unterschrift und dann wollte er sicherstellen, dass du nichts gegen ihn aussagen würdest."

„Wie? Wie wollte er das erreichen?" Sie lachte unsicher.

Aber Sahmir lachte nicht. „Das willst du wirklich nicht wissen, Rory."

Sie setzte sich hin, plötzlich schwach. „*Mon Dieu!* Er wollte mich umbringen."

„Möglicherweise, oder etwas anderes Extremes tun, um dich vom Reden abzuhalten. Was auch immer seine Pläne waren, sie wären sicher nicht angenehm für dich gewesen. Es tut mir leid, ich hätte es dir früher sagen sollen. Ich wollte dich beschützen und ich wollte, dass du dich sicher fühlst."

„Also werde ich nie von ihm frei sein?"

„Doch, das wirst du. Ich habe mich bisher an die Regeln gehalten. Alles legal gemacht. Aber ich weiß Dinge, die die Polizei interessieren werden. Ich war dabei, habe Dinge gesehen, die sie wissen wollen, Dinge, die helfen sollten, ihn für immer aus unserem Leben zu verbannen."

„Aber ich kann ihnen erzählen, was ich gesehen habe."

„Auf keinen Fall. Du hältst dich da raus. Ich kümmere mich darum."

„Aber-"

„Nein, Rory. Es ist nicht mehr dein Kampf. Es ist eine Sache zwischen ihm und mir." Er küsste sie sanft auf die Lippen. „Jetzt schlaf weiter, ruh dich aus, werde gesund. Du bist hier sicher und ich werde dafür sorgen, dass du immer sicher bist."

Trotz seiner Versicherungen überkam sie ein unbehagliches Gefühl des Erstickens. „Und was wirst du tun?"

Er wandte sich ihr zu, das lächelnde, charmante Gesicht ihres Sahmir war jetzt völlig verschwunden. „Ich werde diese Angelegenheit ein für alle Mal beenden."

Als die Tür ins Schloss fiel, legte sich Rory zurück aufs Bett. Sie hatte keine Wahl, sie fühlte sich noch so schwach. Trotz der Schwäche gab es ein Flattern von Angst in ihrem Inneren, und das lag nicht nur am Russen. Sie hatte Angst um Sahmir. Und sie hatte auch Angst davor, in diesem schönen Palast von einem Mann gefangen zu sein, der zu viel Angst hatte, sie frei zu lassen.

Die Stimme von Sahmirs Schwester – die Stimme des Mitgefühls und der Vernunft – schwebte in seine Gedanken. Sie hatte ihm immer gesagt, Ärger nach Möglichkeit zu vermeiden. Aber wenn er dann doch kam, damit umzugehen. Was auch immer nötig war, um aus Unrecht Recht zu machen – einfach tun.

Als Kind hatte das bedeutet zuzugeben, dass er es war, der den Kricketball ins Gewächshaus geworfen hatte, und beim Aufräumen zu helfen, statt es wie andere den Bediensteten zu überlassen.

Nun, er steckte nicht in Schwierigkeiten, aber die Frau, die er liebte, und das war dasselbe.

*Ensiyeh, wo auch immer du bist, schau weg.*

Er drehte sich zurück zum Schreibtisch und scrollte durch seine Telefonkontakte. Er hatte sich jahrelang in den Kreisen des Russen bewegt. Er wusste Dinge, die für die vielen Feinde des Russen sehr interessant wären.

Zeit, schmutzig zu spielen.

*Was auch immer nötig ist, Ensiyeh, um aus Unrecht Recht zu machen.*

Sahmir beendete gerade sein Telefonat, als Tariq den Raum betrat. Aber er drehte sich nicht um. Stattdessen goss er sich einen kräftigen Whiskey ein. „Willst du auch einen?", fragte er Tariq.

„Feierst du oder ertrinkst du deinen Kummer?"

Sahmir antwortete nicht sofort. Stattdessen nahm er einen Schluck Whiskey und wartete, bis der Alkohol in seinen Blutkreislauf gelangte. „Ich ertränke nicht meinen Kummer."

„Aber du feierst auch nicht?"

Sahmir schüttelte den Kopf. Er hatte lange vermieden zu tun, was er gerade getan hatte, weil er wusste, welches Chaos es sowohl persönlich als auch politisch verursachen könnte. Aber man hatte ihn dazu gezwungen.

„Sahmir, was hast du getan?"

Er holte tief Luft. „Was ich tun musste."

„Ich hoffe, du hast nicht die Sicherheit Ma'ins gefährdet, um Rory zu beschützen?"

Sahmir blickte zum ersten Mal, seit er den Raum betreten hatte, zu seinem älteren Bruder. Tariq stand mit verschränkten Armen und gerunzelter Stirn da. Sahmir kannte diese Haltung. Tariq hatte nicht vor, Sahmirs Büro zu verlassen, bis er wusste, was Sahmir getan hatte.

Er seufzte und ging zum Fenster. Die Sonne würde bald aufgehen. Er war die ganze Nacht wach gewesen und hatte mit den richtigen Leuten gesprochen... und den falschen Leuten, bis er sein Ziel erreicht hatte.

„Das hat nichts mit Ma'in zu tun; es kann nicht zu mir zurückverfolgt werden. Ich habe Informationen weitergegeben, die für die französische Polizei interessant wären, über Vadim. Belastende Informationen über den Tod eines anderen Russen. Informationen, die ihn hinter Gitter bringen werden."

Tariq verengte die Augen. „Und wie erfolgreich wird die Polizei bei der Strafverfolgung Vadims sein?"

Sahmir lächelte. „Nicht sehr. Deshalb habe ich sichergestellt, dass ein bestimmtes Mitglied der Polizei – sehr hochrangig – informiert wird."

„Weil?"

Sahmir drehte sich dann zu Tariq um, sein Blick fest. Er wollte sehen, wie Tariq das aufnahm, was er ihm gleich sagen würde. „Weil er von einer rivalisierenden Gang zu Vadims bezahlt wird."

Tariq nickte langsam. „Und der ermordete Mann... ich vermute, er war Mitglied dieser rivalisierenden Gang?"

Sahmir nickte.

„Du überlässt es der rivalisierenden Gang, Gerechtigkeit an Vadim zu üben."

Wieder nickte Sahmir.

„Das ist gefährliches Spiel. Du hast dich entschieden, die russische Mafia zu destabilisieren, um Rory zu schützen."

„Du willst damit sagen, dass Vadims Gang jemals stabil war?"

„Du weißt genau, was ich meine."

„Das tue ich. Und ich hatte keine Wahl. Es ist getan."

„Also... was jetzt?"

„Wir warten. Es sollte nicht lange dauern. Für diese Leute ist das Timing alles. Ich habe eine tickende Zeitbombe gelegt. Es wird nicht lange dauern, bis sie explodiert."

„Weiß Rory davon?“

„Nein. Sie muss die Details nicht kennen.“

„Weil sie dann wüsste, wie weit deine Verbindung zu Vadim zurückreicht.“

Sahmir zuckte zusammen. Er hasste es, an diese dunkle Zeit erinnert zu werden. Nicht dass er in irgendein Verbrechen verwickelt gewesen wäre, aber schon am Rande der Welt des Russen zu sein, hatte ausgereicht, um ihn anzuwidern. Und würde sie sicherlich auch anwidern. „Ich hätte es lieber, wenn sie das nicht wüsste. Und sie muss es auch nicht.“

„Mir soll's recht sein.“

Sahmir trank seinen Whiskey aus und ging zurück zum Schreibtisch, nahm sein Handy und steckte es in die Tasche. „Ich gehe jetzt zu Rory. Ich sage dir Bescheid, wenn es Neuigkeiten gibt.“

„‚Wenn‘, nicht ‚falls‘?“

„Oh ja, Tariq. Vadim lebt auf geborgte Zeit.“

Tariq schüttelte grimmig den Kopf und Sahmir verließ das Büro. Ihm war schlecht. Er fühlte sich genauso übel wie der Russe und seine Bande. Aber es hatte keinen anderen Weg gegeben. Solange Vadim lebte, würde Rory nie sicher sein. Er ging langsam die Treppe hinauf, hielt vor Rorys Zimmer an und ging dann weiter in sein eigenes. Er konnte niemandem – nicht einmal Rory – jetzt gegenübertreten.

Stattdessen nahm er das Foto seiner Schwester von der Kommode und erinnerte sich an Bruchstücke der Vorträge, die sie ihm früher gehalten hatte. Meide Ärger. Um jeden Preis meide Ärger. Und dann der Teil, den er die letzten vierundzwanzig Stunden im Kopf behalten hatte. Aber wenn dir Ärger begegnet, kümmere dich darum – entschlossen und effektiv.

Ensiyeh, meine wunderschöne Schwester, du wärst stolz.

Aber selbst als er die Worte flüsterte, zweifelte er in seinem Herzen daran.

Rory lag auf der Seite im Bett und schaute auf die Blumen, die das Fenster umrahmten, leuchtend in der frühen Morgensonne, und fragte sich, was mit Sahmir los war. Seit sie aus der Wüste zurückgekehrt waren, war er angespannt gewesen. Selbst in der Nacht konnte er nicht stillhalten und war die meiste Zeit verschwunden gewesen.

Ein Klopfen an der Tür riss sie aus ihren Gedanken.

„Herein!"

Sahmir trat ein und ging ans Fußende des Bettes, kam nicht wie üblich zu ihr, begrüßte sie nicht mit einem Lächeln und Kompliment, sondern stand einfach da, sein Gesichtsausdruck ernst.

Sie setzte sich sofort auf. „Sahmir, was ist los? Du verhältst dich so seltsam. Du musst es mir sagen."

„Der Russe – Vadim – er ist tot. Es gab einen großen Mafia-Aufstand in Europa mit Toten auf beiden Seiten."

„Tot?" Rory schluckte. „Tot? Ich glaube es nicht? Wie?"

„Anscheinend haben seine rivalisierenden Banden von einigen Gräueltaten erfahren, die er an einigen ihrer Mitglieder begangen hat. Sie haben sich gerächt."

„Aber wie haben sie davon erfahren..." Ihre Stimme

verstummte, als sie zu ihm aufblickte. Etwas stimmte nicht.

„Vadim ist tot", sagte er, ohne ihre Frage zu beantworten. „Das ist alles, was wichtig ist. Du bist jetzt sicher."

Sie lehnte sich an ihre Kissen zurück, geschockt. *„Dieu merci!* Ich kann es nicht glauben! Ich bin frei von ihm. Ich kann nach Europa zurückkehren, meine Familie wiedersehen." Dann runzelte sie die Stirn. „Aber was wird aus dem Anwesen? Senlisse?"

Er kam herüber, setzte sich neben sie und nahm ihre Hand in seine. „Mit dir. Meine Anwälte haben mit deiner Regierung zusammengearbeitet, die nicht besonders erfreut war zu erfahren, dass ein Mitglied der *Solntsevskaya Bratva* nun eines ihrer ältesten Anwesen beanspruchte. Sie werden mehr als glücklich sein, dich und deine Familie wieder als Eigentümer einzusetzen."

„Bist du sicher?"

„Ich bin sicher. Das haben sie mir gesagt."

„Du warst ja *sehr* beschäftigt." Dann sah sie ihn wieder an und runzelte die Stirn. Da war noch etwas. Sie konnte es in Sahmirs Augen sehen. Dies waren die besten Nachrichten für sie beide und dennoch... irgendwie war alles zu ordentlich. Zu schnell nach ihrer Entführung. Etwas stimmte nicht. Irgendwie war Sahmir verwickelt. Das musste er sein. „Wie hast du das gemacht, Sahmir?"

Er zog sich von ihr zurück. „Ich habe es dir gesagt, meine Anwälte."

„Du weißt, was ich meine."

In diesem Moment klopfte es an der Tür und Sahmir, offensichtlich froh über die Unterbrechung, öffnete sie, führte ein kurzes Gespräch mit jemandem und kam dann mit einem Stapel Zeitungen zurück.

„Was ist das? Hat es etwas mit dem Russen zu tun?"

Er runzelte die Stirn. „Ich weiß nicht. Etwas, von dem Aarif meint, dass ich es sofort sehen sollte."

Sie stand aus dem Bett auf, zog einen Morgenmantel an und trat neben ihn, als er eine der Zeitungen auf dem Tisch ausbreitete. Sobald er sie aufschlug, sah sie das Foto. Er versuchte, es zu schließen, aber ihre Hand hielt es fest an Ort und Stelle.

Die Gefühlswelle, die sie überkam, als sie sah, wen das Bild zeigte, war fast überwältigend. Obwohl das Foto körnig und übervergrößert war, gab es keinen Zweifel, dass in der Mitte, am Tisch mit einigen anderen Männern, ihr Vater saß. Sie keuchte auf. „Das ist Papa!"

Die Tränen schossen ihr in die Augen und sie nahm die Zeitung und ging zum Fenstersitz, um etwas Privatsphäre zu haben. Sie drückte ihre Handkante fest gegen ihre Stirn und versuchte, die Tränen zurückzuhalten, aber sie kamen trotzdem.

Sie hielt die Zeitung in zitternden Händen und verschlang das Bild ihres Vaters mit den Augen. Sie war so versunken in den Anblick seines geliebten Gesichts, dass es einige Minuten dauerte, bis ihr Blick zu den Männern um ihn herum wanderte. Das Foto war offensichtlich ein Schnappschuss, heimlich aufgenommen, ohne Rücksicht auf Schärfe, Licht oder Pose der Personen. Niemand lächelte. Ihr Vater runzelte untypisch die Stirn, sein Gesicht leicht verschwommen, als hätte er sich eine Sekunde vor der Aufnahme umgedreht.

Dann sah sie ihn. Der Russe, direkt in die Kamera blickend, mit einem selbstgefälligen Ausdruck im Gesicht, als wüsste er, dass das Foto gemacht wurde. Als hätte er es für seine eigenen hinterhältigen Zwecke arrangiert. Sie keuchte. „Er ist es." Sie wollte es gerade weglegen, als sie die Person auf der anderen Seite des Russen sah. Es war Sahmir. Sie keuchte auf und ließ die Zeitung fallen.

Er hob sie auf. Betrachtete sie lange, sein Gesichtsausdruck unverändert, und sah dann zu ihr auf, mit Augen, die sie noch nie gesehen hatte. Sie waren hart. Angst durchfuhr sie. „Sahmir..." Ihre Stimme war heiser, das Wort nur ein Flüstern. „Was..." Sie brachte keine weiteren Worte heraus.

„Was ich dort mache?" Er blickte wieder auf das Foto. „Ich spiele Blackjack mit dem Russen und deinem Vater. Ich hatte Vadims Vorliebe für unangemessene Fotos vergessen. Immer nützlich für Erpressungen."

„Du-" Sie leckte sich über die Lippen und schluckte, ihr Mund plötzlich zu trocken zum Sprechen. „Du kanntest meinen Vater."

„Ja. Und es sieht so aus, als wollte Vadim sicherstellen, dass du es erfährst." Er warf die Zeitung hin. „Ohne zu wissen, dass es eine seiner letzten Handlungen sein würde, bevor er getötet wurde." Er drehte sich wieder zu Rory um. „Ja, ich kannte deinen Vater."

„Du hast mit meinem Vater Karten gespielt."

Er seufzte schwer. „Ich wusste anfangs nicht, dass er dein Vater war. Aber ja. Ich habe Blackjack mit ihm gespielt."

„Du hast mit ihm Karten gespielt", wiederholte sie und versuchte verzweifelt zu verstehen. Sie blickte wieder auf die Zeitung. „Du sitzt neben ihm. Du kanntest ihn. Und trotzdem hast du mir nichts gesagt." Sie sah in Sahmirs Augen, wollte die Zweifel, die ihren Verstand füllten, auslöschen. „Warum hast du es mir nicht erzählt?"

„In dieser ersten Nacht? Ich wusste nicht, dass ihr

verwandt seid." Er schüttelte den Kopf. „Und danach? Was hätte es gebracht? Ich wollte dich nicht beunruhigen."

„Du wolltest mich nicht beunruhigen?"

Er fuhr mit seinen Händen ihre Arme hinauf und hielt sie fest. Sie schüttelte sie ab und wich zurück. „Rory, tu das nicht. Es ist nicht so, wie es scheint."

„Es *scheint*, dass du meinen Vater kanntest, mit ihm Karten gespielt hast, ihn wahrscheinlich geschlagen hast. Wie viel hast du gewonnen? Ist das der Grund, warum du es mir nicht gesagt hast? Wie viel Geld hat mein Vater über die Jahre an dich verloren? Hast du mit dem Russen zusammengearbeitet?" Sie wandte sich ab und strich sich die Haare aus dem Gesicht, während sie versuchte, diese neuen Fakten über Sahmir zu verarbeiten. „Ich war so dumm. Du kanntest den Russen, weil du mit ihm und meinem Vater gespielt hast. Warst du dabei, als mein Vater das Anwesen verlor? Mit einem anderen Blatt hättest du das Anwesen gewonnen, statt des Russen? Ihr habt ihn gemeinsam ruiniert."

„Nein! So war es nicht."

Sie sprang auf. „Wie war es dann verdammt noch mal?" Sie nahm ihm die Zeitung ab und drehte sie um, hielt ihm das Bild vors Gesicht. „Mein *Vater*. Sein *Leben*. Mein *Anwesen*. Alles zerstört. Und du wusstest die ganze Zeit davon. Du warst wahrscheinlich dabei, als es passierte. Und trotzdem hast du mir nichts gesagt. Du bist genauso schlimm wie der Russe."

„Nein." Er packte sie. „Nein! Hör mir zu, Rory. Es ist nicht so passiert."

„Dann sag mir, wie es *wirklich* war."

„Ja, ich kannte deinen Vater. Vor Jahren, als ich stark gespielt habe, kannte ich ihn. Dann hörte ich auf und er nicht." Er seufzte. „Vor ein paar Wochen fing ich wieder damit an. Ich war da, in der Nacht, als er Senlisse verloren haben muss, aber ich verließ das Spiel früh. Ich hatte getan, was ich tun musste, um die Gelder für Ma'in zu bekommen."

„Ich dachte, du hättest sie durch eine französische Investmentfirma aufgebracht?"

„Das habe ich. Und ich habe es an den Spieltischen aufgestockt."

„Du hast das aufgebrachte Geld riskiert?"

„Nein. Ich wusste, dass ich es nicht verlieren würde. Was ich riskierte, war mein Verstand. Siehst du, ich hatte diesem Lebensstil vor Jahren den Rücken gekehrt. Aber ich habe mich verändert. Ich bekam, was ich wollte, und war dabei, Paris zu verlassen, als du aufgetaucht bist."

Plötzlich verließ sie alle Kampfeslust und sie sank in den Stuhl. „Warum hast du das Spiel nicht beendet?"

„Ich habe es versucht. Aber dein Vater wollte unbedingt weiterspielen. Ich konnte nichts tun, um zu helfen. Er steckte zu tief drin mit den falschen Leuten. Ich hatte solche Menschen schon früher gesehen. Nur noch ein Spiel und dann würde alles gut werden. Nur noch ein Wurf der Würfel, noch eine Kartenrunde."

„Es gab nichts, was du tun konntest, also bist du gegangen?" Sie schloss kurz die Augen und versuchte, ihre Wut nicht nur auf Sahmir, sondern auch auf ihren Vater zu beherrschen.

„Du denkst, ich hätte nicht mit ihm gesprochen, du denkst, ich hätte es nicht versucht? *Natürlich* habe ich das. Er hörte mir zu, sagte mir, dass es für ihn zu spät sei, und ging direkt wieder hinein. Ich konnte nicht bleiben."

„Nein, du konntest nicht bleiben. Und deshalb hast du

mir geholfen. Nicht nur aus Freundlichkeit. Sondern aus *Schuld*."

Sie hob ihre Hand, um Sahmir vom Weitersprechen abzuhalten. Sie konnte es nicht ertragen, von den letzten Stunden im Leben ihres Vaters zu hören - wie hilflos er gewesen war.

„Du hast mich getäuscht, Sahmir. Ich dachte, du wärst anders als der Russe, dabei warst du sein Freund, du warst genauso wie er."

„Rory, ich habe nie behauptet, perfekt zu sein. Ich habe Fehler gemacht, ich habe Dinge getan, die ich bereue, aber *nicht* das. Ich hatte nichts damit zu tun, dass dein Vater Senlisse verloren hat."

„Vielleicht nicht, aber du warst Teil dieser Welt, die ich hasse. Und irgendwie bist du in den Tod des Russen verwickelt. Stimmt's?"

Sahmir schwieg.

Sie trat wieder zurück, entsetzt über all das, was sie nicht über Sahmir wusste - ihr Vertrauen in ihn erschüttert. Sie wandte sich ab und fuhr mit den Fingern durch ihr Haar, ihren Kopf umklammernd.

„Lass mich erklären, Rory."

„Nein."

Er bewegte sich nicht. „Du willst nichts hören, was ich zu sagen habe?" Sahmir streckte die Hand nach ihr aus, aber sie stieß ihn weg und sah sich um.

Plötzlich fühlte sie sich panisch, eingesperrt. „Ich muss hier raus."

Er legte seine Hand auf ihren Arm und seine Finger schlossen sich zu fest um sie. „Geh nicht so. Lass uns darüber reden."

Sie schüttelte den Kopf. „Es gibt nichts mehr zu sagen. Lass mich los."

Die Stille dehnte sich aus und langsam lockerte er seinen Griff um ihren Arm.

Sie holte tief und scharf Luft, ohne ihm in die Augen zu sehen. Sie schüttelte den Kopf. „Ich hätte mir nie vorstellen können... Ich hätte nie gedacht..."

„Lass mich erklären."

Sie sah ihm dann in die Augen. „Wozu? Unterm Strich? Du bist genauso schlimm wie all die anderen."

War er genauso schlimm wie der Russe? Sahmir sank gegen die Wand zurück, als dieses Wort - Schuld - wieder in seinen Kopf hämmerte und dort blieb, während er es von allen Seiten betrachtete. Hatte sie Recht? War es ein Schuldgefühl, weil er nicht hart genug versucht hatte, ihren Vater davor zu bewahren, alles zu verlieren, einschließlich sich selbst, das ihn dazu gebracht hatte, Rory retten zu wollen?

Sahmir lehnte sich gegen die Wand und beobachtete, wie sie das Telefon nahm und nach einem Platz im nächsten Flug aus Ma'in fragte. Sie war so verzweifelt darauf bedacht, ihn zu verlassen, dass es ihr egal war, wohin der Flug ging. Sie würde nach Frankreich und dann irgendwann nach Roche kommen. Wichtiger war, dass sie sofort von ihm wegkam.

Hatte sie Recht? War es Schuld? Vielleicht ein bisschen, aber nicht nur. Wessen Handlungen wurden jemals nur von einer Sache motiviert? Er hatte es getan, weil er es musste, und er konnte seine reinen Instinkte nicht von denen trennen, die durch Herzschmerz und Erfahrung geformt waren. Sie wurden eins. Er wartete, bis sie einen weiteren Anruf beendet hatte - diesmal bei seinem Fahrer.

„Du irrst dich, Rory. Als ich dich zum ersten Mal sah, hatte ich keine Ahnung, wer du warst oder mit wem du zu tun hattest. Ich bin dir nachgelaufen, ich wollte dir helfen, nicht aus irgendeinem Schuldgefühl heraus, sondern aus reinem Instinkt."

Die Wut in ihren Augen schwankte für einen Moment und offenbarte einen Schmerz, den er tief in sich spürte.

„Das mag stimmen, ich weiß nicht mehr, was ich glauben soll. Aber später musst du es herausgefunden haben. Und du bist zurückgekommen für mich." Sie bewegte sich herum, packte ihre Sachen und warf sie in einen Koffer. „Ich muss gehen. Ich muss hier raus."

„Was ist mit deiner Arbeit?"

„Sie können jetzt ohne mich weitermachen."

Er legte seine Hand auf ihren Arm. „Geh nicht so, Rory."

Er spürte, wie die Energie aus ihr wich. „Sahmir." Ihre Stimme war kaum ein Flüstern. Sie wandte sich ihm zu und die Traurigkeit und Enttäuschung in ihren Augen brachten ihn fast um. „Wie soll ich denn gehen? Soll ich höfliche Dinge sagen wie ‚Danke, dass du mein Leben gerettet hast, aber ich muss jetzt gehen?' Oder willst du, dass wir noch einmal miteinander schlafen? Hm?" Sie schüttelte den Kopf. „So funktioniert das nicht. Du hast meinen Vater allein gelassen, mit diesem, diesem *Mann*, der ihn fertiggemacht hat. *Uns* fertiggemacht hat", fügte sie leise hinzu.

Sahmir biss sich auf die Zunge. Er konnte ihr nicht die Wahrheit sagen - die Wahrheit, dass ihr Vater sich selbst fertiggemacht hatte. Nichts hätte ihn davon abhalten können, sich selbst zu zerstören.

„Du gehst zurück nach Frankreich?"

„Ja."

Es klopfte an der Tür. Sahmir ging hin und öffnete sie. Ein nervös aussehender Fahrer stand draußen.

„Entschuldigung, Frau Aurora bat mich, so schnell wie möglich zu kommen."

Sahmir beschwor eine Version seines üblichen höflichen Selbst herauf. „Sie wird gleich bei Ihnen sein. Gehen Sie, warten Sie im Auto." Er schloss die Tür. „Lass mich dich wenigstens fahren."

„Nein, Sahmir. Ich muss raus. Jetzt. Bitte, lass mich gehen."

„Nur wenn du mir versprichst, mich anzurufen, wenn du irgendetwas brauchst. Irgendetwas. Versprich es mir."

Sie schüttelte den Kopf. „Ich kann nichts versprechen. Ich kann kaum klar denken, ich bin so verwirrt, Sahmir. Ich dachte, ich würde dich kennen. Aber ich kenne dich überhaupt nicht und das macht mir Angst." Sie nahm ihre Taschen. „Ich will gehen."

Von ganzem Herzen wollte er sie festhalten, sie dort behalten, sie dazu bringen, der Vernunft zuzuhören. Aber er hatte nie etwas oder jemanden gegen deren Willen festgehalten und das würde er auch nie tun. Er trat beiseite.

Sie öffnete die Tür und ging in den Flur hinaus. Am Ende blieb sie stehen und drehte sich um, zögerte. Für einen kurzen Moment dachte er, sie hätte es sich anders überlegt, für einen kurzen Moment schien es möglich, dass ihre Augen effektiver kommunizieren könnten als alle Worte. Und dann drehte sie sich um und ging weg. Und der Moment war vorbei.

# KAPITEL 11

*Drei Monate später...*

Sahmir lehnte sich müde in seinem Stuhl zurück und stieß Daidans Fuß mit seinem an. Daidan, der weniger müde, aber genauso unwohl aussah, hörte auf, mit den Fingern auf der feinen Leinentischdecke zu trommeln und wandte sich mit hochgezogener Augenbraue an Sahmir. „Musst du wirklich meine Aufmerksamkeit erregen wie ein Sechzehnjähriger?"

Sahmir seufzte. „Ja." Er nahm einen Schluck Champagner und lehnte sich auf den Tisch, während er mit seinem Weinglas auf das glückliche Paar deutete, das weiter entfernt saß. „Sieh sie dir an. Ich habe Tariq noch nie so glücklich gesehen. Er kann seine Augen nicht von Cara lassen."

Ein flüchtiges Lächeln huschte über Daidans Gesicht. Das erste, das Sahmir gesehen hatte, seit er für die Hochzeit nach Ma'in zurückgekehrt war. „Sie ist eine bezaubernde Frau. Perfekt für Tariq."

„Ja, ich weiß. Ziemlich gutes Urteilsvermögen von mir."

Daidan warf Sahmir einen Blick zu, der deutlich zeigte, wie wenig er von seinem jüngeren Bruder beeindruckt war. „Du hast sie aufgrund ihrer Stimme verkuppelt. Ich glaube kaum, dass du dir da ein Verdienst anrechnen kannst."

Sahmir runzelte entrüstet die Stirn. „Doch, kann ich. Alles, was es brauchte, war ihre Synchronstimme für diese Schokoladenwerbung, und ich wusste, sie würde zu Tariq passen. Das erforderte ein gewisses Geschick."

Daidan schnaubte. „Was du dir vorgestellt hast, war eine verführerische Frau mit lockeren Moralvorstellungen, die Tariq eine Woche lang unterhalten würde."

„Ja, nun, ich mag mich in den Details geirrt haben, aber im Großen und Ganzen hatte ich Recht. Sie sind für die Ewigkeit bestimmt. Für immer zusammen... und"- er wedelte mit seinem Champagnerglas in der Luft- „der ganze Kram."

Daidan runzelte die Stirn. „Es sieht dir gar nicht ähnlich, so beiläufig und zynisch über die Liebe zu reden. Ich dachte, du wärst so eine Art Experte."

„Pah", schnaubte Sahmir verächtlich. Er trank noch mehr. „Ich bin genauso gut wie du."

Nun war es an Daidan zu trinken. „So schlimm?"

Sahmir nickte langsam. „Oh ja."

Sie tranken beide eine Weile schweigend. „Was ist aus dieser Frau geworden, Aurora, die vor ein paar Monaten hier war?"

Sahmir stellte sein Glas ab und seufzte. „Woher weißt du von ihr?"

„Tariq wollte wissen, ob ich etwas über sie wüsste. Er meinte, du hättest dich richtig in sie verliebt."

„Er hat sich geirrt. Warum sollte ich mich in jemanden verlieben, der kein Interesse an mir hat?"

„Das ist nicht logisch, aber Liebe ist es ja auch nicht, oder?"

Zum ersten Mal seit langem fragte sich Sahmir, ob Daidan seine Frau vermisste, die ihn am Hochzeitstag verlassen und nie zurückgekehrt war. „Hast du Taina geliebt?"

Daidans Gesichtsausdruck veränderte sich nicht. „Ja."

„Liebst du sie noch?"

Daidan zögerte keine Sekunde. „Ja. Aber das macht keinen Unterschied."

Sahmir blickte zurück zu Tariq und Cara, die leise miteinander redeten und nur Augen füreinander hatten. Er war schockiert von Daidans Geständnis. Daidan war immer so stark, so ausdruckslos gewesen, dass er fälschlicherweise angenommen hatte, ihn würden die Dinge, die ihm passiert waren, nicht berühren. „Du hast Recht. Das tut es nicht."

„Ich habe vor einem Jahr einen Fehler gemacht", fuhr Daidan mit der gleichen starken, sicheren Stimme fort, bar jeder Emotion.

„Was war das?"

Zum ersten Mal drehte sich Daidan zu Sahmir um, seine Augen trafen die seines Bruders und hielten sie allein durch pure Willenskraft fest. „Ich hätte ihr folgen sollen. Ich *hätte* die Dinge zwischen uns in Ordnung bringen sollen."

„Aber du kannst ihr doch sicher noch nachgehen? Weißt du, wo sie ist?"

Daidan lehnte sich in seinem Stuhl zurück. „Ja. Die Kreditkartenbelege hinterlassen eine Spur von einem glamourösen Resort zum nächsten. Einen Monat New York, dann Aspen, Dubai, die Malediven."

„Du zahlst immer noch ihre Rechnungen?"

„Natürlich. Schließlich hat sie immer noch Anteile an der Firma."

„Warum gehst du ihr dann nicht nach?"

„Für mich ist es zu spät. Aber für dich nicht. Wenn du diese Frau wirklich magst, dann geh zu ihr, sag es ihr, bring sie dazu zu verstehen, was du fühlst, und geh nicht, bis sie es begreift."

Sahmir begann den Kopf zu schütteln, aber Daidan packte seine Schulter fest. „Tu es einfach, Sahmir. Verbock es nicht wie ich."

Sahmir war sowohl von der Ausdrucksweise seines Bruders - Daidan fluchte nie - als auch von der Bedeutung seiner Worte verblüfft. „Sie hat beim Gehen klargemacht, dass sie nichts mit mir zu tun haben will."

„Weißt du, wo sie ist?"

„Ja. Sie lebt wieder auf ihrem Anwesen mit ihrer Mutter und Schwester. Ich habe Erkundigungen eingezogen. Ich musste wissen, ob es ihr gut geht, aber das war's auch. Sie hat kein Interesse - das hat sie deutlich gemacht."

„Menschen sagen im Eifer des Gefechts alle möglichen Dinge. Ignorier das, such sie auf."

„Nein, das kann ich nicht."

„Doch, kannst du." Daidan lehnte sich in seinem Stuhl zurück. „Fahr nach Frankreich und gewinn sie für dich."

„Sie für mich *gewinnen*! Für was hältst du mich?"

„Für einen verliebten Mann. Das ist keine Zeit für Unentschlossenheit."

„Du hast Recht, ist es nicht. Und ich habe mich entschieden, es ihr zu überlassen. Sie kennt die Wahrheit über mich und meine Vergangenheit, und wenn sie zu mir zurückkehren will, kann sie das tun."

Daidan zuckte mit den Schultern. „Das ist deine Entscheidung."

Sahmir lehnte sich in seinem Stuhl zurück. „Ja, das ist es. Rory ist der Vogel, der geheilt ist und davongeflogen ist."

Daidan runzelte die Stirn. „Wovon zum Teufel redest du?"

„Als ich ein Kind war...", begann Sahmir. Dann schüttelte er den Kopf. „Egal. Was ich sagen will ist, dass man kein lebendes Wesen, ein freies Wesen, für sich beanspruchen kann."

Nicht schlauer geworden, stand Daidan auf. „Ich habe keine Ahnung, wovon zum Teufel du redest, also gehe ich." Er blickte zu Tariq und Cara, die nur Augen füreinander hatten. „Irgendwie glaube ich nicht, dass ich vermisst werde."

Sahmir folgte Daidans Blick und wandte sich schnell ab, gepeinigt vom Anblick einer Liebe, die er nun nie erleben würde.

„Ich denke, ich werde auch Schluss machen."

Mit schwerem Herzen folgte er Daidan durch die leeren Korridore.

∼

*Senlisse, Roche*

Rory stieß die Gartengabel in den unkrautfreien Küchengarten und streckte ihren Rücken.

Sie atmete tief die frische Frühlingsluft ein und dankte dem Herrn, dass ihre Phase der Morgenkrankheit nur kurz gewesen war. Oder vielleicht war sie einfach verschwunden, weil sie, ihre Mutter und ihre Schwester alle glücklich wieder in Senlisse eingezogen waren.

Ihre Mutter sagte, das sei eine lächerliche Vorstellung. Morgenkrankheit sei Morgenkrankheit und man könne nichts anderes tun, als sie zu ertragen.

Rory war sich da nicht so sicher. Sie fühlte sich anders, seit sie zurück war. Sie hatten etwa einen Monat in St. Malo gewartet, bevor sie zurückkamen, nur um sicherzugehen, dass es keine Nachwirkungen gab. Aber sie brauchten sich keine Sorgen zu machen. Es schien, als sei die russische Mafia mehr daran interessiert, sich auf ihrem eigenen Territorium neu zu formieren, als sich mit einer ausländischen Macht herumzuschlagen, die zweifelhafte Ansprüche auf ein altes Anwesen in Roche erhob.

Sie blickte sich im sonnendurchfluteten Garten um und schätzte alles aufs Neue. Von den Obstbäumen, die jetzt in voller Blüte standen, bis zum gefleckten Sonnenlicht, das warm auf den Backsteinmauern des Küchengartens lag, und den würzigen Düften von Lavendel und Thymian, die die Luft erfüllten. Sie liebte es, fühlte sich hier im Frieden und dennoch... etwas fehlte. Nein, sie irrte sich. Jemand fehlte.

Sie griff in ihre alte Gartenjacke, zog die abgegriffene Einladung heraus, die sie vor einigen Wochen erhalten hatte, und las sie erneut, ihre Finger fuhren über die geprägten Buchstaben und die handgeschriebene Nach-schrift, als könnte sie etwas von der Person spüren, deren Unterschrift es war.

„Rory!"

Sie schaute auf und winkte ihrer Schwester Marie-Laure zu, die den Weg vom Schloss zu den ummauerten Gärten heraufkam, wo Rory arbeitete. Rory steckte die Einladung in ihre Tasche.

„Maman sagt, du solltest dich in deinem Zustand nicht so anstrengen."

„Maman macht sich zu viele Sorgen. Außerdem tut mir die frische Luft gut gegen die Übelkeit."

Marie-Laure verengte ihren Blick und studierte Rorys Gesicht. „Ernsthaft, wie fühlst du dich?"

Rory verzog das Gesicht. „Ich habe heute Morgen nicht erbrochen, also ist das gut."

„Gut." Marie-Laure runzelte die Stirn. „Warum bist du dann bleich wie ein Laken?" Sie hakte sich bei Rory ein. „Das kannst du mir erzählen, während wir zum Schloss zurückgehen. Maman hat Kaffee und Kuchen vorbereitet."

Während sie zum Schloss zurückgingen, zog Rory die Einladung heraus und reichte sie ihrer Schwester. Ihre Schwester las sie und pfiff leise, bevor sie sie zurückgab. „Also, worauf wartest du? Es wird Zeit, dass du zu Sahmir gehst und ihm sagst, dass er Vater wird."

„Ja, ich weiß. Ich werde gehen. Ich bin mir nur nicht sicher, wann." Sie klopfte mit der Einladung gegen ihre Handfläche.

„Ich verstehe nicht, warum du nicht schon früher gegangen bist. Du vermisst ihn offensichtlich."

„Vielleicht, aber ich habe nichts von Sahmir gehört...
bis hierzu."

„Ich weiß nicht, warum du überrascht bist, nach dem,
was du ihm gesagt hast."

„Ja, ich weiß. Ich dachte nur..." Sie seufzte.

„Jedenfalls diese Notiz – ich nehme an, sie ist von ihm
– ‚bitte komm'. Einfach, aber direkt. Das gefällt mir."

Rory nickte.

„Und dir auch, nach deinem verträumten Gesichtsausdruck zu urteilen."

„Ja, aber all diese Sachen mit Papa... und Sahmirs
Verbindung zu dem Russen... das hat mich einfach
umgehauen."

„Rory! Er hat sich des Russen entledigt, oder nicht?
Wir sind dank Sahmir wieder in unserem Zuhause, oder?
Komm schon, Rory, der Russe war ein böser Mensch. Er
hat bekommen, was er verdient hat."

Rory schüttelte den Kopf über ihre schöne blonde
Schwester. „Hat Maman dir nie beigebracht, dass ‚zwei
Falsch kein Richtig ergeben'?"

„Doch. Sie hat auch gesagt, wir sollten mit dem
zufrieden sein, was wir haben. Das habe ich auch nie
geglaubt."

Rorys Mund klappte auf, als sie ihre zierliche
Schwester beobachtete, die lächelte, die Tür öffnete und
ihre Mutter begrüßte. Sie war so zart, so engelhaft, und
hatte doch offenbar eine ebenso schwarz-weiße Sicht auf
das Leben wie Sahmir.

Rory setzte sich an den geschrubbten Eichentisch
neben den offenen französischen Fenstern, während
Marie-Laure durch die mit Steinplatten ausgelegte Küche

ging – gebaut in einer Größe für Dienstboten und Kochen, die nicht mehr benötigt wurde – und drei Tassen Kaffee einschenkte. Sie stellte zwei auf den Tisch und ging mit ihrer eigenen weg. „Maman! Sag Rory, sie soll zur Eröffnung des Stausees in Ma'in gehen. Sie hat eine Einladung bekommen, ist sich aber unsicher, ob sie hingehen soll. Ich überlasse euch das. Diese ganze Unentschlossenheit macht mich wahnsinnig." Damit verließ Marie-Laure den Raum.

Rorys Mutter warf ihrer ältesten Tochter einen nervösen Blick zu und setzte sich Rory gegenüber.

„Also." Sie lächelte unsicher. „Du kannst dich nicht entscheiden, ob du nach Ma'in gehen sollst, um Sahmir zu sehen?"

„Ich bin immer noch wütend, Maman... auf Sahmir... auf Papa."

„Lass es los, Rory. Es hat keinen Sinn, daran festzuhalten. Es gibt jetzt mehr zu bedenken als nur dich selbst."

„Ich brauche keinen Vater für mein Baby!"

Ihre Mutter schüttelte den Kopf und seufzte. „Du warst schon immer dickköpfig. Das hast du von deinem Vater geerbt, zum Glück nicht das andere."

„Warum nennst du Papas Spielsucht ,das andere'? Warum haben wir in unserer Familie die Dinge nie beim Namen genannt?"

Ihre Mutter nestelte an den Perlen herum, die sie noch immer um den Hals trug. Genau wie jeden Tag in Senlisse, wo sie von Sonnenaufgang bis Sonnenuntergang gearbeitet hatte, um das Chateau so aussehen zu lassen wie damals, als sie frisch verheiratet waren und noch Bedienstete hatten. „Weil unsere Familie so etwas nicht tat."

„Du meinst, die Wahrheit nicht aussprach?"

Ihre Mutter sah sie scharf an. „Wir haben die Dinge nicht in den Schmutz gezogen, haben nichts zerstört, wenn es nicht unbedingt nötig war."

Rory sprang vom Tisch auf und lief in der Küche auf und ab. „*Maman*, ich will nichts zerstören. Ich möchte einfach nur *wissen*, Papa *verstehen*. Es hätte alles einfacher gemacht."

„Vielleicht für dich. Aber solange er lebte, hätte es die Dinge für ihn nicht einfacher gemacht. Du hast deinen Vater vergöttert, und er hat dich vergöttert. Ihr beide hattet schon immer eine besondere Verbindung. Wie hätte ich das Bild zerstören können, das du von ihm hattest?"

„Es war das *falsche* Bild, *Maman*. Das *falsche* Bild."

„Nicht ganz."

Ihre Mutter wandte den Blick ab, der Kummer in ihrem Gesicht noch immer frisch, und Rory verspürte einen Stich von Schuld. „Es tut mir leid, Maman, aber-"

Die ältere Frau hob die Hand, um Rory vom Sprechen abzuhalten. „Albert war ein guter Mensch, in vielerlei Hinsicht ein liebevoller Mann. Er hatte nur ein Problem."

„Ein gewaltiges Problem."

„Ja, natürlich war es gewaltig. Es hat ihn zerstört. Aber nach seinem Tod, was hätte es für einen Sinn gehabt, dir alles zu erzählen, dir alles zu erklären?"

„Weil ich dann verstanden hätte, was passiert ist. Und wenn du es mir früher gesagt hättest, hätten wir ihm helfen können."

„Niemand hätte ihn retten können, Aurora. Nicht einmal du."

„Nicht einmal ich", wiederholte Rory leise. Sie schüttelte den Kopf und setzte sich wieder. „Vielleicht hast du

Recht. Vielleicht hätte ich ihm nicht helfen können. Aber wenn ich gewusst hätte, was los war, hätte ich wenigstens nicht andere beschuldigt."

„Aurora? Was meinst du? Wen hast du sonst beschuldigt?"

„Ich habe in den Zeitungen ein Foto von Papa gesehen, mit dem Russen, Vadim, und Sahmir. Ich dachte..."

„Ah, ich verstehe. Du dachtest, Sahmir wäre schuld. Sahmir, der dich aus den Fängen dieses schrecklichen Russen gerettet hat. *Dieser* Sahmir."

„*Dieser* Sahmir", wiederholte sie, obwohl sie sich nicht vorstellen konnte, dass es mehr als einen Sahmir auf der ganzen Welt gab.

„Der Sahmir, der dafür gesorgt hat, dass wir sicher sind und unsere Zukunft hier in Senlisse gesichert ist."

Rory ließ sich in den Stuhl zurückfallen und fühlte sich plötzlich erschöpft. „Ja, *dieser* Sahmir! Ach, Maman! Was habe ich nur getan?"

Ihre Mutter beugte sich vor und strich Rorys Haar aus dem Gesicht. „Ich weiß nicht, Rory. Aber es ist nie zu spät, die Dinge richtigzustellen. Fahr nach Ma'in, geh zur Eröffnung des Stausees, erzähl Sahmir von dem Baby und... schau einfach, was passiert."

„Ich glaube, es ist zu spät. Sahmir hasst mich. Ich habe ihn zurückgewiesen, ihm gesagt, dass ich ihn nie wiedersehen will. Er ist wahrscheinlich längst darüber hinweg. Hat jemand anderen gefunden."

„Natürlich. Und deshalb hat er dir eine Notiz geschrieben und dich gebeten, ‚bitte zu kommen' zur Eröffnung."

Rory zuckte mit den Schultern. „Er ist wahrscheinlich nur höflich."

„Fahr!"

„Wie soll ich das machen? Ich habe kein Geld, bin froh, wenn ich einen Tag überstehe, ohne mich zu übergeben, und der Vater meines Kindes hasst mich wahrscheinlich. Er ist bestimmt schon mit irgendeiner ausländischen Prinzessin verlobt." Sie biss sich auf die Lippe, aber eine Träne entwischte ihr und rollte über ihre Wange. Verlegen blickte Rory zu ihrer Mutter auf.

Doch statt Mitleid zu zeigen, stand ihre Mutter auf und stemmte die Hände in ihren Tweedrock. „Aurora Lucienne de Chambéry! Das sieht dir gar nicht ähnlich. Das sind deine Schwangerschaftshormone, die da sprechen. Wo ist meine praktische, energische Tochter geblieben? Hm? Nimm's wie es kommt."

„Wie?"

„Fang mit einer Entscheidung an. Danach wird alles andere einfach. Entscheide dich zunächst, deinen Zorn loszulassen. Sahmir ist *nicht* wie dein Papa. Er bewegte sich eine Zeit lang in derselben Welt wie er, aber er ist stärker, er hat überlebt und ist weitergegangen, anders als dein Papa. Sahmir hat getan, was er tun musste, um eine schlechte Situation entschlossen zu bereinigen. Es hätte für uns kein besseres Ergebnis geben können. Und das alles verdanken wir Sahmir."

Rory nickte.

„Und vergiss dein geliebtes Senlisse", fuhr ihre Mutter fort. „Es ist ein Ort. Was hättest du lieber? Einen Mann, den du liebst und der dich liebt, oder Senlisse?"

Rory zögerte nicht. „Sahmir."

Ihre Mutter hob das Kinn und lächelte breit. „Das war keine so schwere Entscheidung, oder?"

Rory schüttelte den Kopf, während sie die Taschentücher zwischen ihren Fingern drehte. „Aber wie kann ich ihn überzeugen, dass ich ihn liebe?"

„Nun, mein liebes Kind, das überlasse ich dir. Aber eines ist sicher, von hier aus wirst du es nicht schaffen."

Rory nickte. „Du hast wie immer Recht." Sie stand auf und ging in Richtung Flur.

„Und, Aurora?"

„Ja, Maman?"

„Zieh nicht diese abgetragenen Jeans an."

Zum ersten Mal lächelte Rory, sowohl über die Weigerung ihrer Mutter, ihre eigenen Standards oder die ihrer Tochter zu senken, als auch über einen Gedanken, der ihr in den Kopf kam.

„Ich verspreche, ich finde etwas Passenderes."

„Gut. Nun geh. Pack. Ich kümmere mich um einen Flug für dich."

Rory lächelte ihrer Mutter zu, während sie die letzten Tränen wegwischte, gestärkt durch eine absurde Vorstellung, die sie nicht losließ, als sie die große Treppe zu ihrem Schlafzimmer hinaufstieg. Sie öffnete ihren Kleiderschrank, nahm einige Sommerkleider heraus, und dann streifte ihre Hand das rote Abendkleid, das sie in der ersten Nacht getragen hatte, als sie Sahmir traf. Sie zog es heraus und hielt es ins helle Nordlicht, das durch das Fenster strömte.

Sie erinnerte sich an seine Worte.

*„Vielleicht treffen wir uns eines Tages unter anderen Umständen. Und du trägst dieses wunderschöne Kleid im Sonnenschein, wenn du glücklich bist."*

Es war seine Art gewesen zu sagen, dass er sie gerne glücklich sehen würde, befreit aus der misslichen Lage, in der sie sich befand. Stattdessen hatte sie die Dinge immer schlimmer gemacht. Bis jetzt. Jetzt musste sie sich der Sache stellen und alles richtigstellen.

Sie würde ihm das Kleid im Sonnenschein zeigen.

*Eine Woche später, Ma'in...*

Alle waren bei Jabal al Noor, der ehemaligen Goldmine 1, wie sie die vorherigen Besitzer genannt hatten, um zu sehen, wie das Wasser aus dem neu angelegten Flussbett von der Goldmine weg zurück in sein ursprüngliches Wadi umgeleitet wurde. Der Moment, in dem der Fluss seinen Lauf ändern und in das alte Wadi und hinab in die Tiefen der Mine fließen würde, um ihre Vergangenheit zu ertränken und eine neue Landschaft mit neuen Möglichkeiten zu schaffen, wurde von der ganzen Nation sehnsüchtig erwartet. Es war erst der Anfang, es gab noch viel zu tun, aber es markierte einen Wendepunkt in der Geschichte des Landes.

Sahmir stand neben Tariq und Cara vor der Menge und den Weltmedien und hörte bewundernd zu, wie sein ältester Bruder eine leidenschaftliche und eloquente Eröffnungsrede hielt. Sahmir warf einen Blick auf Cara, denn er wusste, dass sie einen großen Teil dazu beigetragen hatte, dass die Welt den leidenschaftlichen Mann hinter der strengen Fassade sehen konnte. Er fing ihren Blick auf und sie tauschten ein wissendes Lächeln aus.

Dann schaute er sich um nach den Menschen, die mit Rory zusammengearbeitet hatten, als sie diesen Moment geplant hatten, in dem ein neues Kapitel Ma'ins beginnen würde, und wieder spürte er den Schmerz ihrer Abwesenheit.

Sie war nicht hier. Sie war eingeladen worden, aber es war keine Antwort gekommen. Er war nicht überrascht. Nur enttäuscht. Sie hatte deutlich gemacht, was sie wollte. Und das war nicht er.

Plötzlich war es Sahmirs Aufgabe, ein paar Worte zu sagen. Früher hatte er diesen Teil des politischen Lebens gemieden, aber jetzt war er vorgetreten. Er würde alles tun, was nötig war, um seinen Bruder und seine Familie zu unterstützen. Er brauchte nicht mehr die weisen Worte seiner Schwester, um auf Kurs zu bleiben. Tariq und er hatten bis spät in die Nacht über die Zukunft des Landes und ihre jeweiligen Rollen diskutiert. Tariq hatte Sahmir überrascht, indem er seinen ersten Vorschlag, dauerhaft in Ma'in zu leben, ablehnte. Stattdessen hatte Tariq einen Kompromiss vorgeschlagen: Sahmir würde für internationale Geschäfte und Diplomatie zuständig sein und sechs Monate in Europa und sechs Monate in Ma'in leben. Sahmir hatte das Richtige tun wollen, aber als Tariq dies vorschlug, hatte er schnell zugestimmt. Es war der perfekte Kompromiss. Und Sahmir konnte nicht anders als zu denken, dass er vielleicht die Gelegenheit haben würde, Rory wiederzusehen. Er würde sie nie zu etwas zwingen. Das tat man nicht bei Menschen, die man liebte. Aber Überzeugungsarbeit war schließlich seine Stärke.

Und als er zum Rednerpult trat und das Mikrofon in Position drehte, war ihm bewusst, dass es seine Aufgabe war, die internationale Gemeinschaft davon zu überzeugen, dass Ma'in ein stabiles, prosperierendes Land war, das offen für Geschäfte war... mit den richtigen Partnern.

Er kniff die Augen gegen die Blendung zusammen. Er lächelte der wartenden Menge zu und begann dann zu sprechen. Er wusste, wie man unterhält, und hatte sie bald in der Hand.

Und dann war es vorbei. Das Wasser begann zurückzufließen, bedeckte die Mine und maskierte die Hässlichkeit, als hätte sie nie existiert. Er wollte gehen, sich in die Wüstenburg zurückziehen, die Feierlichkeiten all den Menschen überlassen, die von Rorys Vision profitiert hatten. Trotz allem war ihm nicht nach Feiern zumute.

Er ging so schnell er konnte und war bald bei Qusayr Zarqa, das für diesen Tag praktisch verlassen war. Er ging durch die leere Burg und erinnerte sich an seine Zeit dort mit Rory. Was machte sie jetzt wohl? Zweifellos in Senlisse, wo sie ihre Zukunft und die ihres geliebten Anwesens plante. In ihrem Leben war kein Platz für irgendetwas oder irgendjemand anderen. Das hatte sie deutlich gemacht. Er schloss die Augen, als eine zerfressende Mischung aus Frustration und Bedauern durch seine Adern floss.

Er schaute sich um, fühlte sich plötzlich von den alten Mauern eingeengt, und ging nach draußen. Sein Instinkt führte ihn durch die wilden Pistazienbäume hinunter zum Wadi, wo er als Kind immer Trost gefunden hatte.

Er war auch hier nicht! Rory war nicht nur zu spät für die Zeremonie gekommen, sie war auch zu spät, um Sahmir in Qusayr Zarqa zu treffen. Er musste stattdessen in die Stadt zurückgekehrt sein. Die wenigen Angestellten, die da waren, schienen es ihr nicht sagen zu können.

Sie ging zurück zum Land Rover, warf ihre Tasche hinein und wollte gerade den Motor starten, als sie innehielt. Cara hatte Rory erzählt, dass Sahmir früh gegangen und sehr still gewesen war.

Rory wusste, was das bedeutete. Sie erinnerte sich auch daran, dass Sahmir ihr erzählt hatte, wohin er gerne ging, wenn er allein sein wollte. Sie sprang noch einmal aus dem Land Rover und ging zum Wadi, wo die wilden Pistazienbäume wuchsen.

Sahmir hätte nicht sagen können, was ihn aufblicken ließ. Es gab kein Geräusch außer dem Fließen des Wassers über das steinige Flussbett. Nichts außer dem leisen Rascheln der Blätter hoch oben, die den Wind einfingen. Aber seine Haut kribbelte, als würde er beobachtet. Er schaute auf, seine Augen scannten die schattigen Bäume.

Dann sah er es. Ein roter Blitz, der sich den Pfad zu ihm hinunter schlängelte. Er stand auf, wagte kaum zu glauben, was er sah, als das Rot die Form eines Rocks annahm, eines Rocks, an den er sich erinnerte. Und dann trat die Gestalt hervor, lief in das gefleckte Sonnenlicht - roter Rock und Schals, voll und fließend, unpassend.

Bildete er sich das ein? Spielte ihm sein von Reue erfüllter Verstand einen Streich?

„Rory?", flüsterte er halb.

Dann drehte sie sich um, sah ihn und ihr Gesicht hellte sich zu einem großen sonnigen Lächeln auf. Er konnte immer noch nicht glauben, dass sie es war, und schüttelte ungläubig den Kopf.

Ihr Lächeln verblasste zu Unsicherheit, als sie aus dem Schutz der Bäume hervortrat. Sie *war* es, gekleidet in das rote Abendkleid mit dem weiten Rock, nur dass sie diesmal einen roten Schal hinzugefügt hatte, den sie um ihren Kopf und Körper gewickelt hatte und der das schwarze Mieder und das wundervolle Dekolleté verbarg, von dem er wusste, dass es darunter lag. „Rory?", fragte er noch einmal, diesmal kräftiger.

„Also... du erinnerst dich noch an meinen Namen."

Er ging auf sie zu, unfähig sich zurückzuhalten, selbst wenn er es gewollt hätte. Er wollte sie in seine Arme ziehen, aber konnte es nicht. Noch nicht. Nicht bis er den Grund für ihr Erscheinen kannte.

„Was machst du hier?"

„Ich bin für die Eröffnung des Stausees gekommen. Ich *war* eingeladen, weißt du."

„Das *weiß* ich. Aber du hast nicht geantwortet."

„Nein, tut mir leid. Aber ich bin trotzdem gekommen. Leider war ich zu spät, also bin ich dich suchen gegangen."

„Warum?"

Sie zögerte, als ob sie plötzlich unsicher wäre. Er konnte es nicht ertragen, sie unsicher zu sehen.

Er trat einen weiteren Schritt näher. „Es ist schön, dich zu sehen." Seine Augen suchten begierig ihr Haar, ihre Augen, ihre Wangen und verweilten kurz auf ihren Lippen, bevor sie wieder in ihre Augen blickten – blaue Augen von der Farbe eines nördlichen Meeres – Augen, die plötzlich vor Hoffnung aufleuchteten. Er hatte sich an die Form ihrer Gesichtszüge erinnert, aber wie konnte er vergessen haben, wie sie ihn fühlen ließen? Wie *kostbar* sie ihm geworden waren. Und dennoch... etwas an ihr war anders.

„Schön, dich auch zu sehen." Sie presste ihre Lippen zusammen und blickte nach unten. „Mehr als schön."

Er wartete darauf, dass sie fortfuhr, aber keiner von beiden bewegte sich oder sprach für lange Sekunden. „Sag mir, warum du gekommen bist. Hat es mit deiner Arbeit in der Mine zu tun? Bist du wirklich nur für die Eröffnung zurückgekommen?"

Sie schaute dann auf und schüttelte den Kopf. „Ich bin gekommen, um dir etwas zu sagen." Wieder zögerte sie, als ob sie unsicher wäre, wie sie fortfahren sollte.

„Etwas Bestimmtes?"

Sie nickte und trat näher an ihn heran. Dann nahm sie seine Hand und er schmolz dahin. Er versuchte, ihre verschränkten Hände an seine Lippen zu führen, aber sie hielt ihn fest – ihre Augen hielten seine mit einer Dringlichkeit, der er sich nicht widersetzen konnte – und zwang seine Hand in eine andere Richtung... eine andere Richtung... hinunter zu ihrem Bauch. Er schloss die Augen in dem Versuch, seine Gefühle zu unterdrücken. Stattdessen fühlte er mehr, als seine Finger sich über ihren

Bauch ausbreiteten. Ein Bauch, den sein Körper gut kannte. Er war flach gewesen. Jetzt war er es nicht mehr.

Er spürte es körperlich – einen Sprung reiner Freude – bevor er die Worte formen konnte. „Du bist schwanger", flüsterte er. Es war weder eine Frage noch eine Feststellung.

„Ich trage dein Baby in mir, Sahmir."

Seine Hand erkundete weiter ihren Bauch, während er ihr Gesicht anhob, damit sie ihn ansah. „Warum hast du es mir nicht gesagt?"

„Weil ich nicht sicher war, ob du es wissen wolltest. Ich war mir nicht sicher..."

„Was du damit machen wolltest?"

Sie biss sich auf die Lippe und nickte.

„Aber du bist jetzt hier. Heißt das, du weißt es jetzt?"

Sie nickte wieder.

„Dann musst du es mir sagen, und zwar schnell, bevor ich den Verstand verliere."

„Ich kann nicht mehr allein in Senlisse bleiben."

„Warum? Gibt es ein Problem?"

Sie seufzte. „Ein riesiges. Ein unüberwindbares. Sahmir, ich würde bereitwillig riskieren, Senlisse zu verlieren, meinen Verstand, alles, um dich wieder bei mir zu haben. Um dich zu spüren, um wieder in deinen Armen zu liegen."

Er atmete vor Erleichterung schwer aus. „Dann hast du Glück" - er streckte die Hand aus und strich mit dem Finger über ihre Wange - „dass du nicht den Verstand verlieren musst, damit ich dich berühre." Sie schloss die Augen und öffnete die Lippen für seine Berührung. „Oder dich halten ... und unser Baby." Er schlang die Arme um sie und zog sie an sich, während er ihren Schal herunterzog und ihr schwarzes Mieder mit der roten Spitze entblößte.

Er hielt sie fest und sie schmolz in seinen Armen dahin. „Oder dich hier behalte", murmelte er, als er ihren Kopf küsste. Sie schaute zu ihm auf und sie küssten sich, ein süßer Kuss voller Zärtlichkeit.

Als sie sich voneinander lösten, verzogen sich Rorys Lippen zu einem spielerischen Lächeln. „Und wie gedenkst du mich hier zu behalten, mein Prinz? Durch die Macht deines Kusses oder allein durch die Stärke deiner Umarmung?"

„Ich brauche keine Stärke zu benutzen."

Das Lächeln flackerte auf ihren Lippen, Lippen, die jede Nacht seit ihrer Abreise in seinen Träumen erschienen waren.

„Ist das so?", hauchte sie gegen seine Wange.

Er berührte ihr Kinn sanft – sie hätte es kaum gespürt – und dennoch hob sie ihr Gesicht zu seinem. „Indem ich dich ein für alle Mal zu der Meinen mache. Heirate mich, Rory."

Eine einzelne Träne lief über Rorys Gesicht und ihre Lippen pressten sich zusammen, als sie erfolglos versuchte, die nachfolgenden Tränen zu kontrollieren.

Er wischte sie mit seinen Daumen von ihren Wangen und nahm ihr Gesicht in seine Hände. „Ist das die Frau, die selten weint?"

Sie schüttelte den Kopf. „Nein, das ist die Frau, die deine Ehefrau wird."

Er schloss erleichtert die Augen und presste seine Stirn an ihre. Dann küsste er sie, ergriff fest ihre Hand und führte sie den gewundenen Pfad zurück zum Schloss hinauf.

Es gab nur einen Weg, ihr zu zeigen, wie er fühlte, und es war nicht durch Worte.

# EPILOG

*Achtzehn Monate später...*

Rory trat aus dem Kastanienwäldchen hervor, wo sie mit dem Gutsverwalter über den Wald gesprochen hatte, und blickte zufrieden über Senlisse. Es war jetzt das florierende Anwesen geworden, von dem sie einst geträumt hatte. Dank Sahmir.

Und das war nicht der einzige Traum, der in Erfüllung ging. Sie drehte sich um und sah Sahmir und ihre Tochter Ensiyette aus dem Schloss kommen. Sie hielten sich an den Händen, und Ensiyette blickte zu ihrem Papa auf, mit einem intensiven Gesichtsausdruck, und plapperte in einer Sprache, die nur sie kannte, die ihr liebevoller Papa aber zu verstehen vorgab.

Plötzlich kamen ihre beiden reinweißen Saluki-Hunde auf Ensiyette zugerannt, und sie lief mit ihnen davon. Es sah aus, als würde sie jeden Moment hinfallen, als sie auf ihren molligen kleinen Beinen den Hang hinunter zur Wildblumenwiese rannte.

„Ensiyette!", rief Sahmir und zuckte zusammen, als würde er sich vorstellen, wie sie hinfällt. Aber sie verschwand in der Wildblumenwiese, irgendwie war es ihr gelungen, auf den Beinen zu bleiben. Sahmirs Ruf lockte Ensiyettes Kindermädchen hervor, die ihr zur Wiese folgte.

Sahmir erblickte Rory und ging zu ihr hinüber, den Kopf schüttelnd. „Unsere Tochter ist halb wild. Ich schwöre, sie spricht diese seltsame Sprache – halb Arabisch, halb Französisch – mit den Hunden, und sie verstehen sie."

Rory lachte und streckte sich, um ihn zu küssen. „Ich glaube, du kannst dir sicher sein, dass die Hunde nur so tun, als würden sie verstehen, genau wie du."

„Und woher, liebe Frau, weißt du das?"

„Weil ich genauso war. Maman sagte immer, ich würde mehr mit meinen Pferden reden als mit der Familie. Außerdem, was erwartest du, wenn wir die Hälfte der Zeit in jedem Land leben und sie einen halb arabischen, halb französischen Namen hat?"

„,Kleine Ensiyeh'. Ich liebe es, dass du diesen Namen vorgeschlagen hast."

„Schien passend. Wir wären nicht hier, wenn die weisen Worte deiner Schwester dich nicht geleitet hätten. Ich hoffe nur, Ensiyette hat einen Bruchteil der Weisheit deiner Schwester." Sie schauten beide zur Wiese hinüber, wo Ensiyettes dunkle Locken zu sehen waren, wie sie durch das hohe Gras hüpfte, das mit Mohn und Kornblumen gesprenkelt war, dicht gefolgt von den Hunden und ihrem Kindermädchen. Rory lachte. „Obwohl ich das irgendwie bezweifle. Sie ist zu sehr wie ich."

Er schüttelte den Kopf, während er einige kleine

Zweige entfernte, die sich irgendwie an Rorys alten Pullover geheftet hatten. „Halb wild."

Rory schlang ihre Arme um Sahmir und zog ihn an sich. „Du würdest mich gar nicht anders haben wollen, und das weißt du." Sie drückte ihren kleinen Schwangerschaftsbauch gegen seinen Bauch und lächelte über seine Reaktion.

„Hmm." Er strich ihr das Haar zurück, das sich aus ihrem Pferdeschwanz gelöst hatte. „Wenn du mit deiner Arbeit fertig bist, haben wir vielleicht Zeit für eine kleine Siesta?"

„Ich schwöre, eine dieser Siestas war für das hier verantwortlich." Sie tätschelte ihren wachsenden Bauch.

Er streifte ihre Lippen mit seinen. „Deshalb lebe ich so gerne einen Teil der Zeit in Ma'in. Heiße Nachmittage sind zum Schlafen da und-"

Sie raubte ihm die Worte mit einem Kuss, der sich zu mehr als nur einem Kuss entwickelte, bis sie atemlos voneinander ließen. „Und kalte Nachmittage auch." Er zog an ihrer Hand und sie gingen schnell zum Schloss hinauf. „Und lauwarme Nachmittage", fuhr sie fort, als aus dem Gehen ein Laufen wurde, „und alles dazwischen."

**ENDE**

~

Kaufen Sie jetzt das nächste Buch der Serie!

*Eine gefährliche Wahrheit, ein königliches Geheimnis und eine Liebe, die alles aufs Spiel setzt...*

Hier ist eine Rezension von *Gesucht: Ein Baby vom Scheich*, die Ihnen einen Vorgeschmack darauf gibt, was Sie erwartet.

*„...Diese Geschichte war sooo WUNDERVOLL!! Sie hatte eine dezente Eleganz, an der Oberfläche einfach, aber komplex... Ich habe sie geliebt!!! Ich liebe einfach Taina und Daiden. Ich hatte anfangs meine Bedenken, aber jetzt bin ich VERLIEBT in sie und ihre Welt"* (Amazon.com)

# NACHWORT

Vielen Dank, dass Sie „Beansprucht vom Scheich" gelesen haben. Ich hoffe, es hat Ihnen gefallen! Rezensionen sind immer willkommen - sie helfen mir und potenziellen Lesern bei der Entscheidung, ob ihnen das Buch gefallen würde.

Dies ist das fünfte Buch der *Wüstenkönige-Reihe.* Die anderen Bücher der Reihe sind:

Gesucht: Eine Ehefrau für den Scheich
Die Schnäppchenbraut des Scheichs
Des Scheichs Verlorene Geliebte
Vom Scheich geweckt
Beansprucht vom Scheich
Gesucht: Ein Baby vom Scheich

Das nächste Buch der Wüstenkönige-Reihe handelt von Daidan und Taina in „Gesucht: Ein Baby vom Scheich" (Auszug folgt).

Viel Spaß beim Lesen!

Diana
https://dianafraser.com

# GESUCHT: EIN BABY VOM SCHEICH

## BUCH 6 DER WÜSTENKÖNIGE - DAIDAN UND TAINA

„*Du bist von unserer Hochzeit weggelaufen, einfach weggelaufen und weggelaufen, während ich ahnungslos auf dich gewartet habe. Und ich habe nichts von dir gehört, außer einer Spur von Banktransaktionen und Kreditkartenabrechnungen, über ein Jahr lang. Und jetzt kommst du ohne Erklärung zurück und sagst, du willst unser Baby. Was zum Teufel ist hier los, Taina?*"*

*Doch Taina kann ihm die Wahrheit nicht sagen – sie würde*

*sein Leben zerstören. Und so macht Daidan ihr ein Angebot, das sie nicht ablehnen kann... auch wenn es beide ihre Herzen kosten könnte.*

## Auszug

Trotz des eisigen Windes blieb Taina Mustonen an Deck und beobachtete, wie die Insel immer größer wurde. Sie zog den Kragen ihres weißen Mantels über Ohren und Mund, so dass nur ihre Augen zu sehen waren. Sie redete sich ein, dass es nur die Kälte war, die ihr die Tränen in die Augen trieb.

Hinter ihr durchbrachen die funkelnden Lichter Helsinkis den Nachthimmel wie geschliffene Diamanten. Sie warf einen kurzen Blick darauf, wie um Kraft zu schöpfen, bevor sie sich wieder der Insel zuwandte. Es hatte keinen Sinn, zurückzublicken. Sie atmete tief die eisige Luft ein und blickte zu dem Haus hinauf, dessen Fenster dunkel waren, bis auf eines, in dem rotes Licht um die Silhouette eines Mannes flackerte - ihres entfremdeten Ehemannes, Prinz Daidan ibn Saleh al-Fulan.

Sie schluckte. Er wartete auf sie.

Ihr Blick blieb auf die dunkle Gestalt gerichtet. Sie konnte die Einzelheiten seines Gesichts nicht erkennen, aber ihre Erinnerung füllte die Lücken. Er würde sie mit diesem verengten Blick ansehen, der früher ihren Puls zum Rasen gebracht hatte. Früher? Das tat er immer noch, auch wenn sie ihn nicht sehen konnte. Aber sie war nicht hier, um wieder anzufachen, was hätte sein können. Er war Geschäftsmann, also würde sie ihm ein Geschäft vorschlagen.

Das gemietete Boot legte am Steg an, und sie ging schnell die Stufen zum Haus hinauf. Sie versuchte krampfhaft, die Erinnerungen an eine einsame Kindheit zu unterdrücken, in der sie sehnsüchtig aus dem gläsernen Haus auf die Lichter der Stadt geblickt hatte. Sie scheiterte und hielt einen Moment inne, um sich zu sammeln, während sie über das Haus und die Baumwipfel hinweg auf die unregelmäßige Form der alten Burg blickte, die die kleine Insel beherrschte. Aber das weckte nur noch mehr Erinnerungen, die sie lieber vergessen wollte. Ihr Blick fiel auf das lange, niedrige Haus, das sich zwischen die Bäume schmiegte. Immer noch das eine Licht - im Wohnzimmer, wie ihr klar wurde -, immer noch der Schatten des Mannes, den sie treffen wollte, immer noch das Flattern ihrer Nerven, das sie unterdrücken musste, wenn sie Erfolg haben wollte. Sie atmete tief durch und stieg die breite Treppe zum Haus hinauf.

Sie zögerte, bevor sie durch die Haustür trat, weil sie das Gefühl hatte, an die Tür ihres Elternhauses klopfen zu müssen. Wie dumm. Schließlich gehörte es ihr immer noch zur Hälfte, auch wenn sie beschlossen hatte, nicht darin zu wohnen.

Sie stieß die schwere Tür auf und hielt inne, in der Erwartung, von der Haushälterin begrüßt zu werden. Daidan musste sie für die Nacht weggeschickt haben. Oder vielleicht für immer. Das ging sie nichts mehr an, sagte sie sich.

Sie holte tief Luft, bevor sie das Wohnzimmer betrat, und wünschte sich, dass ihr Nervenkostüm sich beruhigen würde. Sie konnte es schaffen. Sie hatte schon Schlimmeres überstanden. Was konnte er ihr antun, was sie sich nicht schon angetan hatte? Sie hielt den Blick gesenkt, während sie leise die Tür hinter sich schloss.

„Du hast dir Zeit gelassen."

**Jetzt kaufen!**

**Auch von Diana Fraser**

*Die bequemen Bräute des Scheichs*
Gestrandet mit dem Scheich
Vom Scheich verführt

*Diamant-Scheichs*
Auf Befehl des Scheichs
Auf Geheiß des Scheichs
Zum Vergnügen des Scheichs

*Die Geheimnisse der Scheichs*
Die Rache des Scheichs durch Verführung
Das geheime Liebeskind des Scheichs
Die Heiratsfalle des Scheichs

*Die Scheichs von Havilah*
Das geheime Baby des Scheichs
Gekauft vom Scheich
Die verbotene Liebhaberin des Scheichs
Kapitulation vor dem Scheich
Genommen für den Harem des Scheichs

*Wüstenkönige*
Gesucht: Eine Ehefrau für den Scheich
Die Schnäppchenbraut des Scheichs
Des Scheichs Verlorene Geliebte
Vom Scheich geweckt
Beansprucht vom Scheich
Gesucht: Ein Baby vom Scheich

**_Britische Milliardäre_**
Die Vertragsehe des Milliardärs
Der unmögliche CEO des Milliardärs
Das geheime Baby des Milliardärs

**_Italienische Romanze_**
Der Perfekte Liebhaber des Italieners
Vom Italiener Verführt
Der Leidenschaftliche Italiener
Ein Zufälliges Weihnachtsfest

**_Die Mackenzies_**
Ein Ort Namens Heimat
Die Geheimnisse der Parata Bay
Flucht nach Shelter Springs
Was Sie in den Sternen sehen
Zweite Chance in Whisper Creek
Sommer im Lakehouse Café

**_Laternenbucht_**
Deines zu Geben
Deines zu Schätzen
Deines zu Hegen
Deines zu Halten
Deines für Immer
Deines zu Lieben

**_Norfolk-Ritter - Mittelalterliche Romantik_**
Beanspruchung Seine Dame
Verführung seiner Dame
Erweckung seiner Dame
Norfolk Ritter (Bücher 1-3)

## ÜBER DEN AUTOR

Diana schreibt Liebesromane mit Geschichten, die einen zum Umblättern der Seiten anregen, und mit Figuren, die sich real anfühlen – seien es Scheichs, britische Milliardäre, mittelalterliche Ritter oder ganz normale Menschen, deren Leben normalerweise alles andere als gewöhnlich ist (zumindest in ihren Büchern!).

Sie lebt im wunderschönen Neuseeland, nördlich von Wellington, in einem kleinen Dorf am Meer. Sie ist eine begeisterte Menschenbeobachterin, hoffnungslose Romantikerin und Träumerin, die viel zu viel Zeit damit verbringt, aus dem Fenster zu schauen und sich Szenen vorzustellen, in denen Menschen mit dem Leben und ihren Gefühlen zu kämpfen haben, die aber immer ein Happy End haben. Denn ja, sie ist auch eine ewige Optimistin!

Mehr über sie erfahren Sie auf ihrer Website — dianafraser.com.

www.ingramcontent.com/pod-product-compliance
Lightning Source LLC
Chambersburg PA
CBHW031452160726
47994CB00005B/1996